СТИВЕН ЛЕСНЕЙ

ПРОГУЛКИ
С ИНОПЛАНЕТЯНИНОМ

ВТОРОЕ ИЗДАНИЕ

REFLECTIONS

MIAMI

STEVEN LESNEY

WALKS
WITH AN ALIEN

(RUSSIAN EDITION)

REFLECTIONS

MIAMI

С. Лесней

ПРОГУЛКИ С ИНОПЛАНЕТЯНИНОМ
(фантастика)

S. Lesney

WALKS WITH AN ALIEN

Library of Congress Cataloging-in-Publication Data
Lesney, Steven

ISBN: 978-0-6151-8371-8

Published by LESNEYS HOUSE
MIAMI, FL
Int: yensel22@yahoo.com

Люсе Нестеровской Лесней, моей жене, моей помощнице, редактору и первому критику этой книги.

С. Л.

ОГЛАВЛЕНИЕ

ВМЕСТО ПРЕДИСЛОВИЯ

Все события, описанные в этой книге, целиком и полностью – фантазия автора. Взгляды его инопланетного собеседника на культуру, политические устройства и религии нынешней Земной цивилизации - это его взгляды, не автора, хотя во многом автор вынужден с ним логически соглашаться.

Описывая прогулки по реальным местам планеты Земля, автор не ставил себе целью их точное описание, а просто хотел передать читателю свои впечатления от них.

Что касается описания планеты Ланиры и основных принципов её новой, управляемой компъютерами цивилизации, то оно полностью сделано со слов инопланетянина, посетившего Землю в очередной раз несколько лет тому назад.

Схематические наброски орбитальной станции и карты Ланиры сделаны автором «исключительно по памяти" о его кратковременных визитах орбитальной станции Ланиры во время встреч с инопланетянином.

Если что-либо в книге не очень согласуется с представлениями современной науки и утверждениями религий, автор просит простить его, так как фантазия - это только фантазия.

С. Л.

I. «CLOSE ENCOUNTER OF THE 3-D KIND», ИЛИ ПРОГУЛКА ПЕРВАЯ

...**Мой** уход на пенсию застал меня врасплох. Вероятно, и всех это событие выбивает из колеи, по крайней мере, на какое-то время. Хотя я и предвидел, что жизнь потечёт по другому руслу, и даже в уме планировал, чем я займусь в свободное время, которого, как тогда казалось, у меня будет в изобилии, тем не менее, когда это стало реальностью, оказалось, что заставить себя жить по плану не так-то просто. Всё время обнаруживались какие-то непредвиденные мелочи, которые не терпели отлагательств, и отодвигали запланированные дела всё дальше на задний план.

А запланировано было много. Мои последние статьи в «Философии науки» неожиданно получили довольно широкий отклик, и я намеревался продолжить и расширить тему «Границы познаваемого в развитии Вселенной». Кроме того, хотелось многое прочитать по Космологии, которая уже давно стала моим основным хобби, затмив моё давнее увлечение компьютерным «интеллектом» и созданием отдельных, моделирующих его части, программ.

Компьютерное программирование стало моей второй и основной профессией после иммиграции в Америку почти тридцать лет назад, но работа приносила мало удовлетворения, так как не требовала творческих решений и, в основном, сводилась к поискам ошибок в чужих программах и системах.

Зато дома, по вечерам и выходным, на своём старе́ньком, но «обжитом» компьютере, я пускался во всевозможные эксперименты с программированием, а также в проектирование на «Турбо-КАДе»* никому не нужных амфибий и кораблей, которые никогда не будут построены, несмотря на их потенциальные необыкновенные возможности. Дело в том, что моей последней профессией до эмиграции было проектирование гидрографических и научных судов, и в то время, я очень увлекался своей работой.

Когда я занялся Космологией, много времени стало уходить на чтение серьёзной литературы в этой области и на просмотр некоторых, близких по тематике журналов.

...И вот, я – пенсионер... Сначала свалилась куча дел по оформлению всевозможных пенсионных и медицинских бумаг, потом мы с женой начали подыскивать место, куда отправиться жить, – уж очень нас потянуло к морю, на Юг, в тёплые края.

В конце концов, мы купили в рассрочку маленький, но уютный домик во Флориде, на побережье Мексиканского залива, и вскоре, вместе с нашей любимой кошкой Катей, переехали в тёплые края.

После Нью-Йоркской суеты и шума здесь было слишком тихо и слишком спокойно; нехватало общения с людьми, нехватало движения, не было знакомых.

Не будучи коренными средними американцами, мы не стремились к знакомствам, которые обычно заводятся в барах или ночных клубах. Не прельщали нас и танцевально–«жевательные» вечера в клубах местных общин - слишком скучно и однообразно.

Церковь мы почти не посещали, поскольку не причисляли себя к какой либо из религиозных конфессий, а просто верили в сверх-разумного Бога – создателя Нашей вселенной, и не считали церковь необходимым посредником для общения с Богом. Най-

*Упрощённая программа для компьютерного проектирования

ти там людей с близкими нам интересами казалось маловероятным. В общем, сначала мы чувствовали себя во Флориде довольно одиноко, пока случайно не встретили славную очень не молодую русско-итальянскую чету старых иммигрантов попавших в Амернку ещё до 2й Мировой войны. Серж, - так звали мужа, был сыном русского (ещё царского) генерала Бронефского, оказав-шегося после революции в Румынии, где после 1939 года их семья была репрессирована режимом Чаушеску, а Сержу удалось устроиться поваром на морское судно зашедшее однажды в Нью-Иорк. Здесь он не минуты не думая спрыгнул с четырёх-метрового борта на Бруклинский пирс, поскольку сойти по охраняемому трапу не представлялось возможным. Весь день он бродил по Нью-Йорку как заворожённый не зная и не думая что делать дальше. К вечеру захотелось есть, но в кармане имелось всего несколько долларов и он решил выбрать какую либо закусочную по-проще и в стороне. Такой оказалась «Pizzeria», неподалёку от порта, которой владела семья итальянских иммигрантов уже давно обосновавшихся в Нью-Йорке. Оффицианткой, которой выпало подать Сержу его первый в Америке итальянский ужин была их старшая дочь Кани. Так их свела судьба, после чего они прожили долгую и счастливую жизнь вместе.

Мы подружились с ними, и дружба эта продлилась много лет до самой их смерти. Тогда во Флориде они стали одними из самых первых наших друзей.

Однако вскоре мы начали изучать окрестности и совершать вылазки на природу. Окрестности, как и всюду в «одноэтажной» Америке, конечно, были доступны только с помощью автомобиля, и поэтому для каждой такой вылазки мы заранее выбирали цель, используя местные карты и туристские брошюры.

Постепенно мы изучили все достопримечательности и доступные развлечения в радиусе примерно 60-ти миль от нашего дома и облюбовали несколько приятных мест, подходящих для пеших прогулок и отдыха на природе или на берегу залива.

Большие курортные пляжи были от нас довольно далеко, да мы и не стремились там бывать - летом жарковато, зимой холодновато, да ещё и проблемы с парковкой.

Мы нашли небольшой симпатичный пляж с деревянным прогулочным настилом – «бордвоком» - всего в десяти минутах езды от дома и стали наведываться туда довольно часто, чтобы походить по деревянному настилу, полюбоваться чудесными закатами или просто спокойно посидеть у моря. Назывался он «Хадсон Бич», по имени Айзека Хадсона, одного из первых поселенцев, когда-то основавших прилежащий к пляжу посёлок.

Место это нам очень нравилось, - оно казалось как будто перенесённым из прошлого, - провинциальный европейский приморский курорт с открытой верандоой ресторанчика «Сэмс», выходящей прямо на бордвок и залив. По вечерам там играл неплохой оркестр с местными «солистами», и танцевала, в основном, местная, публика. На крыше ресторанчика примостился целый миниатюрный городок – доморощенная копия всех реальных построек вокруг пляжа.

Напротив, через площадь, помещался двухэтажный конкурирующий ресторан при гостинице, которая называлась «Вид на Залив». Там тоже была веранда с видом на море, но вид был немного издалека.

Несмотря на то, что в гостинице кормили явно лучше, чем у Сэма, тем не менее, по вечерам у Сэма были заняты все места, а на веранде гостиницы было полупусто.

Сам бордвок опоясывал небольшой полуостров, который с одной стороны ограничивался заливчиком с небольшим пляжем и домиками на сваях на противоположном берегу, а с другой – судоходным каналом, соединяющим местную марину - стоянку для яхт - с Мексиканским Заливом. Со стороны канала бордвок шёл вокруг небольшого круглого водоёма, в котором круглый год плескались дикие утки. Над ними шефствовали курортники и местные жители, в том числе и моя жена. Они подкармливали их пшёнкой, купленной по дороге в супермаркете.

Дважды в год утки выводили утят, после чего участливая публика с соболезнованием следила, как выводки почти каждый день на глазах таяли, и через месяц от 8-9 утят оставалось по 2-3. Их поедали, в основном, местные птицы, хотя собаки и еноты вероятно тоже не брезговали утятиной. Утки хорошо знали, кто их подкармливает, и стоило моей жене появиться на берегу, как они бежали к ней со всех сторон.

Вдоль берега на песке стояло несколько навесов для защиты от Солнца, где местные и приезжие старики целыми днями дулись в покер и еще в какие-то неизвестные нам игры.

Было на берегу несколько скамеек, которые почти всегда были заняты. Чтобы «зарезервировать» место на скамейке, часто приходилось долго вести наблюдение за ней из-под ближайшего навеса. Но зато, какое было наслаждение наблюдать невероятно красивые закаты, сидя на одной из этих скамеек; следить за постепенной сменой красок в небе и в море и стараться поймать последний луч заходящего Солнца.

Жена вначале проявляла энтузиазм к нашим поездкам, прогулкам и неторопливой местной жизни, но на третью осень жизни во Флориде загрустила и заскучала по городской жизни, и когда мы узнали, что у её племянницы в Чикаго родилась дочь, она решила, что непременно должна побыть с ней, и улетела туда на целых три месяца помогать няньчить новорожденную родственницу.

Я остался дома один. Мне было немного грустно и одиноко, но я старался не поддаваться унынию и занялся своими статьями о происхождении Вселенной и о различных взглядах на теорию «стрингов».

Вечера я старался не занимать ничем, чтобы проводить их на воздухе у моря. С морем у меня были связаны воспоминания молодости, в которой были и корабли, и дальние плавания, и ледяные штормы.

Была середина октября – самое приятное время в здешних широтах, поэтому почти каждый вечер, примерно за час до заката, я садился в машину и ехал на Хадсон Бич. Пройдясь пару раз по бордвоку, я садился на одну из освободившихся скамеек и сидел на ней, любуясь разворачивающейся величественной пантомимой заката, каждый раз другой и неповторимой.

В тот день я приехал на берег немного раньше обычного и вскоре занял место на «самой лучшей» скамейке, расположенной ближе других к воде. До заката оставалось ещё более часа и, чтоб скоротать время, я начал просматривать последний номер журнала «Scientific American»*, который захватил из дома, но делал это без особого внимания, постоянно отвлекаясь окружающими событиями - ссорами чаек на песке, криками уток в почти пересохшем водоёме, прогуливающимися по бордвоку курортниками и проходящими по форватеру к каналу яхтами и лодками…

Он появился на асфальтовой дорожке, ведущей от автостоянки к морю, у самого её соединения с бордвоком. Не знаю, что заставило меня обернуться в его сторону именно в этот момент, ведь он был вне поля моего зрения, но увидев его, я сразу почувствовал острый интерес к нему, хотя в его облике на первый взгляд не было ничего необыкновенного, разве что не совсем обычная по покрою одежда, хорошо сидевшая на нём, явно не из обычного универмага.

Мужчина был немного выше среднего роста, хорошо сложён, со светлыми, почти пепельными волосами, высоким, слегка выпуклым лбом и глубоко посаженными глазами. На вид ему можно было дать лет сорок пять - пятьдесят, но проблески седины в его

*Американский научо-популярный журнал.

волосах позволяли предположить, что ему вероятно больше, хотя лицо его выглядело довольно молодо.

Поровнявшись с моей скамейкой, он остановился, и секунду поколебавшись, обратился ко мне на очень правильном английском:

- Вы не против, если я присяду на вашу скамейку?

- Конечно, не против, - с готовностью ответил я на своём английском с существенным русским акцентом.

Обычно незнакомцы здесь редко подсаживались на занятые скамейки, и я решил, что он, вероятно, приезжий в этих краях. Чем-то он понравился мне с первого взгляда, этот моложавый, хорошо сложённый и не совсем обычно одетый незнакомец.

Перекинувшись несколькими банальными фразами о погоде, мы смущённо замолчали, не зная о чём говорить дальше...

Неожиданно он обратился ко мне на чистейшем русском языке:

- Я знаю, что русский - ваш родной язык, и вам, наверное, будет легче и интереснее говорить по-русски.

Я удивился его проницательности и ответил, что конечно, буду очень рад поговорить, как я полагаю, с россиянином на нашем родном языке.

- Я думаю, что не ошибаюсь, что вы – русский?

- Вы так думаете из-за моего правильного русского произношения? – полуутверждающе произнес он.

- Да. Ведь вы говорите по-русски очень правильно и без всякого акцента...

Он посмотрел на меня и продолжал:

- Я также правильно могу говорить и на других языках этой планеты. Для меня это не проблема.

Его ответ показался мне немного странным.

- Вы, очевидно, полиглот, - предположил я, - но почему вы говорите «этой» планеты, а не «нашей», что более подходит в русском языке. Ведь Земля и ваша планета тоже.

Немного помедлив, он ответил:

- Это... не совсем так, если говорить не о данном отрезке времени... - Он взглянул на меня, как мне показалось немного оценивающе, и спокойно добавил:

- Я не землянин, и здесь ненадолго.

Меня бросило в жар... - Сумасшедший?! Или... мистификатор?

Но он, как будто отвечая на мои мысли, спокойно продолжал:

- Не волнуйтесь, я не мистифицирую вас. Я, действительно, принадлежу к инопланетной цивилизации, хотя и являюсь существом одного с вами биологического вида. Я нахожусь здесь инкогнито, чтоб не привлекать ничьего внимания. Моя нынешняя миссия на Земле - встретиться в частном порядке с разными людьми, обладающими достаточно высоким интеллектом для восприятия того, что я могу рассказать о себе и нашей цивилизации. Кроме того, в результате этих бесед я надеюсь глубже понять и осмыслить нынешний уровень восприятия реальности в вашем обществе. Я имею в виду, уточнил он, истинные мысли достаточно образованных и здравомыслящих жителей Земли о вашем настоящем и будущем, о природе и мироздании, о роли науки и религий в вашем обществе, а также о контактах с инопланетными цивилизациями.

Я молчал, не зная что сказать... Но он улыбнулся и продолжал:

- Я понимаю, что на уровне вашей информации для вас самое логичное предположить, что я сумасшедший, возомнивший себя инопланетянином. На вашем месте я, вероятно, думал бы так же. Но я знаю, что вы обладаете достаточной широтой взглядов, чтобы априори не приравнивать маловероятное к невозможному, и потому надеюсь убедить вас в моей полной вменяемости и правдивости моих слов.

Я всё ещё не мог придти в себя от услышанного, но в его словах был резон, хотя мне было непонятно, почему он так уверенно говорит о моих взглядах.

- Откуда вы можете судить о широте моих взглядов? – спросил я первое, что пришло мне в голову. - Ведь мы с вами обменялись всего лишь несколькими незначительными фразами.

- Я читал несколько ваших статей в «Философии Науки» и на вашем вэбсайте, - ответил он. - Кроме того, я обладаю некоторыми возможностями экстрасенса, - снова улыбнулся он.

Мне стало немного не по себе...

- Но как вы можете знать, что я – это я, а не кто-то другой?

Он не заставил себя ждать с ответом:

- Ну, это совсем просто. Я узнал ваш адрес в журнале и разыскал ваш домик в Порт Ричи, но когда я подъехал, вы как раз садились в машину. Поскольку было уже около шести, и погода, как видите, - он сделал широкий жест рукой - я решил, что вы, скорее всего, направляетесь куда-нибудь на природу и поехал за вами. Как видите, ничего сверхъестественного.

Я не подошёл к вам сразу, потому что не хотел, чтобы вы подумали, что я какое-нибудь официальное лицо, разыскивающее вас.

Кстати, я ещё формально вам не представился.

- Меня зовут Глен, - сказал он, протягивая мне руку. - Я выбрал себе это имя для «земного» употребления. Дома меня зовут иначе, но это не имеет значения.

Я неловко пожал его руку, почувствовав некоторую осторожность в его пожатии, как будто он боялся сделать мне больно.

- Стивен, – сказал я, - но это тоже моё американское имя... В России меня звали немного иначе, - как-то по инерции, в тон ему, добавил я.

- Мне действительно приятно и интересно познакомиться с вами, Стивен - сказал он, и я думаю, что и для вас наше знакомство окажется не менее интересным.

Он замолчал, а я пытался осмыслить происходящее, но мысли разбегались, и я не знал что думать. В голове роились вопросы, требующие немедленных ответов. Почему-то очень хотелось верить, что все это не блеф, а на самом деле...

- Лучше называйте меня просто Стив. Так мне будет легче воспринимать наш разговор, - предложил я.

- Не беспокойтесь, Стив, - сказал он, как будто читая мои мысли, - вы очень скоро получите ответы на ваши вопросы, и я надеюсь, они рассеют ваши сомнения.

Я теперь смотрел на него во все глаза, пытаясь определить по внешнему облику, действительно ли он инопланетянин... - Нет, на сумасшедшего он не похож. Актёр?... Но зачем ему играть здесь, а не на сцене? - Я не знал, что думать!...

И опять, как будто читая мои мысли, он сказал:

- Вы боитесь поверить в правду, потому что она не совпадает со сложившимся стереотипом вашего мышления. Для того, чтобы поверить, вам, как доказательство, непременно нужно чудо. Да, я обладаю некоторыми возможностями, которых пока нет у землян, но мне бы не хотелось начинать наше знакомство с их демонстрации. Вы узнаете о них постепенно, если наше знакомство продолжится.

Я смущённо улыбнулся, - да нет, мне просто трудно себе представить, что кто-то оттуда - я ткнул пальцем в закатное небо, - может выглядеть так неотличимо от земных обитателей.

Он посмотрел на меня и, немного помолчав, сказал: - Забегая далеко вперёд моих планов ознакомления вас с тем немногим, что я собираюсь передать вам, сейчас могу сказать только, что мы с вами имеем общих, много раз пра-пра-предков, если говорить в космическом плане.

- Я смогу рассказать вам об этом подробнее позже, при одной из следующих встреч. Пока же только скажу, что строение наших тел и органов почти одинаково с вашими, с той разницей, что мы умеем заменять почти все органы и системы нашего тела искусственно созданными, более надёжными и работоспособными.

Благодаря этому и кое-каким другим усовершенствованиям на генетическом уровне, мы полностью иммунны к любым заболеваниям, даже к неизвестным на нашей планете.

- Вы имеете в виду и... сердце? - спросил я, вспомнив про свои иногда случающиеся аритмии.

- Такие жизненно важные органы, как сердце, у нас дублируются еще в самом раннем младенчестве, а в сорок лет, по вашему счёту, они заменяются искусственными. Он мягко взял мою руку и приложил её к *правой* стороне своей груди.

Я сразу же почувствовал мерные, упругие и непривычно редкие удары его второго, очевидно искусственного сердца!

- В остальном же, - продолжал он, - за исключением уровня знаний и культуры, мы очень схожи с Землянами.

Я молчал, поражённый услышанным, и кажется начинал верить, что все это реальность, и я действительно говорю с инопланетянином...

У меня путались мысли... В голове роились тысячи вопросов. Хотелось сразу же узнать то запредельное, что нам, Землянам, вероятно, никогда не суждено было бы узнать... Я сдался на милость победителя.

- Глен, - спросил я с волнением, - сколько времени вы можете уделить нашей беседе? Мне так о многом хочется узнать от вас... Вы должны сами понимать, что это для меня значит!...

Он кивнул. — О да, я понимаю, и надеюсь, что наши встречи не окончатся на этой, и мы сможем поговорить о многом. Что касается сегодняшнего вечера, - не беспокойтесь, у меня достаточно времени.

Солнце неумолимо двигалось к закату, и перистые облака над заливом уже становились нежно-розовыми.

Но в этот раз мне хотелось, чтобы закат не наступал

как можно дольше, хотелось продолжать и продолжать этот первый, завораживающий разговор с реальным инопланетянином!...

Неподалёку от нашей скамейки начали собираться любители поглазеть на закат, и мы почувствовали себя не совсем уютно среди этого случайного общества.

- Не пройтись ли нам по бордвоку для разнообразия? - предложил Глен. Я, конечно, тут же согласился.

Мы поднялись и двинулись по направлению к пляжу. Здесь уже почти не было народу, все ушли на центральную часть настила смотреть на закат, и мы могли продолжать беседу, не боясь, что кто-нибудь случайно нам помешает.

- Вы понимаете, - сказал Глен, - мне приходится остерегаться, чтобы не быть обнаруженным властями. Опасного для меня ничего, конечно, не произойдёт, но если о моем присутствии узнают, это может вызвать нежелательную панику и ажиотаж у военных.

Ваша пресса, кино и расхожие научно-популярные истории настраивают широкую публику против пришельцев, всегда рисуя их холодными рассчётливыми варварами, только и думающими, как оккупировать вашу Землю... Правительства и военные, похоже, идут у них на поводу.

- Я тоже всегда удивлялся этому, - сказал я, и сразу же добавил, - думаю, что это происходит, главным образом, из-за отсутствия у нас каких-либо реальных контактов с другими мирами и из-за абсолютного незнания того, что происходит за пределами наших коммуникационных возможностей... Вероятно, это также вызвано невежеством многих авторов и нежеланием серьёзных учёных заниматься этим и выступать против прессы.

- Думаю, вы правы, - согласился он.

- В пользу контактов с пришельцами говорит простая логика: от вас до ближайшей звёздной системы, где теоретически может существовать разумная цивилизация, по уровню развития примерно равная вашей, и от которой, также теоретически, можно ожидать враждебных действий, - дистанция не менее восьмидесяти световых лет.

- Почему вы так считаете? – сразу же спросил я.

- Логика опять же очень простая – ответил Глен: - радиотелескопы, способные обнаружить радиочастотные сигналы из космоса, существуют на Земле уже лет 80 – 85. Если бы такая цивилизация оказалась намного ближе этого расстояния, то вы бы давно обнаружили создаваемый ею радиочастотный фон или шум, который нельзя спутать ни с каким естественным.

Глен продолжал:

- Никакие космические корабли на основе ракетной техники вашего уровня, как вы понимаете, покрыть расстояние в сотню световых лет в приемлемое время не могут. Если пришельцы, тем не менее, появляются на вашей планете, это означает что они или умеют создавать ракетные системы и источники энергии для них, способные разгонять огромные корабли до околосветовых скоростей, или они знают, как преодолеть Эйнштейновское ограничение на скорость передвижения в пространстве-времени. В любом случае, это говорит о том, что они - посланцы намного выше развитой цивилизации, чем ваша. Думать, что они могут хотеть захватить вашу планету – абсолютный абсурд. Она им просто не нужна, поскольку в Галактике сколько угодно незаселённых планет с подходящими для нашего с вами вида условиями обитания...

Это прозвучало для меня, как реальное подтверждение современной теории, что в нашей необъятной Вселенной должно быть великое множество звёзд с планетными системами, похожими на нашу.

- Кроме того, - продолжал Глен, - если бы такая цивилизация пожелала бы захватить вашу Землю, у неё нашлось бы немало способов сделать это так, что всякая оборона с вашей стороны не имела бы никакого смысла.

- Я тоже так думаю, - сказал я, хотя в душе не был в этом абсолютно уверен.

- Цивилизации, способные перемещать на космические расстояния существенные массы вещества и живые организмы в приемлемо короткое время, – продолжал он, - должны быть на очень высоком уровне развития науки и техники. Чтобы достичь его, им пришлось пройти очень длинный путь эволюции общества. И поскольку их цивилизация выжила в процессе этой эволюции, это значит, что они сумели решить как минимум четыре серьёзнейшие социологические проблемы, а именно:

Обьединить управление планетой. Стабилизировать на ней количество населения. Обеспечить достаточный прожиточный уровень для всего населения, независимо от его занятости. Выровнять культурный уровень людей с уровнем научно-технического развития общества. К таким выводам, - продолжал Глен, - пришла наша наука – историческая социология.

Под адекватным культурным уровнем населения здесь подразумевается соответствующее научно-техническому уровню общества восприятие массами людей реальной действительности и установленных наукой фактов. При этом наша наука считает, что религии, если они продолжают существовать в обществе, не должны выходить за рамки личного и вносить какиелибо изменения в жизнь общества. Они не должны выступать посредниками Бога и говорить от его имени, а также иметь влияние на политику, образование и воспитание детей в обществе, так как в противном случае, они намного замедлят, если не остановят совсем, развитие культурного уровня всего общества.

Если бы хоть одна из перечисленных проблем не была успешно решена, - цивилизация не смогла бы выжить достаточно долго, чтобы развить науку и технологию до уровня, позволяющего совершать межзвёздные перемещения в космосе...

Как вы понимаете, - продолжал Глен, - цивилизации на таком уровне развития незачем захватывать уже заселённую планету где-то в дальнем углу Галактики!

Его весьма убедительная логика была очень созвучна с тем, что я сам думал и писал на этот счёт...

Глен продолжал:

- Мы изучаем Землю, наряду с многими другими обитаемыми и необитаемыми мирами, чисто в энциклопедическом плане, чтобы знать как можно больше о нашем «ближайшем» Галактическом окружении. Ну... и чтобы иметь возможность помочь «родственной» в биологическом плане цивилизации советом в критический момент её развития, если таковым пожелают воспользоваться... И, если это еще не будет поздно, - грустно добавил он...

Мне очень хотелось надеяться, что для нас это ещё не поздно. Но в данный момент меня больше волновали практические, сиюминутные вопросы.

- Глен, - начал я, - как вы понимаете, меня терзают миллионы вопросов к вам, но чтобы с чего-нибудь начать, я хочу задать вам вопрос, который первым возник в моём уме, как только я поверил, что это не розыгрыш...

Я имею в виду - как вы попали на Землю? Ведь до вашей звёздной системы, должно быть, тоже не менее сотни световых лет!?

- Даже больше, - улыбнулся Глен. Но мы знаем обходные, не «эйнштейновские» пути перемещения физических тел из одной точки пространства-времени в другую, даже на космические расстояния.

Из ваших статей в «Философии науки» я знаю, что

вы знакомы с идеей транспозиции* взаимосвязанных элементарных частиц в пространстве, с которой ваши учёные только начинают экспериментировать.

В вашем замечательном научно-фантастическом сериале «Star Trek» очень реалистически показывается основанная на этом принципе телепортация людей с орбиты космического корабля «Enterprise» на различные планеты и обратно. Такой вид телепортации, основанной на энергетически-лучевой передаче информации на сравнительно короткие расстояния в пространстве-времени, существует у нас довольно давно.

Около трёхсот ваших лет назад наши учёные открыли способ, позволяющий взаимосвязывать элементарные частицы, разделённые космическими расстояниями, мгновенно, - минуя материю пространства-времени. Этот способ основан на квази-телепатической передаче информации в намеченный космическими координатами объём пространства-времени.

В передаваемую информацию включён механизм, запускающий материализацию свободной космической энергии в объект, просканированный на атомарно-квантовом уровне и закодированный в передаваемой информации. Оригинал объекта при этом, обычно, дезинтегрируется, хотя у нас уже существует технология, при которой он может сохраняться.

Телепортация, основанная на этом способе, позволяет перемещать сравнительно небольшие материальные объекты, включая живые организмы, почти на любые космические расстояния. У нас такая телепортация тоже уже перешла в область технологии.

С её помощью мы можем перемещаться практически всюду в нашей Галактике. А при некотором внешнем содействии, даже за её пределы. Так что мое появление здесь не связано ни с космическими кораблями, ни с многолетними полётами в пространстве.

Всё происходило примерно так, как в сериале «Star Trek», с той разницей, что я был телепортирован не с

*Мгновенная передача информации о состоянии взаимосвязанных частиц

планеты на её орбиту, а сразу с планеты в одной части Галактики на орбитальную станцию, вращающуюся вокруг планеты Земля в другой её части. Как видите, всё происходило довольно просто, если, конечно, не считать неимоверной сложности и энергоёмкости оборудования для телепортации.

Я смотрел на него как заворожённый...

- Из одной части Галактики в другую!... Ничего себе - «просто»! Но почему на околоземную орбиту, а не сразу на Землю? – попросил пояснить я.

- Во-первых, потому что намного легче выбрать точные космические координаты для материализации телепортируемого объекта на околопланетной орбите, чем на поверхности планеты непосредственно. Небольшая неточность не повлечёт за собой никаких непоправимых последствий.

Во-вторых, нам много удобнее изучать Землю с орбиты, нанося визиты по мере необходимости. Для этого я должен знать сиюминутную ситуацию в той точке поверхности, где я собираюсь «приземлиться». Да и кое-какая аппаратура нужна для работы на Земле и на орбите.

Поэтому вся операция проходила в три ступени. Сначала на стационарную околоземную орбиту была телепортирована миниатюрная космическая станция. На ней была заранее установлена аппаратура, способная осуществлять мгновенную связь с нашей планетой, а также обычное энергетически-лучевое* транспозитивное оборудование для телепортации с орбиты на Землю и обратно меня и моего коллеги по экспедиции.

Затем мы оба были телепортированы с нашей планеты на эту станцию. Со станции мы можем телепортироваться на Землю в любое выбранное место с точностью до сантиметра.

---

* Излучающее всю необходимую для транспозиции информацию и энергию

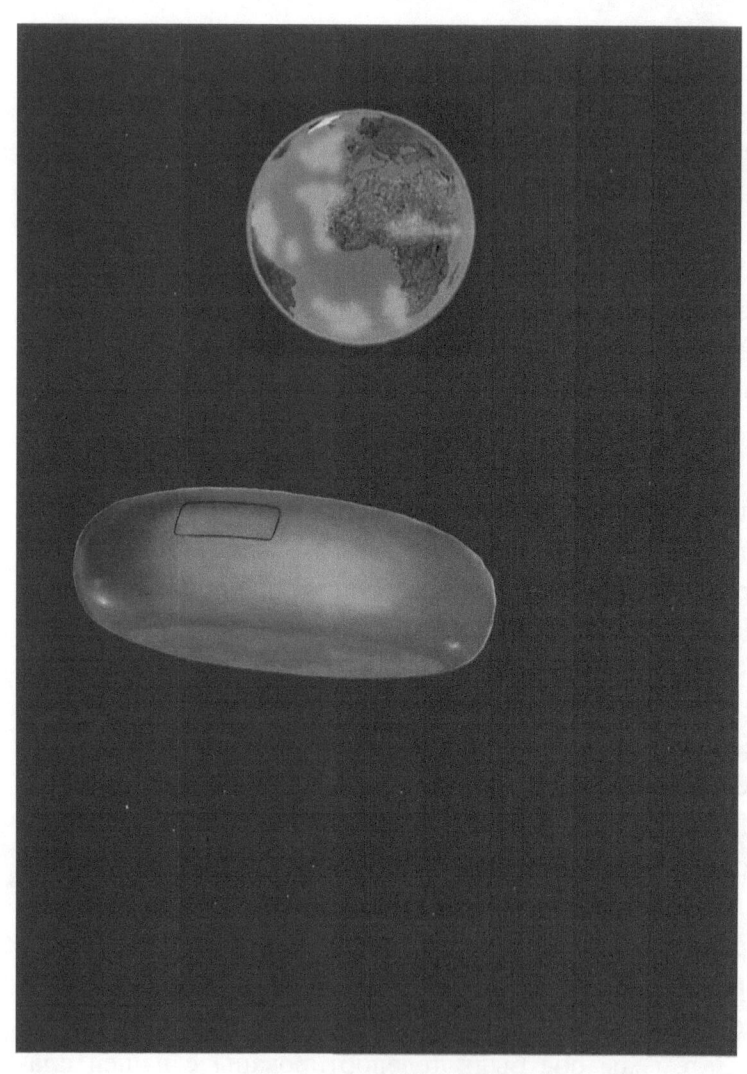

Орбитальная станция Глена.

- Потрясающе! – поразился я. - Говорю с себе подобным из другой части Галактики!

- Да, это так, - спокойно подтвердил мой собеседник.

- Сейчас я пользуюсь станцией единолично, так как мой напарник взял небольшой отпуск в связи с семейными обстоятельствами и будет отсутствовать ещё около двух недель по вашему календарю.

Так обыденно и просто, - подумал я… – Отправился в небольшой отпуск на планету где-то за сотню световых лет от нашей Солнечной системы. От такой мысли у меня немного кружилась голова.

- Могу я спросить вас, - начал я после того, как немного пришёл в себя от всего услышанного, - как вы устроены здесь с жильём и питанием, и могу ли я быть вам хоть в чём-нибудь полезным? Может быть, вы поживёте у меня немного, если вам это удобно?

- Спасибо вам на добром слове, - ответил Глен, - но я должен отклонить ваше предложение, потому что не хочу, чтобы вас вызывали на всякие расследования, если меня случайно «откроют».

Кроме того, я не привык к здешней пище и питаюсь запасами на станции. Да там у меня и вся аппаратура, нужная мне для повседневной работы.

- Вы хотите сказать, что каждый день возвращаетесь на станцию?

- Вернее сказать, каждый вечер, - улыбнулся он, - в те дни, когда я посещаю Землю.

- Но как же вы передвигаетесь здесь, по Земле?

- Это зависит от расстояния и срочности. На сравнительно короткие расстояния и несрочные поездки я использую рентованные автомобили, а на дальние или срочные, - в основном, телепортацию.

Меня тут же начали одолевать глупые практические вопросы: - Но как вы можете рентовать машину без кредитной карточки и водительского удостоверения?

- Почему же без? - снова улыбнулся он У меня есть и то, и другое, - вполне легальные бумаги.

- Но как же... это может быть? - удивился я

- Да тоже, довольно просто, - ответил он.

- Как я уже упоминал, мы собираем информацию о Земле уже довольно давно. Когда первые визитёры с нашей планеты появились на Земле, они «привезли» с собой с нашей планеты некоторое количество золота, которое у вас считается драгоценным металлом, и положили его на анонимный счёт в швейцарский банк, таким образом обратив его в валюту.

Остальное очень несложно. Прибывающие с миссией, такие как я, вынимают нужную сумму из банка и открывают счёт в каком-нибудь из местных американских банков, используя адрес какой-либо местной гостиницы. Открыв его, они легально получают временный «сошиэл сэкюрити» номер, дебетную карточку, а затем и водительское удостоверение.

Единственное, что требуется, - это какой-либо идентифицирующий личность документ, который при наших технических возможностях очень несложно сделать. В Америке это проще, чем в других странах, поэтому Америка - всегда наш первый и основной этап визита.

- Я и понятия не имел, что всё это так просто...

А как с вашими ежедневными «приземлениями»? - Ведь могут заметить...

- Могут. Но это очень маловероятно, так как утром в дни визитов я обычно «приземляюсь» довольно рано, когда вокруг почти нет людей, а вечером отправляюсь назад, когда уже темно. Я выбираю, обычно, безлюдное место где-нибудь в парке, или например, в пустом коридоре какого-нибудь большого отеля, а иногда и на автопаркинге около какого-нибудь круглосуточно работающего магазина, типа вашего «Вол-Марта». Это особенно удобно, когда я пользуюсь рентованной машиной, как сейчас, так как я могу телепортироваться прямо из машины или в машину.

Сам процесс телепортации, в отличие от «Стартрэ-ковского», почти незаметен. Я просто появляюсь в машине или исчезаю из неё менее, чем за секунду.

Если нужно задержаться в каком-либо месте на бо-лее продолжительное время, я иногда просто снимаю комнату в отеле и телепортируюсь прямо туда или оттуда.

- Ну и ну! - только и мог сказать я .

Красно-оранжевое Солнце уже почти касалось чёт-кого безоблачного горизонта, видневшегося отсюда в просвете между несколькими росшими на берегу паль-мами.

- А где же на орбите находится ваша станция? - задал я следующий вопрос, хотя и сам приблизительно знал ответ на него.

- Да, - ответил Глен, - она почти там, где вы пред-полагаете, - на стационарной экваториальной орбите* на высоте немного более тридцати тысяч километров, примерно, над серединой Атлантического океана. Вы-сота её орбиты специально выбрана чуть ниже нор-мальной стационарной, где находятся ваши спутники связи и телевидения, чтоб станция не оказалась вблизи них и не вызвала нечаянной помехи или интерфе-ренции. Для удержания станции на этой орбите и стабилизации в пространстве на ней постоянно вклю-чено антигравитационное поле слабой интенсивности.

С орбиты, в поле моего зрения попадают оба Аме-риканских континента, Европа и Африка. Если мне бывает нужно посмотреть что-либо или побывать в противоположном полушарии, я могу переместить станцию по орбите её собственными средствами, на-пример, переведя станцию на более низкую орбиту, ослабив антигравитационное поле под ней, или

---

*Экваториальная орбита, на которой спутник, двигаясь в направлении вращения Земли с той же угловой скоростью, всегда остаётся над одним и тем же её местом..

просто наклонив поле станции в плоскости орбиты.

- Скажите, Глен, а вы не боитесь, что ваша станция может быть обнаружена нашими радиолокаторами или телескопами, постоянно сканирующими небеса в поисках крупных метеоров, могущих оказаться на пересекающихся с Земным курсах? - спросил я.

- Нет, не боюсь, - уверенно ответил он. - Станция снаружи покрыта специальным материалом, делающим её невидимой для электромагнитных волн, в том числе и оптических. Они просто обтекают её, не вызывая отражения.

Мне трудно было во всё это верить, но он был тут, рядом со мной, на бордвоке, на берегу Мексиканского залива, - пришелец из другого мира, - мира нашего далёкого будущего... Или, - мира несбывшейся мечты ?...

Тем временем Солнце окончательно утонуло в густой синеве Залива, и только небо всё ещё переливалось закатными красками. Мы присели на деревянные перила бордвока и залюбовались небом.

- У вас тоже такое бывает? – спросил я.

- Бывает не хуже, - просто ответил он.

- Скажите, Глен, почему вы решили встретиться именно со мной, а не с кем-либо из наших известных научных светил? Ведь я никого не представляю и ни с кем не связан в научном мире. Всё, что я пишу для журналов и на «вэбсайте», - результат моего персонального восприятия событий в нашей жизни и науке.

- Вот именно поэтому я и выбрал вас, так как надеюсь на откровенные и искренние беседы с вами без запретных тем и недомолвок.

Я уже имею некоторый опыт общения с титулованными главами научных учреждений... Помимо прямого невосприятия того, что не укладывается в рамки их мышления, тут и страх быть вовлечённым в «тайное» общение с кем-то, кто «выдаёт себя» за пришельца, и боязнь оказаться замешанным в чём-то ненаучном, и нежелание разговаривать без свидетелей. Большинство из них очень печётся о своём положении и престиже, и старается не идти дальше корпоративно общепринятого.

Для моих целей более интересны учёные, удалившиеся от дел, популяризаторы науки и просто любознательные люди, интересующиеся всем происходящим.

Состояние вашей науки нам хорошо известно, - она неизмеримо отстаёт от нашей, и потому узкие научные специалисты меня практически не интересуют. Гораздо больше меня интересуют люди, старающиеся представить себе возможное будущее или неизвестное настоящее.

Из известных людей мне хотелось бы встретиться с писателем - фантастом Артуром Кларком, который, как я выяснил, живёт где-то на Цейлоне. Но ему уже около девяноста лет, и я боюсь не застать его живым в мой следующий визит на Землю. В этот визит – к сожалению не успею, так как он должен вскоре закончиться, но в следующий - надеюсь встретится и с ним, и ещё с кем-нибудь из людей того же плана...

Очень сожалею, что не застал в живых Джина Роденбери и Айзэка Азимова... Они далеко опередили ваше время в своём творчестве и дали людям заглянуть в их возможное будущее, а также чётче осмыслить настоящее.

С минуту помолчав, он сказал немного вопросительно: - Мне кажется, Стив, я уже ответил на большинство ваших не терпящих отлагательства вопросов. Теперь мне хотелось бы тоже задать один серьёзный вопрос и вам.

- Конечно, пожалуйста, - с готовностью согласился я, жалея в душе, что неудобно допрашивать его без конца.

- Мой вопрос к вам, в основном, философско - психологического характера и ни в коей мере не относится к вам лично, - начал мой инопланетный собеседник, - но ваше личное мнение мне будет очень интересно. Обещаю вам, что никто на Земле о нём знать не будет.

- Я готов ответить на любой ваш вопрос - сказал я, - разумеется, в пределах моей компетентности и согласно моим взглядам.

- Именно этого я и ожидаю от вас, - удовлетворённо заключил он. Потом продолжал:

- Итак, мой вопрос: - Почему вы – Земляне, - я имею в виду и ваши правительства, и большинство населения, пассивно их поддерживающее, так несерьёзно, я бы сказал, эгоистично и недальновидно относитесь к будущему вашей планеты, вашего общества, вашей природы? По нашим наблюдениям у Землян всегда на первом месте сиюминутные блага каких-нибудь отдельных групп людей – то, что в политике у вас называется «special interests», всё равно, в масштабе ли индивидуальной личности, какой-либо части населения, целой страны или всей планеты. Наиболее дальновидные из ваших известных учёных и писателей о науке предупреждают об опасности загрязнения среды и атмосферы, которые идут у вас с угрожающим ускорением; в частности, об изменении климата планеты и о многих других настораживающих явлениях... Но ваши управляющие органы не обращают на это практически никакого внимания. Массы населения при этом почти не протестуют против такого отношения к будущему!...

Как вы объясняете такое равнодушие вашего населения?

Ответить на его вопрос было нелегко, хотя я много думал об этом же и сам. Это было самое уязвимое место нашего общечеловеческого менталитета, - «человек покоритель и господин природы», и ещё глубже, - укоренившееся, личное, – «на мой век хватит, а после меня - хоть трава не расти».

- Мне трудно судить о менталитете всего Земного населения, - неуверенно начал я... - Но мне думается, что дело здесь в самой природе людей, в укоренившемся в них индивидуальном эгоизме и в подсознательной уверенности каждого, что за время его жизни, и даже жизни его внуков, ничего ужасного с Землёй не произойдёт, даже если мы отложим заботу о будущем человечества на пару – другую поколений. Я стараюсь себя уверить, что отношусь к этому по-другому, но в глубине души опасаюсь, что веду себя не совсем последовательно на практике.

- Я рад слышать от вас откровенные слова, - вставил Глен, - и думаю, что ваши суждения во многом верны.

- Большинство людей у нас, - продолжал я, - на словах соглашается, что надо что-то предпринимать, но никогда не соглашается, что именно. Меньшинство - иногда протестует. Но что значит несогласие меньшинства в нашем обществе?

Кроме того, мне кажется, нам грозит не только загрязнение воздуха и потепление планеты, но и другие серьёзные проблемы. Например, *бесконтрольный рост земного населения*, в основном, в слаборазвитых странах Азии и Африки. Также, *глобализация экономики развитых стран без глобализации управления планетой*, что ведёт к утечке производства из развитых стран и *безудержной спекуляции ценами на нефть и сырьё*. и, в результате, – к глубоким рецессиям в экономике отдельных стран и в мировой экономике. И, наконец, *быстрое распространение оружия массового уничтожения и религиозного экстремизма*…

- Вы правы, - прервал Глен мой монолог, - вы, Земляне, находитесь сейчас на распутье, и оттого, сумеете ли вы выбрать правильный путь, в конечном итоге зависит - **быть** или **не быть** вашей цивилизации. То, что я наблюдаю на Земле сейчас, не вызывает у меня больших надежд на то, что ваша цивилизация выживет достаточно долго для того, чтобы ваши лидеры и народ успели изменить своё отношение ко всем этим проблемам…

Я понимал, что по всей видимости он прав, и человечество на Земле, если не одумается, скорее всего кончит самоуничтожением. Мне было горько слышать его слова и представлять себе апокалиптические картины гибели нашей цивилизации, нашего мира, такого знакомого, близкого и обжитого... Но вместе с тем, я не мог себе отчётливо представить, - **что** - в нашем современном, раздробленном и обозлённом мире может заставить правителей взяться за ум и изменить отношение к природе, планете, и другим судьбоносным проблемам, стоящим перед нашим обществом...

Тем временем уже совсем стемнело, и с залива потянул лёгкий ночной бриз.

- Пойдёмте назад на нашу скамейку, - предложил я, - она сейчас наверняка свободна.

- Конечно, - согласился он.

Скамейка оказалась свободной, и мы с удовольствием вновь устроились на ней.

- Вы помните, я сказал о цивилизациях, наука и техника которых находится на уровне значительно высшем, чем у вас, и о проблемах, которые им пришлось решить в процессе развития для того, чтобы выжить? - спросил Глен.

- Да, конечно, - не очень уверенно ответил я.

- Я напомню. Для того, чтобы сохраниться, им пришлось: - организовать единое управление планетой; - стабилизировать количество населения на ней; - обеспечить достаточный прожиточный минимум всему населению; - достичь приблизительной адекватности уровней научно-технического и культурного развития общества.

Так как все эти проблемы у вас, на Земле, не решены, - продолжал Глен, - мне думается, что для сохранения цивилизации начинать вам надо, скорее всего, с объединения управления планетой, то есть, с создания чего-то вроде Соединенных Штатов Земли, так как в противном случае изменить «статус-кво» в разных государствах окажется невозможным.

- Это при наших-то, таких различных, антагонистических государственных устройствах, идеологиях и взглядах на религию!?... - не поверил я в реальность такого поворота событий. - Боюсь, что у нас это практически невозможно, - начал я объяснять ситуацию Глену, но он тут же вступил, продолжая мою мысль:

- К сожалению, я тоже не вижу повода для оптимизма. Теоретически я могу себе представить лишь два возможных сценария выживания вашей цивилизации. Один из них очень маловероятен, так как потребует от правительств и населения коренного изменения взглядов на мировую политику, суверенитеты, религию и науку в исторически короткое время - два-три поколения. То есть, необходима полная переоценка ценностей ради предотвращения почти неминуемой гибели вашей цивилизации в будущем.

Но так как эта гибель не грозит вам завтра, а судьбы пра-пра-правнуков не принимаются вашим населением всерьёз, то живущие ныне вряд ли захотят менять стиль жизни и подавлять свой эгоизм во имя далёкого будущего.

- К сожалению, вы вероятно правы, - невесело подтвердил я.

Глен продолжал:

- Нам, - людям, - дан разум, и он должен пересиливать эгоизм. Конечно, научиться этому очень трудно, как и заставить себя действовать соответственно. Но другого выбора, я думаю, у Землян нет. Нынешнее объединение ваших Европейских государств - это первый робкий шаг в нужном направлении, но от него до полного объединения планеты – дистанция астрономического размера...

- Мой второй сценарий - значительно более печальный, но к сожалению, и более реалистический в свете того, что происходит на Земле сейчас: - Противостояние «атомных» держав, включая религиозно-фанатические, типа Ирана или Пакистана, и просто отдельных групп террористов, рано или поздно приведёт к атомной войне, которая превратится в мировую и уничтожит большую часть земного населения, экономики и годной для жизни окружающей среды. Небольшое количество людей, которое, возможно, выживет в катастрофе, вынуждено будет начать всё сначала в очень трудных условиях...

Но тут есть шанс, что в силу экстремальных условий в руководители выдвинутся умные и решительные люди, которые, руководствуясь страшным опытом всей предыдущей истории, возможно, сумеют тем или иным способом преодолеть эгоизм и национально-религиозную рознь среди выживших, и повернуть то, что останется от цивилизации, в нужном для её выживания направлении...

И в том, и в другом случае мы будем готовы помочь Землянам советом и знаниями. Но... Захотят ли они этим воспользоваться?

Глен замолчал, как бы собираясь с мыслями, а я не мог придумать, что ему сказать.

- Надо сказать, вы рисуете довольно мрачную картину нашего будущего, - невесело подытожил я...

- Я понимаю ваши чувства, - ответил он, - но я сказал то, что я думаю, а не то, что было бы приятно услышать...

Вокруг было уже совершенно темно, только пара фонарей у бордвока освещала жёлтые круги на песке, невдалеке за которыми ресторанчик Сэма весело посвечивал разноцветными огоньками гирлянд, натянутых над открытой террасой.

Музыки сегодня не предполагалось, и потому на бордвоке было почти безлюдно.

Мне очень хотелось уйти от этой сложной и грустной темы земных проблем и опять перейти на галактические вопросы, но я не хотел прерывать ход его мысли о судьбах цивилизаций и человечества и старался найти компромиссный вопрос.

- Глен, - спросил я, - а как было с вашей цивилизацией? Вашему населению тоже когда-то пришлось решать те же проблемы?

Я почувствовал, что он ждал этого вопроса.

- Когда-то, - да, - начал он, - но это было очень, очень давно, - задолго до того, как наши предки покинули свою материнскую планету, чтобы создать новую цивилизацию, основанную на разуме, логике и законности.

- Так ваша цивилизация ещё сравнительно молода? - удивился я.

- Сравнительно, – да. Но наша цивилизация не начиналась с нуля. Она унаследовала научно-технический уровень нашей материнской цивилизации, очень хорошо развитой по своему возрасту.

Это произошло около восьмисот ваших лет назад. Наши предки отправились в добровольную эмиграцию, как когда-то сделали ваши американские отцы-пилигримы, чтобы начать всё с начала на новом месте - в нашем случае, на новой планете.

- Но ведь и вашим предкам на материнской планете, чтобы выжить, когда-то тоже пришлось бороться с эгоизмом, - настаивал я. - Ведь эгоизм заложен в природу людей, и, в конечном итоге, он - то главное, что движет материальный прогресс в человеческом обществе... Как ваши предки сумели подчинить эгоизм – разуму?

- Им, вероятно, тоже было очень трудно, - ответил Глен, - но им вовремя помогли оценить ситуацию...

- Кто?

- Визитёры из другой, более развитой цивилизации.

Я молчал, осмысливая услышанное.

Глен продолжал: - Наше отделение от материнской

цивилизации произошло примерно лет через сто пятьдесят после первого посещения инопланетными, вернее, иногалактическими визитёрами нашей материнской планеты.

В то время общество наших предков находилось на политическом распутьи, от исхода которого, могло зависеть выживание всей цивилизации. Во всём остальном, помимо социальных взаимоотношений, оно было очень высоко развито для своего возраста. В технологии оно было в то время лет на сто впереди вашего нынешнего уровня. Люди уже тогда жили примерно по сто пятьдесят ваших лет и более. В культурном плане, - я опять-таки имею в виду средний уровень восприятия действительности - они тоже ушли значительно вперёд.

- Почему вы думаете, что наш культурный уровень так уж низок? – прервал его я, невольно сочувствуя своим Землянам.

- Я так думаю, - ответил он, – наблюдая за критическим несоответствием вашего нынешнего уровня и темпов развития науки и технологий со средним уровнем восприятия действительности большинством населения, а также уровнем его религиозных воззрений и предубеждений. Ведь их основы почти не изменились за последние двести – триста лет.

- Ну, это не совсем так, - попытался возразить я. - Триста лет назад наши религии считали, что Земля плоская, и что она центр мироздания. Сейчас религии постепенно начинают считаться с наукой...

- И не сжигают больше инакомыслящих учёных на кострах?.. – подхватил Глен. - Но при этом наука попрежнему фактически отлучена от религий, и выводы науки попрежнему игнорируются церковью и большинством её прихожан. Церковь попрежнему проповедует дословно-библейское сотворение мира и человека и присваивает себе право говорить от имени Бога. А в некоторых религиях инакомыслие попрежнему нетерпимо и пресекается средневековыми способами! Когда же религия смешивается с политикой в угоду какой-нибудь партии или режиму и в таком виде преподносится народу, – образуется взрывчатая смесь, ведущая к войнам, террору и диктатурам различного толка...

А ведь он, в принципе, прав, - подумал я, - действительно, в культуре восприятия мира мы не ушли далеко от средних веков.

- После отделения нашей нынешней цивилизации от основной, - продолжал Глен, - она развивалась на новой планете согласно учреждённым нашими предками законам, основанным на разуме, логике, резонной справедливости, уроках истории и выводах передовой науки того времени.

По этим законам религия является личным делом граждан планеты, но никто не может выступать от имени Бога, а также использовать свои религиозные догмы и ритуалы для непрошенного вмешательства в личную и общественную жизнь других людей, или пропаганды своих идей. Эти же законы предусматривают ограничение личного эгоизма отдельных людей или групп нуждами и интересами всего общества.

Глен продолжал:

- Когда нам удалось сделать наши организмы иммунными на генетическом и физиологическом уровнях к любым заболеваниям и научиться делать искусственные органы, сосуды и кровь намного надёжнее природных, а также безболезненно заменять ими естественные, продолжительность нашей жизни многократно возросла. Мы стали умирать, в основном, от несчастных случаев с полным физическим уничтожением организма или с непоправимыми его повреждениями, или от вовремя неостановленных мозговых инсультов, которые случаются, в основном, в очень пожилом возрасте.

Мы почти не испытываем старческих изменений в организме и внешности, так как давно открыли механизм управления процессами, вызывающими старение. После первых, примерно, сорока лет, по вашему летоисчислению, наши организмы подвергаются генеральной проверке, замене большинства органов и сосудов искусственными - самыми новыми и совершенными, после чего в них отключаются механизмы старения. Так что у нас сейчас практически нет одряхлевших от старости людей.

- Но если вы практически бессмертны, - спросил я, - как же вы решаете вопрос перенаселённости вашей планеты? Ведь за время существования вашей цивилизации население планеты должно было увеличиваться в геометрической прогрессии!

- Нет, это не так, - ответил Глен. – Фактически у нас нет перенаселённости вообще.

Во-первых, наши законы регулируют населённость планеты, в определённой мере ограничивая деторождение.

Во-вторых, мы не бессмертны, - продолжал Глен.

- После долгих лет активной жизни, в глубокой старости, инсульты случаются почти у всех. Мы ещё не можем заменять внутримозговые микрососуды искусственными, хотя наши учёные ведут эксперименты и в этой области.

Большинство из нас ведёт очень активный образ жизни, и не только у себя на планете, но и путешествуя по другим мирам Галактики, часто неизведанным и полным опасностей. С течением времени фатальные происшествия набирают свой счёт. Некоторые, особенно из молодёжи, погибают, путешествуя даже в ближнем космосе, слишком полагаясь на своё умение. Некоторые погибают в разных катастрофах и планетных катаклизмах, которые у нас тоже случаются. Некоторые становятся жертвами преступлений, чаще всего, на любовной почве. Кроме того, когда-то люди просто устают от жизни и нередко уходят из нёё по собственному желанию... У нас это не считается противозаконным или предосудительным.

В общем, средняя продолжительность жизни у нас составляет сейчас немного больше шестисот лет...

- Шестьсот лет...! – мечтательно повторил я.

- Но объясните, как вы регулируете деторождение?

- Согласно нашим законам, - ответил Глен, - каждая пара семейных партнёров за время их активной жизни, как правило, может иметь не более 2х – 3х детей, в зависимости от изменения населённости планеты на текущее время. Кроме того, минимальный возраст обзаведения детьми у нас начинается с сорока пяти лет.

- С сорока пяти? – удивился я.

- Дело в том, - пояснил Глен, - что деторождение у нас происходит только путём смешанного клонирования, с последующим дозреванием клонированной клетки, а затем и плода, в специальных инкубаторах. Поэтому проблем с соблюдением этих законов практически нет.

- Вы хотите сказать, что в вашем обществе не существует сексуальных отношений? - удивился я.

- Ничего подобного, – успокоил меня Глен. - Сексуальные отношения у нас существуют и считаются, как и у вас, высшим физическим и эмоциональным наслаждением, доступным человеку, но у нас это не имеет никакого отношения к деторождению.

- Удивительно, но пожалуй, резонно, – согласился я.

- А что значит смешанное клонирование?

- Это означает, что в клетки для клонирования пересаживается часть генов от обоих родителей. Так что потомство наследует признаки обоих.

Всё это было остро интересно, и мне очень хотелось услышать продолжение истории развития его цивилизации, но я понимал, что было уже довольно поздно, а рассказ может занять довольно много времени... Мне было неудобно задерживать Глена, поэтому я сам, вопреки своим желаниям, предложил ему перенести продолжение нашей беседы на завтра или на другое время, когда только ему будет это удобно.

Он сразу же согласился, сказав, что уже, действительно, поздновато, и что сегодня ему ещё хотелось бы просмотреть кое-что на нашем Интернэте.

- Откуда вы собираетесь телепортироваться на вашу станцию? - спросил я.

- Самое удобное для меня - с Вол-Мартовского* паркинга, - ответил он. - Там можно почти не беспокоиться, что ночью машину утянут на штрафную стоянку.

Это звучало так обыденно, как будто речь шла просто о месте, где туристу безопаснее оставить на ночь машину...

- Почему бы вам не оставить машину у меня? - предложил я. - Вы можете заехать на задний двор, - там вас никто не заметит ни днём, ни ночью.

Он немного подумал, потом сказал:

- Вообще-то я стараюсь оставаться здесь ни от кого не зависимым, но если вы так уверены, что меня никто не заметит у вас во дворе, и вас это никак не стеснит, то я, пожалуй, воспользуюсь вашим гостеприимством, тем более, что вы вероятно захотите завтра встретиться снова.

- О да, конечно! - обрадовался я. - Я буду очень рад, если это только возможно.

- Конечно, возможно, - подтвердил он, - мы можем завтра встретиться раньше, скажем, часов в десять утра, если вам это удобно и ничего другого у вас не запланировано. Мы сможем продолжить наш разговор и одновременно прогуляться по каким-нибудь красивым или интересным местам.

*Всеамериканская цепь крупных недорогих универмагов, открытых и ночью.

- Вполне удобно, - с готовностью подтвердил я.

- Тогда, давайте так и сделаем.

Мы двинулись к стоянке, где к тому времени оставались только две наши машины - его рентованная Тойота, да мой минивэн.

Когда мы подъехали к моему дому, вокруг было совершенно темно, так как огромный Флоридский дуб, росший прямо перед домом, закрывал своими густыми ветвями свет от трёх уличных фонарей, стоявших довольно далеко от дома.

Я показал Глену, как заехать на задний двор и где поставить машину, чтобы её не было видно с соседних дворов. С задней стороны двора соседские постройки находились более чем в двухстах метрах и за густыми лимонными и апельсиновыми деревьями почти не были видны.

Мне очень хотелось увидеть, как Глен будет телепортировать себя на станцию, «висящую» где-то над Атлантическим океаном на высоте тридцати тысяч километров, но мне было как-то неудобно просить у него разрешение на это.

Но он сам пришёл мне на помощь:

- Вам, конечно, хочется посмотреть на «чудо», - засмеялся он, - но предупреждаю, – зрелища не будет. Во-первых, темно, во-вторых, всё происходит меньше, чем за секунду, и в-третьих, стёкла машины придётся поднять чтобы ночью не налило дождя. Впрочем, я могу включить в машине свет за момент до отбытия и оставить стекло опущенным, с тем что вы потом закроете его и выключите свет.

- Конечно, я всё сделаю как надо, - с готовностью согласился я.

- Ну, тогда до завтра, в десять, - помахал мне рукой Глен, вновь садясь в машину.

Он опустил левое переднее стекло и включил свет в кабине, как было обещано.

Я, не отрываясь, смотрел на него, боясь пропустить это первое настоящее чудо в моей жизни.

Он был абсолютно спокоен и слегка улыбался мне.

Всё произошло так быстро и внезапно, что я не успел даже пожелать ему счастливого пути.

Глен кивнул мне, и в следующий момент как бы растаял в ночном воздухе.

Я продолжал стоять как вкопанный, пытаясь осмыслить то, что произошло в этот вечер. На минуту я подумал – может я сплю, и всё это мне снится?

Но передо мной стояла его Тойота, в которой был включён свет и опущено левое стекло. Я потрогал её на всякий случай, – не пропадёт ли...

- Нет, не пропала. - Я выключил в ней свет и поднял стекло, затем захлопнул дверцу и вошёл в дом через дверь в застеклённой веранде.

II   ПРОГУЛКА ВТОРАЯ

Разумеется, я не мог заснуть в эту ночь почти до самого утра, перебирая в уме вновь и вновь все события с момента встречи с Гленом. Поэтому проснулся только, когда длинноносый кингфишер - один из птичьих персонажей на циферблате наших кухонных часов - просвистел девять.

Приняв душ, я наскоро приготовил себе обычный немудрёный завтрак и, всё время посматривая на часы, стал проглядывать вынутую из ящика почту.

Я специально устроился так, чтобы из окна мне хорошо была видна Тойота Глена. Мне очень хотелось не пропустить момент, когда он материализуется в машине. Но я-таки его пропустил.

Когда стрелки часов стали приближаться к назначенному времени, я повернулся к окну и стал, не отрываясь, смотреть на переднее стекло кабины. Прошло несколько секунд, и вдруг я услышал знакомый голос, идущий прямо от входных дверей:

- Доброе утро, Стив, простите, что без стука. Я решил, что лишняя предосторожность нам не повредит, и нагрянул к вам прямо в комнату. Извините, если это было не совсем тактично с моей стороны.

- Что вы, Глен! - радостно обернулся я на его голос.

- Я очень рад видеть вас у себя. Появляйтесь, когда и как вам удобнее. Только появляйтесь!

- Дело в том, что прежде чем телепортироваться к

вам, - продолжал Глен, - я заметил, что в соседнем с вами дворе происходит что-то вроде детского пикника - сегодня ведь воскресенье, и я подумал, что не стоит рисковать быть замеченным.

- Конечно, вы правы. Как это я не сообразил предложить вам вчера телепортироваться прямо в комнату!

- Я тоже не подумал, что это удобнее, - согласился Глен.

Меня тут же начали одолевать сиюминутные практические вопросы. - Глен, - начал я с первого, что вертелся у меня на языке, - вы только что упомянули, что перед тем, как телепортироваться сюда, вы заметили в соседнем дворе что-то вроде пикника. Мне очень хотелось бы понять, как можно видеть такие подробности, как группа детей, за тридцать тысяч миль без телекамеры...

- С помощью устройства, которое в переводе на ваш язык в первом приближении можно назвать *телескеннером,* – ответил он. - Оно основано всё на том же принципе, что и телепортация, но использует только первую ступень процесса, а именно - оно сканирует с требуемой точностью каждую точку материи в обьёме пространства, выбранного координатами, и выдаёт информацию о состоянии и расположении атомов во всех сканируемых точках.

Работая над проблемами телепортации, учёные открыли возможность считывать информацию о состоянии взаимосвязанных, разделённых пространством частиц, не разрушая при этом самого состояния.

- Это то, о чём наша наука пока может только мечтать, - позавидовал я.

- Да, это был первый большой прорыв нашей науки после переселения на новую планету, - подтвердил Глен. - На основе этой информации, - продолжал он, - приёмная часть устройства создаёт обьёмное изображение всего материального в сканируемом пространстве в любом требуемом масштабе и степени точности.

Это изображение можно наблюдать и на плоском экране - как вертикалный снимок или панораму. С помощью телескеннера можно заглянуть, например, внутрь Земли, или на поверхность Луны, или... - он улыбнулся, - во двор вашего соседа.

- Фантастика! — только и мог сказать я. - Вот бы увидеть это своими глазами!

- Что ж, если вас не пугает телепортация, то это не трудно организовать.

- Вы шутите? — не поверил я своим ушам, в душе надеясь, что это всерьёз.

- Нисколько, - ответил Глен. — Я и так собирался предложить вам посетить мою станцию, чтобы вы могли полюбоваться на свою Землю из космического пространства. Поверьте мне, она стоит этого.

- Глен, - ухватился я за идею, - я готов к транспортировке хоть сейчас!

- Ну что ж, тогда захватите с собой пару бутербродов, - я не знаю, понравится ли вам «внеземная» пища, - и отправимся на нашу сегодняшнюю прогулку.

Запихнув в карман свёрток с бутербродами, я стал по стойке «смирно» и весь напрягся в ожидании момента начала телепортации, но Глен, посмотрев на меня, спокойно сказал: - Расслабьтесь, Стив, вы не почувствуете ничего кроме секундного затмения видимости. Мы телепортируемся вместе. Мощности оборудования на станции для этого достаточно.

Я попытался расслабиться по совету Глена, но у меня, конечно, ничего не получилось. Сердце продолжало стучать, как перед концом стометровки.

Глен подошёл почти вплотную ко мне и повернулся вполоборота. - Ну что ж, «поехали», как сказал ваш первый космонавт, - улыбнулся он и приветственно махнул рукой.

В следующий момент Глен и вся комната плавно

растаяли в каком-то тумане, и я почувствовал, что и сам как бы плыву в воздухе…

Вдруг я увидел, что я уже не в нашей комнате, а в каком-то полукруглом помещении, около пятнадцати метров в поперечнике. Невысокий, немного покатый потолок его плавно переходил в стены, которые заканчивались плоским полом. Потолок был белый, а стены иммитировали какое-то светлое дерево. Пол был покрыт светлосерым матовым материалом, напоминающим тонкий искусственный ковёр.

У меня немного кружилась голова, так как я, действительно, беспомощно плавал в воздухе, не имея точки опоры, чтобы развернуться и получше осмотреться вокруг. Глен тоже парил в воздухе рядом со мной, немного выше.

- Ну как вам невесомость? – спросил он улыбаясь.

- Нравится! – ответил я с энтузиазмом, - но немного непривычно. Надо бы от чего-то оттолкнуться.

Глен вытянул руку и слегка толкнул меня к ближайшей стене. Внезапно из стены выдвинулось несколько небольших кольцеобразных, как показалось на вид, резиновых ручек, за одну из которых я и сумел уцепиться. После толчка Глен плавно «отплыл» в противоположноую сторону, где в стене оказались такие же ручки.

Держась за ручку, я осмотрелся. В помещении было достаточно светло: - свет, напоминающий наш дневной, шёл от широкого, забранного шторкой кольца, опоясывающего потолок на уровне немного выше человеческого роста. Собственно, понятия пол и потолок определялись только расположением мебели, которая состояла лишь из огромного стола, примыкающего прямо к полукруглой стене и с трёх сторон огороженного большими экранами, расположенными как трюмо, под углом друг к другу; кресла, наподобие пилотского, помещавшегося прямо перед столом, и низкого диванчика у стены, слева от стола. В

остальном, комната была пуста. На стенах вокруг стола и ещё кое-где чуть светились голубоватым и оран-
жевым светом непонятные знаки, символы и надписи, а
также располагалось несколько небольших затемнённых экранов. Противоположная столу часть стены была
плоской, и в ней виднелось небольшое углубление - по
всей видимости, закрытая дверь, по бокам которой располагалось несколько довольно больших, фотографи-
чески чётких и ярких картин, почему-то изображавших
вполне земные пейзажи.

- Ну, вот мы и дома, – сказал Глен, оттолкнувшись от
стены и «подплывая» ко мне. - Когда вы насладитесь
невесомостью вдоволь, я включу искусственную гравитацию примерно на 0,8g*, чтобы мы могли чувствовать
себя немного легче и приятнее, чем на Земле, не ис-
пытывая неудобств невесомости.

- Глен, - тут же не выдержал я, - боюсь показаться
назойливым, но не могу сразу же не спросить, на чём
основана ваша искусственная гравитация?

- Объяснить это довольно сложно, но если упростить
до предела, то попробую – в двух словах.

Представьте себе неизвестный вашей науке вид поля, типа магнитного, но взаимодействующего с любым
физическим телом или веществом. Образуется оно, в
конечном итоге, за счёт местного искривления пространства-времени, создаваемого специальным оборудованием, имеющимся на станции. Действие этого поля ограничено экранами, расположенными в верхней
и нижней части оболочки станции. Любое физиче-
ское тело под его воздействием будет вести себя точно так же, как в поле гравитации, т.е. будет двигаться в
сторону направления поля, пока не упрётся в пол
станции.

- Но ведь поле при этом тоже должно начать вза-
имодействовать с телом и давить на станцию в противоположном направлении, - уточнил я.

* g - в физике обозначает напряжённость гравитационного поля на Земле.

- Да, конечно, но поскольку распространение поля ограничено экранами в стенках станции, а действие равно противодействию, то оно давит на сторону станции, противоположную той, на которую давит предмет или человеческое тело, с той же силой, и вся система остаётся в равновесии. Такое же поле, но с отрицательным знаком, возбуждаемое с наружной стороны экранов под днищем станции, создаёт антигравитационную поддержку в поле тяготения. Такое же поле, но направленное под углом к полю гравитации планеты, создаёт также тягу для наших транспортных средств.

- А как же регулируется искусственная гравитация? - спросил я.

- Просто изменением интенсивности поля.

Давайте же посмотрим на вашу Землю, как она выглядит из Космоса, - предложил Глен В тот же момент часть панели боковой стены стала уходить вниз под пол кабины, открывая широкое, овальное окно фута в три в высоту и раза в два больше в длину. Свет в комнате погас, но совсем темно не стало, так как из окна шёл неяркий голубоватый свет.

Мы «подплыли» к окну с двух сторон и, держась за эластичные ручки, стали смотреть. Зрелище, развернувшееся перед моими глазами, было фантастическим! Хотя я видел не раз по телевизору и в кино снимки Земли, сделанные космонавтами с Луны, они не шли ни в какое сравнение с тем, что я видел сейчас. Огромный, яркий, голубоватый шар Земли занимал почти треть всего видимого пространства. На фоне глубокого, чёрного, почти беззвёздного неба, Земля сияла в лучах невидимого нам Солнца, как гигантский светящийся глобус, окутанный полупрозрачными разводами белых облаков. Внешнюю кромку Земли опоясывала тоненькая, голубовато-сиреневая полоска атмосферы. Слева, сквозь облака, слегка просматривались очертания обоих материков Америки. Справа довольно чётко виднелись берега Европы и центральной Африки. Восточную кромку земного глобуса тёмным серпом начинала закрывать ночная тень.

Я смотрел и смотрел, как заворожённый, не в силах оторваться от великолепного зрелища, развернувшегося перед моими глазами. Я старался рассмотреть подробности, но не мог различить ни городов, ни рек. Всё-таки, тридцать тысяч километров – расстояние!

Мне все ещё казалось нереальным всё то, что происходило со мной. Ведь только что я был у себя дома, и вдруг – я в космосе и смотрю отсюда на свою родную Землю, неподвижно висящую в безвоздушном пространстве!

- Ночью, - сказал Глен, - свет больших городов хорошо виден.

Вероятно, прошло не менее получаса, прежде чем я смог оторваться от окна и вернуться к волновавшим меня вопросам.

С самого начала цепи «чудес» Глена, я не замечал, чтобы он, начиная очередное «чудо», использовал какое-нибудь дистанционное управление, нажимал какие-либо кнопки или давал какие-то команды голосом. Всё совершалось само собой, даже без волшебной палочки.

- Скажите, Глен, - начал я новую серию вопросов, - каким образом вы управляете вашими устройствами на станции? Я ни разу не видел, чтобы вы что-нибудь включали или пользовались дистанционным управлением. Как вы делаете это?

- Я даю мысленные команды мозговому центру станции – машине, отдалённо напоминающей ваши компьютеры, но гораздо более способной, быстрой и универсальной. Её процессоры работают на тех же принципах, что и человеческий мозг. В переводе на ваш язык, ближе всего её можно назвать *информационным вариатором*. Так как нам в дальнейшем придётся часто обращаться к ней для объяснений, будем её сокращенно называть инфовариатором, или даже проще – инвариатором.

- Вы хотите сказать, что машина способна принимать телепатические сигналы?

- Да, это так.

Около четырёхсот лет назад в вашем исчислении наши учёные опытным путём нашли, что при соответствующей тренировке отправителя и специальном усилении посылаемых им телепатических сигналов, человеческий мозг способен устойчиво воспринимать информацию, передаваемую другим мозгом.

Но если на это способен человеческий мозг, то почему процессор инвариатора, сконструированный по тому же самому принципу и специально настроенный на приём или передачу телепатических сигналов определённого индивидуума, или другого инвариатора, не может делать того же самого?

Как оказалось, это работает, и весьма надёжно.

Примерно в то же время мы узнали от наших иногалактических гостей о проводящих телепатические сигналы «полях», или скорее состояниях, возникающих вне материи пространства-времени* при сеансах их передачи. Теперь, благодаря этим состояниям, мы осуществляем мгновенную космическую связь, и в конечном итоге, они же позволили нам осуществить и саму транс-космическую телепортацию.

- Мне это представляется самой невероятной фантастикой, - сказал я. - Наша официальная наука пока отказывается даже заниматься исследованиями в этой области!...

- Если хотите, то я не против позлословить о вашей науке, - сказал Глен, - но для начала я включу гравитацию и предложу вам чашку нашего «кофе» - напитка, слегка напоминающего ваше земное кофе, вкус и запах которого можно варьировать по желанию.

- С удовольствием, - согласился я, и тут же почувствовал, что плавно опускаюсь к полу. Всё ещё держась за резиновую ручку, я постарался придать своему телу,

*Никто пока не знает, из чего состоит материя пространства-времени, но она есть.

по возможности, вертикальное положение. Мне это удалось, и в следующий момент я мягко коснулся ногами пола.

- Присаживайтесь на диван, - пригласил Глен, - я сейчас к вам присоединюсь. Он отошёл от окна, и сразу же панель стены начала подниматься из-под пола, закрывая овальное окно. Одновременно с этим начал усиливаться свет от кольца в потолке кабины, пока не достиг нормального уровня.

Глен присел на диван справа от меня и поднял верхнюю часть подлокотника, которая изнутри оказалась светящимся экраном с непонятными надписями и символами. Он притронулся по очереди к нескольким из них и спросил меня, предпочитаю ли я горячие напитки сладкими, чуть сладковатыми или вообще без сладости.

- Пожалуй, чуть сладковатыми, - ответил я.

Он тронул ещё какой-то значок и опустил экран назад на подлокотник. В следующий момент небольшой участок пола в полуметре от дивана начал подниматься, подпираемый снизу довольно толстой овальной колонкой. Поднявшись на высоту чуть выше журнального столика, колонка остановилась, а поверхность пола в форме половинки эллипса раскрылась, как книга, в сторону дивана, образовав небольшой овальный столик, облицованный каким-то очень красивым деревом. В том месте, где под крышкой столика была колонка, на его поверхности виднелась овальная выемка, дно которой сразу же, как поршень, ушло куда-то вниз, но через несколько секунд поднялось снова на уровень стола, причём на нём, как на маленьком подносе, стояли две небольшие чашечки с каким-то аппетитно дымящимся напитком, диспенсер с тиснёными салфетками, на вид из какого-то синтетического материала, и пара плоских металлических лопаточек с затейливым орнаментом на ручках.

- Пробуйте мой «кофе», - предложил Глен, подвигая ко мне чашечку.

- Спасибо, - сказал я, и пригубил напиток. Он был густым, ароматным и довольно приятным на вкус, напоминавшим что-то среднее между кофе и какао с чуть заметным привкусом чего-то вроде ямайского рома.

- Ваша официальная наука стала слишком «корпоративной», - начал Глен. - Новым идеям в ней сейчас очень трудно пробиваться. Если учёный ещё не имеет имени или связей в научном мире, то у него почти нет шансов быть услышанным. Поэтому многие интересные идеи и потенциальные открытия остаются вне рассмотрения наукой весьма долгое время...

Если же какая-нибудь теория, даже не полностью проверенная, но признанная авторитетами официальной науки, становится объектом критики или попытки пересмотра, то осмелившийся на это нередко подвергается остракизму, или вообще объявляется вне науки, независимо от логичности его критики...

Не так давно, например, я смотрел на вашем телевидении полемику по поводу Теории Эволюции Чарльза Дарвина. У защитников чистоты и законченности Теории большинство аргументов сводилось к тому, что любая критика её равносильна признанию библейской истории сотворения Мира во всех её деталях.

- А вы считаете, что Дарвин в чём-то был неправ в своей Теории? - спросил я.

- Он абсолютно прав в своих выводах о существовании эволюции и естественного отбора в биологическом мире.

Однако интерпретация его теории и фундаментальные выводы, делающиеся из неё многими вашими научными толкователями не оченьубедительны. Подходя к теории Дарвина с чисто-материалистических позиций, принятых вашей официальной наукой, они сводят всё развитие жизни на Земле, от его первичного появления, до возникновения миллионов новых её видов и форм, - только естественным отбором: борьбой за существование, приспособлением к окружающей среде и чисто спонтанным мутациям, не оставляя места для возможности вмешательства в эволюцию каких-либо трансцендентных* начал. Но без этого очень трудно, логически объяснить первоначальное возникновение саморазвивающейся жизни из неживого материала и многие фундаментальные изменения живых клеток и организмов. Даже если предположить, как утверждает ваша официальная наука, что первые живые клетки могли когда-то самопроизвольно возникнуть из неживых инградиентов лишь потому, что где-то в природе случайно произошло невероятное собрание всех небходимых инградиентов, условий и... мутаций(?) для такого мистического перехода состояний материи, - всё ещё останется объяснить как первые примитивные живые клетки могли эволюционировать во всё более сложные организмы не имея заранее заложенной в них генетической системы. Путём спонтанных мутаций?

Ещё труднее логически объяснить, не предполагая трансцедентной «помощи» эволюции, – каким образом в живых организмах возникли такие целенаправленные и высокоорганизованные системы как мозг, объемное зрение, объемный слух, и репродукционная генетическая система. Можно ли представить себе чтобы все эти, и другие системы живых организмов и растений с их сверх-разумным дизайном постепенно развились только в результате естественного отбора, - т.е. выживания сильнейших и самопроизвольных мутаций?

На нашей планете преобладает мнение что в основе всего этого где-то в Мироздании существует разумный дизайн какого-то сверх-гениального высшего разума.

Не вызванное объективной необходимостью великое разнообразные видов и форм жизни в природе, их совершенство, красота и выразительность, тоже говорит о сверхразумном дизайне генетических кодов.

Я молчал не зная что сказать, хотя в душе готов был согласиться со многим из того что говорил Глен.

- К сожалению,» продолжал он, «когда кто-нибудь у

*Здесь: Находящиеся за пределами познанного наукой мира.

вас пытается поставить под вопрос логические возможности какого-либо элемента или звена Теории эволюции, или пытается обратить внимание науки на примеры разумного дизайна в природе, он тут же объявляется «криэйшионистом», что в вашей науке уже давно стало бранным словом, а его точка зрения - ненаучной...

Кстати, я читал, что сам Дарвин был глубоко верующим человеком, изучавшим теологию в Кембридже, и вполне допускал что сама эволюция может являться частью трансцендентного плана Разумного Творения.

То же происходит и в полемике о происхождении Вселенной, жизни и человека... Когда кто-либо пытается всерьёз обсуждать возможность существования разумного плана творения Вселенной, он тут же объявляется вне науки, и на этом обсуждение заканчивается. Но ведь таким образом от науки практически отключается вся философия! При этом почему-то забывается, что к идее Первородного взрыва - Биг Бэнга - и постоянно расширяющейся Вселенной ваша наука пришла с «подачи» священника - физика и философа - Джорджа Леметра».

«А что известно вашей науке в этой области? – задал я немного провокационный вопрос.

Глен слегка помедлил с ответом, потом сказал:

«Никаких новых эмпирических данных в этой области у нас нет. - Я могу сказать только о некоторых утвердившихся у нас теориях и о гипотезах на эту тему, бытующих в наших базах научных данных. Но начну рассказ немного издалека.

У нас ведь подход к научной информации несколько иной, чем у вас. Каждый достаточно образованный человек, не обязательно даже дипломированный специалист, может предложить свои труды, от эссе до серьёзных книг, в курирующий нашу науку центр (назовём его условно «Академией») для публикации в Центральном Депозитории научных знаний. При этом используются каналы, сходные с вашим Интернэтом. Эти труды поступают на инфовариаторы, которые их классифицируют, оценивают с точки зрения логики, новизны, актуальности и научности по сравнению с уровнем знаний в данной области, а также по другим научным параметрам, включая и философские.

Если материал оказывается хотя бы теоретически стоющим, спорным, или даже просто интересным с философской точки зрения, то он издаётся, и с исчерпывающей аннотацией и кратким рефератом поступает в соответствующие базы научных данных Центрального Депозитория, где ими могут пользоваться все желающие. Отвергнутые материалы, с соответствующим анализом и заключением, поступают в архив - другую базу данных, где они тоже доступны для обозрения. За принятые труды авторам полагаются кредиты от Академии, которые переводятся на персональные кредитные счета в Планетарном Банке.

- Скажите, Глен, - прервал его я, - ведь для оценки научности и актуальности присланного материала ваши инфовариаторы должны обладать практически человеческим интеллектом?

- Да, это так, - ответил он. - Они им обладают. Кроме того, в их распоряжении находятся базы научных данных, содержащие практически всё, что известно нашей науке в любой области знаний.

- Неплохо, - прокомментировал я, – люди с их пристрастными мнениями вообще не участвуют в оценке материалов!

- Да, у нас везде, где это возможно и имеет смысл, для принятия решений используются инвариаторы. Люди вмешиваются только, если возникает опасность ошибки, о чём предупреждает сама машина.

Возвращаясь назад к эволюции, скажу только, что мы знаем о ней давно, но принимаем её с несколько большей степенью универсальности. Мы считаем, что сама эволюция, как феномен, изначально заложена в схему развития Нашей вселенной, так как и сама вселенная эволюционирует с момента Биг Бэнга, который у нас считается доказанной реальностью.

Если же говорить о чисто биологической эволюции,

то она несомненно подтверждается, - хотя бы тем, что её схема неизменно повторяется с небольшими вариациями на всех известных нам планетах, где существует жизнь на углеродной основе.

- А разве жизнь не на углеродной основе тоже где-либо существует?

- Это пока точно не установлено, но некоторые намёки на её существование в Галактике имеются.

Ведь если считать что для возможности возникновения жизни необходимо только создание материальных структур пригодных для существования и эволюционирования в них жизни, а вопрос о самом её возникновении или превнесении в эти структуры из вне - оставить на трансцендентные заботы Высшего разума Мироздания, - то за время существования планетных систем, такие структуры для существования жизни на неуглеродной основе могли быть созданы какими-нибудь сверхцивилизациями, где-то во Вселенной..

- И такая жизнь тоже может эволюционировать и испытывать мутации?»

- Теоретически, – да.

Основное течение в нашей биологии склонно считать, что явления, которые у вас называют мутациями, по крайней мере, в приложении к нашим планетам, не совсем случайны. Их возможность и направленность, скорее всего, тоже запрограммирована где-то на уровне Идеи развития Нашей вселенной.

- Так, по-вашему, Вселенная развивается согласно разумной идее, существующей вне её? – спросил я.

- К этому сейчас склоняется большинство наших учёных а также просто интеллигентных людей, интересующихся Космологией. Их взгляды базируются на истории наших физических, астрономических и биологических иследований, а также на изучении удивительных материалов, выбранных из источников на нашей планете и на других планетах Галактики, безспорно свидетельствующих о присутствии в природе разумного дизайна.

Между прочим, в реальности того что в основе рождения Нашей вселенной заложена разумная идея уверены не только мы, но и учёные вышеразвитой цивилизации, которые время от времени консультируют нас.

- Консультируют? – не понял я.

- Да. Мы не можем обращаться к ним по любым интересующим нас вопросам, но они наблюдают нас и другие цивилизации, близкие к нашему уровню, время от времени сообщая нам, когда сочтут нужным, жизненно важную информацию, иногда меняющую весь ход научной мысли.

- Получается похоже на Overlords* в романе «Конец детства» Артура Кларка.

- Не совсем. Они никак не вмешиваются в наши дела, но в общем, немного похоже.

- И вашей цивилизации в том же плане поручено наблюдать нас!?

- Близко к истине, – подтвердил Глен. - Когда и если вы подойдёте к судьбоносным решениям, мы попробуем предложить вам жизненно важную информацию. Ваше дело будет принять её или отвергнуть.

Я слушал всё это с двойственным чувством: с одной стороны, мне было немного обидно за нас, землян, что нас наблюдают, как недоразвитую ветвь того же биологического вида; с другой стороны, мне было приятно, и обнадеживало, что мы не одни во Вселенной, и что существа нашего вида из вышеразвитой цивилизации готовы помочь нам выжить...

- А кто-то наблюдает и ваших Overlords? – спросил я.

- Нам это неизвестно, – ответил Глен.

Мы давно уже допили свой напиток, и он сдвинул наши чашечки и салфетки назад на овальное углубление над колонкой стола. В следующий момент вся использованная посуда опустилась куда-то вниз, а из

*Здесь: Попечители из вышеразвитой инопланетной цивилизации

овального «колодца» поднялась панель, закрывшая его вровень с крышкой стола. Крышка стола сложилась, и панель стола плавно опустилась вровень с полом, напоминая о себе только едва заметной опоясывающей её щелью.

- Удобно, - подумал я.

Мне хотелось ещё послушать об идеях мироздания, доминирующих в их обществе, поэтому я сказал:

- Глен, мне хотелось бы вернуться к разумной идее, существующей вне Нашей вселенной. По-моему, она означает понятие, которое мы именуем Богом. Не так ли?

- В принципе это так, но всё не так просто, - ответил он. - Здесь мы находимся на стыке двух ветвей науки - физики и философии. И в этой области знаний мы не продвинулись далеко вперёд от уровня вашей науки. Очевидно, в этом вопросе Космология подошла вплотную к границе познаваемого на основе «чистой» науки в вашем понимании. Наша философия отвечает на идею интеллектуального начала утвердительно, хотя и оставляя открытым вопрос о сущности самого Бога или Высшего разума обитающего как мы полагаем внутри Космологической иерархии вселенных т.е. Мироздания, - всей постоянно существующей реальности. Физика пытается доискаться начала всех начал чисто логическим путем, но тут мешает так называемый «self reference loop», - нечто вроде вашей логической загадки: что было раньше – курица или яйцо?

Если считать Нашу вселенную космическим «яйцом» то логически она произошла от уже существовавшей в этот момент космической «курицы» - реальной Превселенной, что бы она собой не представляла, но обладающей пространством, и существующей в реальном времени Мироздания - т.е. всего реально существующего. Ведь в небытии Биг-Бэнг состояться не мог. Но откуда взялась космическая «курица» - Превселенная, и она-же Основная вселенная, если в иерархии больше нет временных вселенных кроме Нашей. Логическая загадка пока ещё не решена. Остаётся только подойти к этой проблеме руководствуясь не только логикой но и философией.

Наши Космологи – теоретики и философы предположили, что поскольку Космическая иерархия вселенных это единственная существующая ныне, и, по всей видимости, существовавшая всегда физическая реальность, в противоположность небытию, то, как считали ещё древние мудрецы на обеих наших планетах, эта реальность никогда не возникала, и никогда не исчезнет. Она существует вечно. Это и есть гипотетическо-философское решение логической загадки о курице и яйце.

Однако эта вечная и бесконечная физическая реальность не неизменна. Внутри неё могут зарождатся, существовать и разрушаться временные вселенные, вроде Нашей, а также происходить различные изменения в энергетических структурах физического вакуума в пространствах всех вселенных Космической иерархии. Остаётся вопрос - что или кто эти изменения инициирует?

Как полагает большинство наших учёных, а также просто интеллигентных граждан, в этой Космической реальности существует разум, на многие порядки превосходящий уровень нашего – человеческого. Как считают учёные этот Высший разум может обитать в Основной вечной вселенной Иерархии, которая, по их мнению должна быть очень высоко организованным миром, имеющим различно эволюционирующие пространства, и возможно другие временные вселенные

Может ли Высший разум влиять на процессы в Правселенной? Мы считаем что да. Многие из наших учёных думают что и сам Биг-Бэнг был подготовлен где-то на уровне этого Высшего разума.

Теперь немного о физическом возникновении нашей вселенной. – Продолжал Глен. – По рассчётам учёных получается, что если наша Вселенная начала своё существование в результате Биг Бэнга, то для этого необходимо, чтобы в его момент вся энергия, т.е. весь требуемый «материал» для возникновения или создания будущей вселенной, с плотностью близкой к бесконечной, был сосредоточен, или каким-то образом возник, в минимально возможном объёме пространства, в вашей науке названном «Singularity», что трудно представить себе в реальности с точки зрения физики.

Первое что приходит в голову как возможный ответ на вопрос: как в природе могло создаться такое неимоверное давление, - это коллапс ранее существовавшей вселенной. Однако, наша наука не может дать какой либо обоснованный ответ о причине коллапса стабильно развивавщейся Пре-вселенной.

Итак, если Биг-Бэнг был результатом коллапса какой-то ранее существовавшей вселенной, это может означать, что мы живём в циклической вселенной. Но физика также не может ответить на вопрос: как начался этот космологический цикл, и может ли он существовать вечно?

Заключить из известного нам, что существование Вселенной циклично и что наша Вселенная, в конце концов, перестанет расширяться и начнет сокращаться в будущем - нельзя, так как для этого, на сегодняшний день, нет никаких подтверждающих эту версию данных. Поэтому мы не рассматриваем её как реалистическую.

В наших базах научных данных касающихся физического зарождения Нашей вселенной существуют также другие физико-гипотетические теории её возникновения в процессе самого Большого взрыва, которые мы считаем более реалистическими, поскольку используемые в них отдельные процессы согласуются с реальными опытами.

Наши ведущие космологи и большинство активно интересующейся интеллигенции, в вопросе о физическом процессе возникновения или создания Нашей вселенной, придерживается физико-гипотетических взглядов создателей этих теорий на возможность возникновения Нашей вселенной из энергии вертуальных частиц лавинно образовавшихся в высоко энергетическом физическом вакууме пространства Пре-вселенной в процессе самого Большого взрыва. Некоторые из них даже считают что и сам Биг-Бэнг был инициирован где-то на уровне Высшего разума.

Какое-то время тому назад некоторые из наших физиков – космологов пытались развить гипотетические теории о случайно – спонтанном возникновении Нашей вселенной наряду со множеством других, в основном непригодных для поддержания и развития жизни. Но поскольку все эти теории создавались на чисто метафизически - философском уровне и не могли быть как-то эмпирически подтверждены, то они не имели значительного резонанса в нашей науке и обществе.

Сейчас в наших базах данных преобладает логически-философское построение примерно такого порядка: Биг-Бэнг мог произойти только в каком то реальном пространстве Пре-вселенной, что бы она собой не представляла, и в реальном глобальном времени всего Мироздания. Наша вселенная была специально спроектирована на уровне Высшего разума, существующего в Космической иерархии, и осуществлена на основе законов природы, выбранных из действующих в Основной – вечной вселенной иерархии. С тех пор Наша вселенная эволюционирует согласно этим законам, лоторые в свою очередь также постепенно эволюционируют, но в Космической шкале времени т.е. на много порядков медленнее, по сравнению с нашим восприятием текущего времени.

Некоторые даже предполагают что это происходит

также не без трансцендентной помощи. также на уровне Высшего разума, таким образом контролирующего эволюцию Нашей вселенной.

Мы привыкли к идее что Наша вселенная была создана как Специальная, при участии Высшего разума Мироздания и пока не видим причины её менять.

- Извините Глен , но в своём рассказе вы несколько раз упоминали общее «глобальное» время Космической иерархии или, другими словами всей существующей физической реальности.   Между тем, многие учёные в нашей науке продолжают придерживаться взглядов что время скорее всего только иллюзия в нашем сознании, а Нашу вселенную можно рассматривать вне реального времени как уже состоявшуюся «Block-universe» где математическое «пространство-время» является только общей координатой, в которой время может менять направление, а все события, как в прошлом так и в будущем, уже совершились и могут вызываться в каждый данный момент как иллюзия в нашем коллективном сознании.   В связи с этим, мне очень интересно что вашей науке известно о реальности и относительности понятия времени?

– В своё время, - начал Глен, наша наука тоже проходила через подобные настроения, но все они закончились после того как были осуществлены первые успешные опыты с космической транспозицией сначала состояний отдельных частиц, а затем и с телепортацией целых атомных структур и немного позже и живых организмов.

Это стало эмпирическим подтверждением возможности одновременности в космических масштабах и, практически, мгновенных, несоизмеримых со скоростью света, скоростей передачи информации, а поэтому, безусловной реальности и общей для всего Мироздания «глобальности» времени.

- Сейчас наша наука считает время не только реальностью, но и фундаментальной основой существования самой реальности.

- А как это согласуется с относительностью времени введённой А.Эйнштейном в Теории относительности? – спросил я.

- Так же как и с любым местным временем, - сказал Глен, затем продолжил: - относительное время – это локальное замедленное относительно реального «глобального» времени Мироздания время, наблюдаемое, в системе, движущейся относительно квази-неподвижной вселенной со скоростью не превышающей скорости света. Оно также реально, но существует только для наблюдателей внутри этой движущейся системы и для их возраста, уменьшившегося по возвращению в исходную, или любую квази-неподвижную точку вселенной, по сравнению с возрастом наблюдателей не совершавших путешествия.

Итак, - продолжал Глен возвращаясь к теме, - большинством в науке, а также и в нашем обществе, признана идея разумного Бога или просто Высшего Разума, существующего вне Нашей вселенной, но внутри Мироздания и потому ограниченного в своих возможностях причинно-следственной логикой и действующими законами природы Мироздания.

Каждый волен принимать её или нет для себя лично. Наша общепринятая философия не считает, что Бог или Высший разум должен вмешивается в жизнь Вселенной на планетарном уровне. Она считает, что для этого созданы и существуем мы, - люди.

Наши законы строго запрещают кому-либо выступать от имени Бога, объявлять себя Пророком или мессией, публиковать или проповедовать свои «переговоры» с Богом или его «высказывания». Считается что Бог, или Высший разум, обладает достаточными возможностями, чтобы говорить с людьми без посредников и интерпретаторов, если он того пожелает.

- Вы хотите сказать, что у вас не существует ни Церкви, ни религий?

- В том виде, как у вас, – нет. У нас существуют

храмы, посвящённые идее Бога или Высшего Вселенского разума - красивые постройки, удобные для медитации и раздумья. Там всегда играет тихая, мелодичная музыка и демонстрируются голограммы космоса и природы. В основном, люди приходят туда отдохнуть от текущих дел, помедитировать, а иногда и обратиться к Всевышнему, если им это нужно.

У нас существуют очень неболшие секты, которые трудно даже назвать религиозными, возникающие на какое-то время потом исчезающие. Они пытаются философски осмыслить сущность Бога и связь его с нашей жизнью на основе истории и других материалов баз нучных данных, и без таковых. Скорее, это похоже на «клубы по взглядам». Но широкого распространения они никогда не получали.

В основном же, люди обходятся признанием существования Высшего Вне-Вселенского разума, согласно современным взглядам нашей Философии. Но при этом у нас не существует никакого религиозного поклонения ему, как у вас - Богу.

- Но ведь вера во Вне-Вселенский разум, как и вера в Бога – Создателя Вселенной, тоже своего рода религия? – предположил я.

- Это не совсем так, – ответил Глен. - В религиях первичным являются ритуалы и толкователи религий, например, пророки, предположительно получившие или получающие указания от самого Бога. Догмы и мифы, на которых основаны сами религии, для них вторичны. Вера может существовать и безо всяких ритуалов и посредников между Богом и людьми. Она всегда остаётся глубоко личным делом человека. Каждый вправе верить в то или другое устройство мира в соответствии со своими взглядами и информированностью.

- Скажите, Глен, - спросил я, возвращаясь к теме эволюции – что известно вашей науке о происхождении самой жизни в нашей Вселенной?

- Меньше, чем вы, вероятно, ожидаете услышать, - ответил он. - Наши физики и математики успешно реализовали искусственный интеллект в инвариаторных программах, а также управляемые инвариаторами двигательные и балансные процессы в роботах и других механизмах, которые не уступают по эффективности тем же процессам у живых организмов. Но это не имело никакого отношения к реальным жизненным процессам, происходящих в живых организмах а также к их самоощущению.

Наши биохимики и биофизики в своё время долго экспериментировали, исследуя возможность создать с нуля полностью искусственные, способные размножаться живые клетки на углеводородной основе. Они не добились положительных результатов из-за неимоверного количества возможных комбинаций реагентов и условий опытов. Когда учёные подсчитали затраченное на экперименты время, они пришли к заключению, что для завершения задачи могут потребоваться сотни тысяч, если не миллионы лет...

В природе, где многое зависит от игры случая, для возникновения необходимой комбинации «материала» и условий, необходимых для спонтанного рождения жизнеспособной живой клетки, согласно подсчётам, по теории вероятности,, понадобились бы биллионы и биллионы лет... По мнению многих наших философов, теория самопроизвольного возникновения жизни во Вселенной имеет гораздо меньше оснований, чем предположение, что она - результат вне-Вселенского интеллектуального дизайна.

Ничего более конкретного на эту тему в наших базах данных пока нет, - закончил свой ответ Глен.

Я только лишь собрался задать свой следующий вопрос, как Глен опередил меня с заманчивым предложением:

- Не хотите ли продолжить нашу беседу где-нибуть на природе, в каком-нибудь красивом уголке Земли, известном вам, - например, на вашей родине?..

- Вы имеете в виду телепортироваться куда-нибудь в

Россию или на Украину? - неуверенно спросил я.

- Почему бы и нет? - ответил он. - Выберите красивое или просто приятно место по своему усмотрению.

Он подвёл меня к столу и усадил в «пилотское» кресло. Тотчас же вспыхнул большой экран, и на нём оказался такой же Земной шар, как мы видели в окно станции, правда не такой яркий и без облачности.

Глен взял со стола какую-то длинную металлическую палочку, похожую на указку, и передал её мне.

- Это моя волшебная палочка, - улыбнулся он. Ткните ею в любую точку глобуса и держите, пока карта места не увеличится до нужного вам размера. Потом можете подправить выбранную точку и увеличивать карту снова. Последовательно вы сможете прийти к такому увеличению, что будут видны идущие по улицам люди или предметы в комнатах.

- Напоминает нашу не так давно появившуюся компьютерную программу «Google Earth», – сказал я.

- Да, пожалуй. С той разницей, что Google использует для показа местности, её снимки, сделанные заранее со спутников, а мой скеннер показывает реальную сиюминутную ситуацию в выбранном месте как на поверхности планеты, так и внутри неё, как и в любом объёме пространства доступного скеннеру.

- Небо и Земля! – резюмировал я.

Подумав секунду, я прижал остриё палочки приблизительно к середине крошечного Крымского полуострова в правой части глобуса, недалеко от его затемнённой части. Сейчас же глобус стал увеличиваться в размерах, заполнил весь экран, и вот уже чёткая географическая карта Крыма оказалась перед моими глазами. Тут и там на ней появились коротенькие светящиеся надписи на непонятном языке.

Глен прикоснулся к какому-то символу на панели с правой стороны стола, и надписи на карте вдруг стали русскими. Я увидел весь Южный берег и прижал остриё палочки к месту, над которым виднелась надпись «Гурзуф». Карта стала снова увеличиваться, и вот уже появились зигзаги Гурзуфских улиц и рельефные очертания домов, и уже то, что я видел на экране, нельзя было назвать картой, - это была панорама - вид города и его окрестностей с высоты птичьего полёта!

Я на секунду оторвал палочку от экрана и перенёс её на хорошо теперь видимую плоскую скалу, возвышающуюся над городом со стороны моря, и снова стал увеличивать картину. Наконец, я увидел смотровую площадку и даже небольшую кучку микроскопических туристов, собравшихся на ней. Помимо скалы и туристов, на экране была видна небольшая прибрежная часть Гурзуфа с его узкими извилистыми улицами и ползущими кое-где по ним миниатюрными автомобилями. От площадки вниз к городу вела дорожка с несколькими поворотами и лестничными ступеньками в разных местах.

Глен, смотревший на панораму вместе со мной, взял у меня палочку, показал на дорожку между двумя поворотами и сказал: - Мы можем телепортироваться вот сюда. Здесь сейчас никого нет, и нам никто не помешает. Вы готовы?

Да, конечно я был готов, всегда готов. Только бы эти чудеса продолжались подольше!...

Глен вынул из ящика стола что-то вроде небольшой, серой планшетки и опустил её в карман куртки.

Итак, в Крым - сказал он, и в тот же момент наша кабина со всем содержимым растаяла в «воздухе»; внезапно стало очень светло, а мы оказались стоящими на пробитой в камне дорожке, с одной стороны которой громоздились скалы, а с другой, за каменной же оградой было видно море и прилегающая к Гурзуфу Западная часть берега с лодочными причалами и небольшими постройками. Выше были видны виноградники, а вдалеке над ними в вечерней дымке возвышались хребты Крымских гор. Солнце было на нашей стороне и уже склонялось к самому горизонту, - по местному времени, вероятно, уже было около семи.

Чтобы успеть полюбоваться панорамой Медведь-Горы и возвышающимися из моря живописными скалами – Адалларами, надо было спешить, и мы двинулись бодрым шагом вверх по каменистой дороге.

Вскоре мы подошли к смотровой площадке.

- Вы что, отставшие из нашей группы? - спросил увидевший нас экскурсовод.

- Нет, нет, мы сами по себе, - ответил я.

Экскурсовод подозрительно оглядел нас и отошёл к группе.

Мы подошли к краю площадки. От развернувшейся перед глазами панорамы захватило дух!...

Величественные очертания Аю-Дага, тепло позолоченного лучами заходящего Солнца, с морщинами ущелий на зеленоватой щетине лесов, сбегающих вниз к серым нагромождениям скал и камней, которые опоясывали гигантскую гору со стороны моря; тёмносиняя, почти фиолетовая в закатном свете, вода Чёрного моря и две огромные, сказочно чарующие древние скалы – Адаллары, поднимающиеся прямо из моря и тоже золотящиеся в свете заходящего Солнца...

За время работы в морском торговом флоте и моей жизни на Западе я объездил почти весь мир. Видел много красивых и экзотических мест, но до сих пор считаю, что это место, пожалуй, одно из самых красивых из тех, что мне когда-либо довелось увидеть.

Мы долго молчали, глядя, как постепенно меняются краски этой величественной панорамы, - медленно покрываются синим туманом склоны Аю-Дага, темнеет синева морской воды, и золотом загораются реденькие облачка, прилепившиеся к вершине горы.

Потом Глен сказал: - Да, такие места попадаются нечасто. Спасибо вам за доставленное удовольствие...

- Спасибо вам, - ответил я, - за то, что я смог увидеть это ещё раз!..

- Мы сможем увидеть ещё многое, - пообещал Глен.

- Только бы он не передумал! - мысленно добавил я...

Солнце село, и туристы потянулись к дорожке, уходящей вниз. Мы остались одни.

- Если хотите, мы можем продолжить разговор, начатый на «Hudson Beach», о нашем общем с вами происхождении. Я думаю, что вам это будет небезынтересно, - предложил Глен, - кроме, того он имеет прямое отношение к Дарвиновской Теории.

- Конечно, хочу! — поспешил согласиться я.

- Я упомянул вам о наших общих много раз пра-пра-предках. Это не гипербола, это действительно так, – начал он. - Дело в том, что примерно около четырёх миллионов ваших лет назад посланцы цивилизации, высшей по развитию, чем наша теперь, в сравнительно короткий срок, - 200–300 лет, - посетили несколько десятков планет в нашей Галактике, с уже давно существовавшими флорой и фауной. Вероятно в порядке эксперимента, они имплантировали полные наборы генов представителей нескольких групп своего вида в яйцеклетки подходящих приматов, живших на этих планетах.

- Недостающее звено!? - воскликнул я.

- Именно это я и имел в виду, - подтвердил Глен.

- То есть то, что его никогда и не существовало! — закончил я.

- Я не знаю, какова была цель этого эксперимента, и кто следил за его развитием, но в его результате на нескольких планетах Галактики появился «Homo Sapiens»*, от которого в конечном итоге и ведём свой род мы с вами, – продолжал Глен.

- Цивилизации, основанные потомками выживших

*В антропологии означает вид - «Человек разумный».

индивидуумов «Homo Sapiens», по различным причинам развивались не одинаково быстро. В настоящее время из них нам известны только две цивилизации нашего уровня, одна - вашего, и шесть цивилизаций на различных уровнях, значительно ниже вашего.

...Такого «расклада» человеческой истории я никак не ожидал! Я допускал, что сама жизнь скорее всего была завезена на Землю из Космоса, вероятно случайно, какими-нибудь кометами или метеорами, но может быть, и инопланетянами. Но чтобы сразу весь геном человека?!...

Это было то самое – запредельное, чего мы не смогли бы узнать никогда.

Я слушал Глена, боясь пропустить хоть одно слово.

Он продолжал: - Вторая цивилизация нашего уровня - это та, от которой мы отделились около восьмисот лет назад.

Когда мы, наконец, реализовали телепортацию и стали совершать путешествия внутри Галактики на регулярной основе, вышеразвитая цивилизация предложила нам вести наблюдение за этими искусственно зачатыми цивилизациями. Я думаю, что если ваша цивилизация сохранится, то когда /и если/ вы освоите телепортацию, вам тоже предложат наблюдение за менее развитыми цивилизациями.

- А почему вы не можете помочь нам в этом? - спросил я.

- Мы не должны вмешиваться в естественное развитие другой цивилизации, ускоряя или замедляя его, так как никто не может предсказать, к чему это может привести в конечном итоге. Кроме того, по развитию и общей организации вашего общества, а также по уровню его культуры, вы пока не готовы к этому. Мы можем лишь сообщить вам, что это возможно, а также дать совет в ситуации, угрожающей цивилизации гибелью, хотя и без уверенности, что это сможет ей помочь...

Тем временем стало почти совсем темно. На Востоке едва различимо вырисовывалась громада Аю-Дага; на Западе все ещё виднелась красно-оранжевая полоска неба над тем местом, где полчаса назад скрылось Солнце. Воздух был неподвижен, но дышалось легко и свободно, так как совсем не чувствовалось влажности. Становилось немного прохладно.

- Если вы не спешите домой, - сказал Глен, - мы можем отправиться куда-нибудь, где всё ещё продолжается день. Ведь по Флоридскому времени ещё только миновал полдень.

- Я буду рад сопровождать вас, куда вы только ни предложите, - с готовностью ответил я.

- Тогда выбирайте новый маршрут, - сказал Глен, вынимая из кармана свой «планшет». Он открыл его, как книгу, и обе его половинки образовали светящуюся карту всё с тем же земным глобусом, что был на экране станции.

- Это «repeater», - ретранслятор основного телескеннера, - пояснил Глен, - я могу им пользоваться для информации и ускорения введения нужных координат, когда я вне станции.

Он вынул из выемки в планшете миниатюрную палочку и протянул мне и то, и другое.

- Выбирайте что-нибудь позападнее, где ещё не вечер.

- А в Южной части полушария можно? – спросил я.

- Где угодно, лишь бы это было видно на экране, - ответил он.

Я прижал «указку» к Восточному побережью Южной Америки, и оно тут же стало быстро расти в размерах. Появились светящиеся надписи, - сразу на русском. Я нашёл на светящейся карте побережье Рио де Жанейро и прижал «указку» к пятнышку под надписью. Тут же я как бы начал снижаться вертикально вниз к городу. Вот уже появились знакомые мне очертания известных пляжей Копакабаны и Ипанемы. К Востоку от них виднелась выступающая в залив знаменитая скала – Шугар Лоф, а на Юго-Западе белела на вершине горы Корковадо крошечная с этой высоты статуя Христа с раскинутыми в стороны руками.

Я снова оторвал указку, и панорама города застыла.

- Вы раньше бывали там? - спросил Глен.

- Да, лет двадцать назад, – ответил я, - тогда там был очень симпатичный парк почти на самой вершине Шугар Лоф, то есть Сахарной головы, - так у них называется огромная двугорбая скала, похожая на полуторакилометрового динозавра, вылезающего из моря. Если парк сохранился, то там, вероятно, можно найти подходящее место для «приземления».

- Давайте посмотрим.

Я прижал «указку» к Сахарной голове с морской стороны, и мы с Гленом начали внимательно наблюдать быстро увеличивающуюся панораму выступающей в залив скалы. Уже ясно была видна в деталях станция подвесной канатной дороги, деревья расположенного на склоне горы парка, и дорожки в промежутках между ними. Людей почти не было видно, - очевидно, было ещё рано для гуляющих.

Мы выбрали уединённое место на самой нижней дорожке парка с морской стороны. Глен взял у меня указку, тронул ею выбранное место и, закрыв планшет, положил его в карман.

- Готовы? – спросил он.

- Конечно, – ответил я.

Окружающая нас темнота плавно сменилась ярким светом. Мы стояли на щебёнке дорожки высоко над скалистым обрывом к океану. С другой стороны дорожки, по склону «Сахарной головы» поднимались густые заросли каких-то экзотических растений, которые скрывали от глаз следующий зигзаг идущей вверх дорожки. Солнце стояло высоко в безоблачном небе, немного на Северо-Западе. Было слегка жарковато для Октября в этих широтах, но лёгкий бриз с океана приятно умерял жару.

Мы двинулись неспеша вверх по зигзагам дорожки через парк к станции канатной дороги.

- Глен, - решил напомнить я, - вы обещали рассказать о том, почему и как вы отделились от вашей материнской цивилизации?

- Ну что ж, - ответил он. - Это будет довольно длинная история, - но раз вам интересно, я расскажу то, что успею.

Я приготовился слушать.

- Немного более восьмисот ваших лет назад, - начал Глен, - наши предки прилетели с планеты, расположенной на расстоянии около ста двадцати световых лет от нынешней обители нашей цивилизации.

Случилось так, что в своём планетарном обществе они оказались наиболее развитым в научно-техническом плане, но инакомыслящим в политике, меньшинством. Они предпочли отправиться в добровольное изгнание, чтобы избегнуть обострения отношений с основной, политически более ортодоксально настроенной частью общества.

Те, кто решили переселяться, обладали большими свободными средствами и доступом к передовым по тому времени технологиям, таким как производство фьюжн-генераторов огромной мощности, использование искусственных гравитационных и антигравитационных полей, а также, к тогда сравнительно недавно освоенной технологии извлечения энергии из космического пространства.

У них была информация, полученная от вышеразвитой цивилизации, о подходящей для жизни планете, расположенной на расстоянии, приемлемом для одностороннего путешествия туда на фотонных космолётах. И они решили рискнуть, чтобы попытаться основать свою, задуманную ещё давно, новую, – социально разумную цивилизацию.

Инициаторы переселения предложили небольшому

числу людей из подходяще настроенного и технически образованного рабочего и фермерского населения присоединиться к ним, привлекая их своей новой, разработанной в деталях «разумной», и независимой от людей инвариаторной системой управления обществом, а также уникальной возможностью начать всё сначала на новой планете. И многие из этих людей к ним присоединились.

Когда космические корабли переселенцев совершили посадку, вернее, «приводнение» на водоёмах новой планеты, она была необитаема, в смысле отсутствия на ней существ нашего вида, но была обильно населена разнообразными животными, включая множество млекопитающих различных видов, птиц, рептилий, и даже несколько видов динозавров. Планета обладала густыми первозданными лесами, множеством рек и озёр, а также несколькими морями, - в основном, открытыми или закрытыми заливами двух больших океанов. В районах Северного и Южного полюсов планеты были расположены ещё два океана, соединенные с общим водяным покровом планеты, но они были вечно покрыты массивными шапками полярного льда.

Планету назвали Ланира, что в переводе приближённо означает - «Для жизни завещанная», или по вашему, «Обетованная».

- А где же в Галактике находится ваша планета? - спросил я.

Наша планета вращается на орбите вокруг звезды, по типу очень похожей на ваше Солнце и числящейся в ваших каталогах только под номером. Мы называем её Аэлано, что означает – «Дающая жизнь». Отсюда её можно видеть в созвездии Ориона, но только в хороший телескоп.

Поскольку наше светило почти в полтора раза массивнее вашего Солнца, а размеры Ланиры только чуть больше Земли, она вращается на почти круговой орбите, соответственно более удалённой от Аэлано, чем Земля от Солнца. Наш год, в связи с этим, длится то- же приблизительно в полтора раза дольше вашего. Один оборот Ланиры вокруг своей оси длится почти двадцать восемь ваших часов. А так как наши сут- ки разделены только на двадцать временных единиц, то наш «час» почти в полтора раза длинее вашего. Ось планеты наклонена к орбите на значительно меньший угол, чем у вашей Земли, и поэтому климат её сравнительно стабилен и, в основном, зависит от широты места.

На ней, так же как и у вас, случаются разные пла- нетологические катаклизмы, типа извержений вулка- нов и падений комет, но не очень часто, за исключе- нием ураганов в тропиках, которые мы научились умерять до приемлемых скоростей ветра.

- Каким образом вам удаётся это делать? – тут же не выдержал я, прерывая его новым вопросом, памятуя, сколько неприятностей и бед приносят ураганы нашей Флориде и другим южным штатам Америки.

- Мы просто не даём развиться тем ураганам, кото- рые могут угрожать городам и населённым районам, - ответил Глен. Но понимая или чувствуя, что мне этого мало, он продолжал: - Я постараюсь объяснить очень коротко, не входя в технические подробности, так как вашим проблемам это пока всё равно помочь не сможет.

Вы, конечно, помните, - продолжал он - что ураганы образуются в зонах сильно нагретой Солнцем, а в нашем случае Аэлано, океанской воды, которая, нагревая прилежащий воздух, заставляет его подни- маться вверх, уменьшая при этом давление над поверх- ностью воды. Поднимающийся вверх насыщенный влагой нагретый воздух, вследствие вращения планеты закручивается в северном полушарии против часовой стрелки, а в южном - по ней. Прежде чем ураган наберёт силу и станет опасным, он проходит стадии тропической депрессии и тропического шторма. И вот в это время мы и вмешиваемся.

Предотвратить развитие урагана можно либо охлаждая перегретые участки океана, либо отводя тёплый воздух параллельно поверхности воды в менее нагретые его районы. Практически, второй способ оказывается более приемлемым, так как требует меньше энергетических затрат и технических усилий.

Когда где-либо вблизи населённой местности образуется тропический шторм, могущий развиться в ураган, туда направляется несколько крупных аппаратов, парящих на антигравитационных* поддерживающих полях - «антигравилётов», - примерно так можно перевести на русский их укороченное для простоты название. Эти аппараты оборудованы специальными экранами, излучающими мощные горизонтально направленные антигравитационные поля, параллельно поверхности океана в противоположные стороны, что обеспечивает стабильнос положение самого аппарата.

Аппараты располагаются с определённой стороны от тропического шторма и, регулируя интенсивность горизонтальных антигравитационных полей, перемещающих воздух параллельно повехности океана, постепенно уводят шторм от населённых районов в менее нагретые части океана.

- Очень впечатляюще! Но ведь для этого тоже требуется колоссальная энергия? - предположил я.

- Да, конечно. Но во-первых, на этих аппаратах имеются вырабатывающие энергию фьюжн-генераторы огромной мощности, а во вторых, как я уже упоминал, наша технология позволяет извлекать энергию непосредственно из пространства, так что энергия не является серьёзным затруднением.

Кстати, таким же образом, при необходимости, мы регулируем погоду в отдельных районах планеты.

-Между прочим, Глен, - не мог сдержать я своего

*Силовое поле в пространстве по действию противоположное гравитационному любопытства - не можете ли вы объяснить хотя бы в двух словах, на каком принципе устроены ваши фьюжн-генераторы?

- Если в двух словах, - ответил он - то на принципе последовательного превращения атомов изотопа водорода - дейтерия - в его более тяжёлые изотопы и слияния их с атомами Бора. Такая реакция позволяет получать до восмидесяти процентов освобождающейся энергии в виде заряженных частиц, что в свою очередь, даёт возможность сразу же обращать их энергию в электрический ток с помощью специальных конвертеров.

У наших предков на материнской планете уже давно был разработан эффективный и «компактный» способ извлечения дейтерия из воды, поэтому в топливе для фьюжн-генераторов* недостатка не было.

- Скажите, Глен, - задал я новый вопрос, - а климат Ланиры в целом очень отличается от нашего?

- Нет, не очень. Лето и зима у нас примерно в полтора раза длиннее ваших. Но в целом климат планеты мало отличается от вашего, так как более длинное лето смягчается большим удалением её орбиты от нашего светила, а зима в умеренных широтах теплее за счёт меньшего наклона оси планеты к Аэлано. Зато в районах полюсов у нас значительно холоднее, чем у вас. В остальном, природные условия на Ланире очень схожи с вашими, – Земными.

Мы остановились передохнуть в тени нескольких веерных пальм, росших с южной стороны на повороте дорожки. Глен видел, что я немного утомлён подъёмом, и хотя сам не выглядел сколько-нибудь усталым, первым предложил отдохнуть. Мы присели прямо на камнях под пальмами, и Глен продолжал свой рассказ.

- Когда переселенцы обосновались на новой планете,

*Фьюжн-реактор ссразу вырабатывающий эл. ток.

они сразу же приняли заранее разработанную и со всеми согласованную конституцию, закрепившую в неизменимых статьях основные принципы нашего нынешнего планетарного устройства.

- Глен, - перебил его я, - извините меня за моё неудержимое любопытство, но прежде чем вы продолжите рассказ, мне очень хотелось бы узнать подробнее о самом перелёте. Ведь вы говорили, что ваша новая планета находится на расстоянии более ста двадцати световых лет от старой. Как же ваши предки могли покрыть это расстояние на ракетных кораблях, пусть и фотонных, за время их жизни?

- Ну, во-первых, я уже говорил, что ко времени переселения средняя продолжительность их жизни была около ста пятидесяти ваших лет, - напомнил Глен.

— Во-вторых, не забывайте про парадокс времени: - при скорости космолёта хотя бы в половину скорости света, время в нём течёт медленнее вдвое по сравнению с временем на оставленной планете, а корабли летели в среднем со скоростью в две третьих скорости света. Так что большинство отправившихся в это путешествие долетели живыми и даже вполне работоспособными. А ко времени прибытия на планету на кораблях подросло и новое поколение, появившееся на свет в пути.

- Но как люди смогли выдержать психологически пусть даже треть жизни внутри космолёта? Я не могу себе представить, как можно выдержать столь длительный перелёт в замкнутом пространстве корабля, среди одних и тех же спутников... И как им удалось запастись жизнеобеспечением на всё это время?...

- Нет, - прервал меня Глен, - всё было не совсем так, как вы думаете. Вы, вероятно, представляете себе их космолёты как нечто вроде ваших «шатлов», только побольше размером?

- Ну, вероятно намного больше, но всё же это только космические корабли...

- Нет, Стив, - это были совсем другие, гигантские корабли - целые космические города, больше полутора километра в диаметре, с искусственной гравитацией, с рекуперирующейся атмосферой и замкнутой системой очистки и регенерации отходов, с освещением, иммитирующим натуральное, с водоёмами для купания и отдыха на их берегах, со средствами передвижения внутри и вне кораблей, и с населением в несколько тысяч человек в каждом.

Если вы хотите услышать подробности этой эпопеи, то придется совершить экскурс в наше далёкое прошлое, в технолгию и политическое устройство нашей материнской планеты того времени.

- Я готов, - с энтузиазмом согласился я

Глен кивнул и продолжал: - Я уже упоминал, что ко времени переселения наука и технология наших предков были на уровне, опережающем ваш нынешний - примерно, лет на сто. Уже тогда у них широко использовались инфовариаторы, достигшие к тому времени степени совершенства, которая позволяла использовать их не только в науке, технике и экономике, но и в управлении целыми отраслями промышленности.

Фактически инвариаторы вполне могли бы осуществлять и управление планетой на всех уровнях, но люди у власти не хотели этого, так как они были избраны давно, надолго и демократическим путём, узаконенным тогда в их конституции. Поэтому и в планетарном управлении, и в управлении экономикой в целом продолжали доминировать люди с их субъективным мышлением, а также и со всеми их личными и групповыми интересами...

Тем не менее, в науке и технике наши предки на материнской планете в то время были самой высоко развитой цивилизацией в Галактике из всех, известных их космическим консультантам.

Их медицина уже тогда была способна предотвращать и излечивать большинство болезней на генетическом уровне. Нормальное деторождение было почти полностью заменено смешанным клонированием, что позволяло легко контролировать количество населения планеты, но что практически, по политическим соображениям, почти не делалось. Для производства дешёвой и изобильной энергии у них были в широком пользовании фьюжн-генераторы всевозможных размеров и мощностей, а также сравнительно новая технология извлечения энергии из космического пространства.

В дальних космических полётах они начали успешно применять фотонные движители, антигравитационные подушки, ускорители и защитные поля. Они могли изготовлять огромные по размерам и мощностям механические конструкции из синтезированных, специально создаваемых для определённой цели материалов. Почти все работы, требующие физических усилий, производились у них роботами, или с помощью автоматизированного оборудования.

Словом, по тому времени, это была очень высоко развитая цивилизация, хотя и раздираемая социальными противоречиями, свойственными любой демократической системе.

- А ваша система управления разве не демократическая? – спросил я, забегая вперёд.

- Наша система управления планетой скорее технократическая, - ответил Глен. - Но мы поговорим об этом отдельно. А пока я хочу закончить рассказ о переселении наших предков на Ланиру.

- Я вас внимательно слушаю, - заверил его я.

- Корабли для переселенцев строились несколько лет, - продолжал Глен. - Всего их было построено десять. Они представляли собой гигантские чечевице-образные конструкции из лёгкого синтетического материала невероятной по вашим меркам прочности. Тем не менее, ввиду огромного веса кораблей, они строились в специальных доках, куда после изготовления нижней части корабля поступала вода. Корабль всплывал и достраивался на плаву.

- Глен, - опять перебил его я, - если корабли были больше мили в диаметре, то какова же была их высота?

- Около трёхсот метров - ответил Глен, - но это составляло всего около 18 процентов их диаметра.

- Трудно себе представить подобное сооружение, – заметил я...

- Я говорю об этом так уверенно, - продолжал Глен, - потому что три этих корабля сохранились у нас до сих пор. Один – как музей переселения, в котором я и сам бывал не раз. Второй – как орбитальная станция для отдыха курортников и всевозмжных научных экспериментов в космосе. А третий – используется для экспедиций в ближнем космосе, для которых требуется использование тяжёлого оборудования и значительное количество участников.

- А что такой корабль представляет собой внутри? – поинтересовался я.

- Внутри он немного похож на гигантский планетарий, - ответил Глен. - Его корпус разделён главной горизонтальной палубой на две не совсем равные части: в нижней, - меньшей по высоте части, помещаются все механические, электрические, и другие устройства, системы жизнеобеспечения, фьюжн-генераторы для питания антигравитационных и фотонных движителей, генераторы антигравитационных и защитных полей, и тому подобное. На главной палубе, в средней части корабля устроен водоём, метров триста в поперечнике, почти неотличимый от природного озера нерегулярной формы, окаймлённый песчаными пляжами и небольшими группами экзотических деревьев - потомков тех, что были ещё взяты с материнской планеты.

В самом центре корабля, прямо через озеро к центру купола, поднимается гигантский, прозрачный «столб» лифтов, метров пятнадцати в диаметре и во весь корабль высотой. Он соединяет все этажи корабля.

Сразу за пляжами и деревьями чуть выше проходит красивая набережная, отделённая от пляжей невысокой «каменной» балюстрдой, повторяющей все изгибы берега озера. На противоположную сторону набережной выходят архитектурно декорированные фасады всевозможных общественных помещений - магазинов, кафе, ресторанов, клубов, библиотек, театров и холлов для собраний.

За набережной амфитеатром возвышаются фасады жилых помещений с балконами и террасами, выходящими на озеро. Ряды жилых помещений возвышаются почти до пологих краёв купола, смыкающихся с корпусом корабля на высоте где-то около пятидесяти метров над уровнем главной палубы. Каждое помещение имеет балкон или небольшую терраску и свое архитектурное оформление, так что в целом всё выглядит довольно привлекатсльно, но сейчас, немного старомодно. Выше набережной там есть еще несколько кольцевых и соединительных дорог, по которым можно передвигаься не только пешком, но и на миниатюрных электромобилях. Кроме того, к услугам пассажиров корабля имеется автоматическая транспортная система с движущимися тротуарами и удобными скамейками для отдыха.

В «дневное» время по «куполу» корабля проходит искусственное светило, дающее свет, силой и цветом близкий к натуральному. Сам купол светится в эти часы с интенсивностью и цветом нормального дневного неба. «Ночью» на него проектируются созвездия, реально видимые в данное время из обсерватории корабля.

Конструкционно купол состоит из двух перекрытий, внутреннего и, на 40 метров выше, - внешнего. Между ними находится система гидропоник, оранжереи, огороды, вольеры для разных видов скота и других взятых с собой животных.

Ещё выше, в самой верхней части купола, плавно чуть выступет над корпусом корабля выпуклость, в которой помещаются: - обсерватория, ангар «шатлов» и рубка аварийного ручного управления кораблём. Вокруг неё в несколько рядов располагаются огромные линзы, служащие для извлечения энергии из космоса.

Вообще, эти корабли были задуманы так, чтобы в случае если что-либо на новой планете оказалось бы неприемлемым для жизни на ней, они могли бы отправиться на дальнейший поиск в Галактике или вернуться назад. Практически же, они могли оставаться в космосе почти неограниченное время...

- Но как такой огромный корабль при старте может преодолеть притяжение планеты? – спросил я. – Ведь для его прямого подъёма в космос на антигравитационном поле, вероятно, нужна неимоверная энергия?

- Перед стартом корабли поднимались над поверхностью планеты на антигравитационной «подушке» всего на высоту порядка двухсот метров, используя для этого около двух третей мощности основных фьюжн-генераторов, после чего начинали разгон в направлении вращения планеты, в основном, тоже с помощью антигравитационных векторных ускорителей, используя остальную мощность фьюжн-генераторов. Когда скорость кораблей достигала величины, достаточной для аэродинамического подъёма, они начинали набирать высоту, продолжая увеличивать скорость, используя всю мощность фьюжн-генераторов для векторной тяги. Разгону и подъёму кораблей способствовала их правильная аэродинамическая форма. К моменту выхода из верхних слоёв атмосферы их скорость приближалась к первой космической*, то есть орбитальной.

Выйдя на орбиту, они продолжали подниматься за счёт центробежной силы от всё увеличивающейся орбитальной скорости, создаваемой векторной антигравитационной составляющей, направленной вниз под

*Скорость, при которой центробежня сила, действующая на аппарат = гравитации

углом около 45 градусов, пока не достигали скорости ухода с орбиты в космос. Оказавшись за пределами тяготения планеты, они включали фотонные двигатели и начинали долгий - в несколько лет - разгон с ускорением около 0.2g. Когда они достигали двух третей скорости света, двигатели выключались, и корабли большую часть пути двигались по инерции.

- А если на одном из кораблей случалось что-нибудь экстраординарное, мог ли он рассчитывать на помощь других кораблей при такой скорости? – спросил я.

- Во время стационарной части пути все корабли двигались с одинаковой скоростью, и их обитатели, если в этом возникала необходимость или большое желание, могли наносить визиты на другие корабли на имеющихся на каждом из них космических шатлах - миниатюрных космолётах с инерционным поддержанием скорости и ракетным разгоном и управлением.

В общем, помимо ностальгии по родным местам и неизвестности будущего, особенных психологических стрессов переселенцы, думается, не испытывали.

Мы сидели под пальмами уже довольно долго, и я чувствовал, что готов двигаться дальше, и сказал об этом Глену. Он тут же встал на ноги и протянул мне руку. Мы снова двинулись вверх по склону Сахарной Головы.

- Скажите, Глен, - спросил я, - но как им удалось запастись продуктами питания на всё это время? Ведь на несколько тысяч пассажиров даже на тридцать лет это составляет колоссальную массу и объём...

- Они запаслись не столько продуктами питания, сколько мясным и молочным скотом, живой птицей и пищевыми растениями, способными быстро воспроизводиться, хотя кое-какую диетическую пищу и деликатесы, наверное, тоже прихватили. Я уже упоминал, что на кораблях были вольеры для скота и других животных. В них также помещались и автоматизированные станции для ухода, дойки, клонирования и забоя скота. Свежее мясо, конечно, было деликатесом, так как они старались сохранять поголовье скота, не потребляя его больше прироста, обеспечиваемого клонированием. Кормили же скот частично вырабатываемой из всех органических отходов пищей, частично травой, постоянно выращиваемой в вольерах. Система гидропоник на корабле, состоявшая из множества полностью автоматизированных, самостоятельных ячеек, а также участки компактных садовых посадок, обрабатываемых роботами, давали достаточный рацион овощей, фруктов, ягод и зелени для переселенцев. Эта же система воспроизводства основных продуктов питания обеспечивала их продовольствием в первые годы по прибытии кораблей на Ланиру.

В общем, - подытожил Глен, - в конце концов, все десять кораблей благополучно прибыли на новую планету.

...Тем временем мы с Гленом почти поднялись на вершину Шугар Лоф и шли через верхнюю часть парка, отведённую для развлечений и обильно насыщенную небольшими аттракционами. Здесь уже было довольно много разнообразной публики, - в основном, туристов, поднимавшихся сюда по канатной дороге.

Наконец, мы одолели последнюю лестницу и вышли на открытую площадку перед станцией канатной дороги. Отсюда открывался великолепный вид на город, раскинувшийся среди зелёных гор различной высоты и крутизны, и окаймляющее его с трёх сторон море. На Западе над городом доминировала крутая и высокая - не меньше километра - тёмнозелёная гора Корковадо, увенчанная белоснежной тридцатиметровой статуей Христа, раскинувшего руки и как бы благословляющего город. К Югу от Корковадо, в отдалении, развернулась широкой подковой красавица Копакабана с её пляжем, бульварами и домами, похожими отсюда на цепь прибрежных скал, уходящих к самому горизонту. За ней, на Юго-Западе угадывались очертания Ипанемы. С другой стороны Сахарной Головы, сразу у наших ног, был виден светло-лазурный залив с широкой полосой пляжа Ботафого. Ещё ближе к нам в заливе на якорях покачивалось несколько десятков грациозных яхт...

Мы снова присели на свободной скамеечке слева от станции канатной дороги, откуда открывался чудесный вид на море и Юго-Западную часть Рио, и сидели некоторое время молча, любуясь великолепной панорамой приморского города. Я старался себе мысленно представить ту далёкую планету, о которой рассказывал Глен, с её лесами и озёрами и ни на что знакомое не похожими белыми городами, населённую, как мне казалось, мудрыми, справедливыми людьми, и она мне всё больше нравилась... Но у меня это плохо получалось, так как мысли и внутреннее зрение постоянно возвращались назад, на нашу Землю, к её городам и красотам, и представить себе что-то совершенно иное было очень трудно...

Множество интригующих вопросов роилось в моей голове. Хотелось узнать как можно больше и о перелёте их предков, и о начальном этапе их жизни на новой планете, и о социально-экономическом устройстве их общества. Но мне не хотелось направлять рассказ Глена в определённое русло, - пусть он сам решает, о чём рассказывать. Меня всё волновало, всё было интересно!

Я взглянул на часы. Было около трёх. Под ложечкой немного посасывало, и я вспомнил о бутербродах, положенных утром в карман куртки. Но запить их будет нечем, - подумал я.

- Глен, - сказал я, вытаскивая бутерброды, - не хотите ли подкрепиться?

- Пожалуй, - ответил он, и тоже достал из кармана что-то, похожее на длинненькие, упакованные в пластик с непонятными знаками и картинками, плитки шоколада.

- Это мой походный «ланч», - сказал он, протягивая мне одну из плиток. – Хотите попробовать?

- С удовольствием, - ответил я, взяв у него плитку, - но нам не мешало бы также раздобыть что-нибудь попить.

- Если вам понравился мой утренний «кофе», то могу предложить его походный вариант. С этими словами он вынул из другого кармана куртки металлическую плоскую коробочку и раскрыл её на коленях. Вынув из специального отделения два небольших, вложенных один в другой овальных стакана, он протянул один мне, после чего повернул коробочку в вертикальное положение и поставил другой стакан в её свободную, нижнюю часть, затем нажал какую-то кнопочку в её верхней части. Через секунду из верхней части в стакан начал наливаться «кофе». Из стакана поднимался ароматный парок, из чего я заключил что кофе был горячий.

Наполнив стакан, он передал его мне и таким же образом наполнил второй стакан.

Я вертел в руках плитку, которую дал мне Глен и пытался сообразить, как высвободить из пластика его содержимое. Оказалось, надо было лишь слегка сжать его конец, и из другого конца, как из пенала, выдвигалась съедобная плитка. Я осторожно откусил кусочек. Вкус был не похожий ни на что знакомое, но приятный, немного напоминающий хрустящий куриный паштет. Во рту он приятно таял, не вызывая желания запивать его. Тем не менее, я понемногу прихлёбывал свой кофе, стараясь оставить немного и на бутерброд.

Кончив плитку, я потянулся было за бутербродом, но вдруг почувствовал, что мне больше совсем не хочется есть... Я посмотрел на Глена, - он лукаво улыбался. - Ну как мой походный ланч?

- Фантастика! – ответил я.

- Куда мы двинемся отсюда дальше? - спросил Глен, и сразу продолжил: - Вы бывали здесь раньше, значит вам и быть гидом.

- Ну что ж, - согласился я, - тогда давайте повторим мой маршрут двадцатилетней давности, надеюсь что с транспортом с тех времён ничего не изменилось. Давайте поднимемся на Корковадо к подножию Христа и посмотрим оттуда на город. Помнится, там было симпатичное открытое кафе с зонтиками над столами, где можно приятно отдохнуть и поговорить.

- Решено, - отозвлся Глен, и мы вошли в станцию канатной дороги, идущей вниз, к подножию Сахарной головы...

Застеклённая кабина, подвешенная к толстенному канату, плавно несла нас вниз над поросшей зелёной щстиной покатой спиной скалы по направлению к промежуточной станции, видневшейся вдали на втором, более низком горбе «динозавра». С обеих сторон кабины, как в окнах медленно идущего на посадку самолёта, постепенно меняясь проплывала панорама огромного города. В кабине почти не было людей, и потому никто не мешал нам любоваться великолепной картиной, разворачивающейся за её стеклянными стенками. После минутной остановки на промежуточной станции наша «гондола» заскользила резко вниз, и вскоре мы уже стояли на площадке нижней станции канатной дороги, соображая что нам делать дальше.

Неподалёку от станции у тротуара стояло несколько разноцветных такси, и я подумал, что для экономии времени неплохо было бы подъехать до фуникулёра на Корковадо, но не был уверен, смогу ли объясниться с таксистом, - весь мой словарный запас португальского, на котором говорят в Рио, сводился к двум

запомнившимся словам: «Per favore» и «Abrigado», оз-
начавших соответственно - пожалуйста и спасибо.
Кроме того, у меня не было местной валюты, и я не
знал, возьмёт ли таксист взамен доллары. Но Глен,
как будто подслушав мои мысли, тут же сказал: - Не
волнуйтесь, Стив, я сейчас с ним договорюсь.

Мы подошли к первому стоящему такси, и Глен,
наклонившись к окну водителя, начал что-то объяснять
ему по-португальски, показывая рукой в сторону Корковадо. Водитель, видимо, прекрасно всё понял и распахнул для нас заднюю дверку такси. Мы сели, и машина помчала нас по замысловато пересекающимся и,
как и прежде, изрядно загазованным улицам Рио.

- Он, конечно, принял меня за интеллигентного пор-
тугальца из Европы из-за моего слишком правильного
произношения, - улыбнувшись сказал Глен.

Минут через пятнадцать мы подъехали к станции
фуникулёра у подножия горы Корковадо. Я хотел расплатиться с водителем, но Глен решительно остановил меня. - Зачем вам зря тратить деньги, если я могу
отнести все наши общие расходы на счёт моих
представительских. Это мне будет только приятно.

- Спасибо, Глен, - сказал я, понимая, что он в сущности прав, - но для меня, здесь на Земле, вы всё-таки гость...

- Не беспокойтесь об этом, Стив. Я здесь на работе,
и такие траты входят в мои обязанности. - Он рас-
платился, и мы тут же вошли в как раз подошедший
вагон фуникулёра. Вагон двинулся, и мы поползли
вверх по зелёным склонам Корковадо.

Народу и тут было немного, - в основном, туристы
с разных концов света, живописно и разнообразно
одетые, с фотокамерами, дорожными сумками, и даже
просто с рюкзаками. Когда линия поворачивала так,
что наше окно оказывалось на противоположной склону горы стороне, то в просветах между деревьями всё
шире разворачивалась живописная панорама Рио.

Наконец, мы приехали. Осталось подняться пешком по нескольким широким, красивым лестницам, ведущим к самому подножью монумента.

И вот, мы у самого пьедестала белой, тридцатиметровой фигуры Христа. Если смотреть отсюда на него прямо вверх, то создаётся впечатление, что он весь, как бы парит в небе. Это впечатление особенно усиливается, когда над ним проплывают небольшие, белые облачка...

Мы прошли вперед по каменной площадке перед монументом к балюстраде над обрывом. Отсюда открывался потрясающий вид почти на весь город. Далеко внизу, почти прямо перед нами виднелся серозелёный «динозавр» - Шугар Лоф, откуда мы только что приехали. Чуть слева от него, прямо под нами раскинулся пляж Ботафого. Правее и дальше к Югу, за холмами и нагромождениями домов угадывались очертания пляжей Копакабаны и Ипанемы. Вдали, на Северо-Востоке, на расстоянии, просматривался огромный залив Гуанабара с проступающим сквозь дымку длиннющим мостом, который протянулся через всё горло залива к противоположному берегу.

- Красивое место, ничего не скажешь, - похвалил Глен...

- Я знал, что вам понравится.

Полюбовавшись вдоволь видами Рио, мы спустились на Западную площадку к ресторанчику, гле как и в прежний мой визит сюда, всё так же стояли столики под разноцветными зонтиками. За парапетом, ограждающим площадку, был обрыв почти во всю высоту горы к синей лагуне, окаймлённой белыми постройками богатых вилл и клубов.

Мы выбрали столик недалеко от парапета и заказали пару бутылочек американской клаб-соды.

- Вы ждёте продолжения моего рассказа? – как будто читая мои мысли, спросил Глен.

- Вы, как всегда, угадали, - ответил я.

- Ну, что ж, слушайте дальше. Сразу по прибытии на Ланиру переселенцы произвели, насколько было возможно, тщательное исследование новой планеты.

Подробные карты поверхности планеты они сделали, ещё находясь на орбите. Для исследовательских целей у них были вместительные и оборудованные всем необходимым экспедиционные транспортные антигравилёты, поэтому детально осмотреть планету особого труда не представляло.

В результате, было выбрано десять подходящих мест для постройки первых городов, все - на берегах морей или океанов в преде-лах комфортных зон планеты. При выборе учиты-валось множество факторов, из которых красота ланд-шафта была далеко не последним.

- Простите, Глен, но что вы называете комфортными зонами?

- Это части поверхности планеты, расположенные к Северу и к Югу от экватора и простирающиеся от субтропиков до внешних границ Северных и Южных умеренных широт, где не бывает ни суровой зимы, ни слишком большой жары.

Глен продолжал: - Предварительно к каждому из выбранных мест по жребию был переведён один из кораблей переселенцев. Первые два - три десятка лет большинство людей продолжало жить на кораблях. На них же было сосредоточено почти всё производство - от предметов быта до транспортных средств и готовых комнат и квартир для многоэтажных и индивидуальных жилых домов.

Так как за время перелёта количество населения кораблей понемногу увеличивалось, то по прибытии на Ланиру оно составляло около восьмидесяти тысяч человек, из которых работоспособным было тысяч шестьдесят с небольшим.

- Как же такое небольшое количество людей смогло построить десять городов, запустить в ход промышленность и сельское хозяйство? - удивился я.

- Во-первых, это строительство растянулось на не один десяток лет, а во-вторых, вы не представляете степени автоматизации даже тогдашнего их строительного оборудования, - ответил Глен.

- В основном, все работы по постройке городов и транспортных систем производились роботами. Все строительные детали и узлы, включая целые квартиры, оборудованные всеми удобствами того времени, производились на автоматических линиях. Материалы для строительства и его архитектурного оформления также производились на специальных, полностью автоматизированных заводах, которые были построены на планете в первую очередь.

Исходным сырьём, в основном, были вода и грунт планеты, а также другие инградиенты, которые добывались здесь же на местах. Привезённых металлов на первые годы было вполне достаточно, а в дальнейшем они производились по мсре нсобходимости во фьюжн-реакторах. Сырья же для производства синтетических материалов всевозможных видов на планете было сколько угодно.

Люди, в основном, занимались только поисками ресурсов для производства материалов, проектированием, программированием и надзором за автоматикой.

Постепенно, когда в городах были построены дома с устройствами для переработки, очистки и удаления отходов, транспортные средства для доставки продуктов, товаров и аккумуляторов энергии, а также водопроводные, информационные и транспортные системы, люди стали переселяться в города, и корабли, со временем, почти опустели. Когда промышленное оборудование было полностью переведено на сушу, и поддерживать все корабли в рабочем состоянии стало нерентабельно, семь из них были использованы на материалы. О судьбе трёх остальных кораблей я уже рассказал.

В дальнейшем, когда население Ланиры достигло ста миллионов, началось строительство ещё десяти больших городов с обширными пригородами, куда постепенно переселилась примерно треть населения.

- А как же было с сельским хозяйством и скотом по прибытии на Ланиру? – вспомнил я.

- Сельское хозяйство на новой планете с самого начала было ориентировано на фермерское садоводство и полностью автоматизированные птицефермы и рыбоводческие станции, которые строились в основном самими фермерами из готовых деталей с использованием роботов и автоматических строительных машин. Зерновые культуры и крупный скот переселенцы разводили в существенных количествах только вначале, - первые полтора столетия, пока не было реализовано «Колд Фьюжн» - холодное преобразование элементов, - позволившее производить любые продукты и вещества прямо из атомов подходящих материалов. Вскоре после этого были разработаны и вариаторы вкуса. Сейчас животных типа ваших коров, свиней или коз у нас можно встретить лишь как экзотические источники натуральной биологической пищи у отдельных фермеров, или на воле. Теперь фермерские натуральные продукты являются у нас дорогими деликатесами хотя искусственно воспроизводимые продукты с тем же вкусом, ароматом и питательными свойствами практически почти ничего не стоят.

- А каково сейчас население вашей планеты? - продолжал расспрашивать я.

- Сейчас оно составляет немного более пятисот миллионов человек.

- Так мало? – удивился я.

- Такую цифру выдали наши инвариаторы, произведя скрупулёзные исследования различных вариантов заселения планеты с учетом природных ресурсов Ланиры, потребностей нашего населения, уровня нашей технологии, возможности сохранения окружающей среды и многого другого. Но основными критериями при этом были – сведение к минимуму причин для возникновения различных противоречий и антагонизма в обществе, а также создание наиболее высокого *качества* жизни для всего населения планеты.

- Но ведь ваша планета, с её ресурсами, вероятно могла бы поддерживать гораздо большее население?

- Да, это так. Но наше общество не ставит себе целью увеличивать население планеты до пределов возможностей её ресурсов. Мы просто не видим в этом рационального смысла...

В первые четыреста лет по прибытии на планету её население удваивалось примерно каждые тридцать – сорок ваших лет. Когда оно стало подходить к ста миллионам, вошло в силу положение конституции о регулировании роста населения. Рост населения начали сдерживать ограничением количества рождений детей для каждой семьи в течении активного времени её жизни. Но так как сейчас люди у нас живут до шестисот лет и более, то получается что одновременно существуют до десяти - двенадцати поколений родственников, и нередко живущие вместе семьи насчитывают по десять – двенадцать членов.

Предполагаемое количество детей на Ланире для каждой супружеской пары в возрасте от сорока до двухсот лет определяется инвариаторами, и составляет обычно от двух до трёх. Эта цифра меняется каждые десять лет, в зависимости от роста или сокращения населения планеты. А поскольку деторождение у нас происходит только путём смешанного клонирования, то особых проблем это не создало.

- У нас бы такое ограничение никогда бы не прошло, - заметил я. - Оно тут же было бы осуждено нашими либералами, консерваторами и церковью, с одной стороны, - как акт подавления естественных прав личности, а с другой – как закон, противоречащий религиозным воззрениям.

- К сожалению, вы, вероятно, правы. Но это говорит всё о той же культурной незрелости вашего населения.

Человек - существо общественное, он не может существовать в природе поодиночке, таким уж он создан. Но чтобы жить в обществе без конфликтов, он должен ограничивать свою свободу выбора так, чтоб не причинять вреда или неприятностей ни самому обществу, ни составляющим его индивидуумам. И это должно происходить либо добровольно, при понимании людьми этой необходимости, либо вынуждено, в соответствии с действующими в обществе законами.

На заре цивилизаций, когда один работающий мог прокормить всего трёх – четырёх человек, для успешного развития общества требовалось несметное количество рабочих рук. То есть, от увеличения населения зависело благополучие всего общества.

В нашем обществе, - продолжал Глен, - один работающий способен обеспечить всем жизненно необходимым на много более ста человек. Поэтому у нас нет никаких предпосылок увеличивать население по экономическим причинам.

- Но почему людям не дать свободно размножаться, если планета может обеспечить их жизненными ресурсами? – спросил я, хотя и сам заранее предвидел ответ.

- Во-первых, чтобы существенно не изменять экологию планеты, - ответил Глен. - Мы дорожим ею, не в пример вам, - Землянам. Беспрерывное увеличение загрязнения среды, связанное с увеличением мирового населения, в конце концов, может сделать планету непригодной для жизни людей и погубить цивилизацию. Вашей Земле, например, это уже угрожает непосредственно и в полной мере. А во-вторых, потому, что населённость выше определённого уровня начинает ухудшать *качество* жизни всего общества.

Я не нашёл, что можно было возразить на это, руководствуясь только логикой...

- Значит, у вас количество населения зависит не столько от ресурсов планеты и возможностей производства, сколько от логических выводов ваших сверхразумных инвариаторов?

- На нашей планете количество населения поддерживается на таком уровне, для которого на ней может быть обеспечено сохранение экологического равновесия на планете, а также максимальное *качество* жизни членов общества при данном развитии цивилизации, - коротко сформулировал Глен.

В самом деле, – подумал я, – зачем им перенаселять планету, если у них есть выбор?

- На нынешнем уровне развития **вашей** цивилизации, - продолжал Глен, - при отсутствии единого управления планетой и множестве отдельных государств с самыми различными политическими устройствами и резко отличающимися уровнями развития, неуправляемый рост населения на планете неминуемо ведёт, и во многом уже привёл, к снижению *качества* жизни общества во многих странах вашего мира.

Хотите примеры?

Ещё тридцать - сорок лет назад у вас в Америке профессионалы, имевшие работу, не испытывали страха потерять её, считая себя обеспеченными на всю жизнь. - Сейчас эти люди, составляющие значительную часть среднего класса Америки, живут под стрессом опасности потерять работу в связи с возможным экспортом этой работы за границу, в страны с более низкой оплатой труда и быстро увеличивающимся населением. Потерявшим работу приходится соревноваться за более дешёвую непрофессиональную работу с приезжими иммигрантами из перенаселённых менее развитых стран.

Это ли не снижение качества жизни?

Перенаселение слаборазвитых стран с самой высокой рождаемостью ведёт к миграции самого бедного, необразованного и фанатически религиозного населения в развитые страны, вызывая в них расслоение общества, расовые и религиозные стычки, волнения и взаимную ненависть коренного и пришлого населения.

Это ли не снижение качества жизни?

Неконтролируемый рост населения в бывших Африканских колониях Западных стран с засушливым и мало пригодным для сельского хозяйства климатом, а также искусственно созданные в них «демократические» режимы, превратившие выбранных главарей в местных диктаторов, привели миллионы населения к почти постоянному состоянию голода и полной зависимости от помощи извне.

Это ли не снижение качества жизни?

- Но ведь по статистике к концу 20-го века на Земле стало меньше голодающих, чем было в начале века, - возразил я, и тут же сообразил, что сказал глупость...

- То, что вы имеете в виду, происходит только благодаря излишкам сельскохозяйственного производства в развитых странах Америки и Европы, часть которых выделяется на помощь бедствующим странам. Но это мало влияет на *качество* жизни в этих слаборазвитых и перенаселённых странах, - парировал Глен.

- Под *качеством* жизни я подрузамеваю не только соотношение количества сытых и голодных или даже богатых и бедных. Разумеется, материальное благополучие необходимый инградиент качества жизни, но сам по себе далеко не достаточный. Например, представьте себе, что на острове с очень ограниченной площадью, пусть с идеальными условиями обитания, придётся жить постоянно возрастающему количеству пусть даже очень богатых людей. Я не думаю, что, *качество* их жизни долго будет оставаться достаточно высоким. При какой-то плотности населения неминуемо начнутся трения сначала между семьями, а затем и между членами семей.

Для поддержания высокого *качества* жизни, кроме всего остального, необходимо достаточное жизненное пространство для каждого члена общества, которое бы обеспечивало отсутствие социальных трений между общинами, семьями и отдельными людьми.

Глен продолжал: - При высоком *качестве* жизни люди должны быть избавлены от стрессов, вызываемых социальным, расовым или религиозным антагонизмом. Они должны иметь свободный доступ к природе, искусству, культуре, образованию, *высококачественным* развлечениям и общению с другими людьми, обладающими сходными интересами.

Говоря о *качестве* жизни, я имею в виду меру общего удовлетворения жизнью членами общества. Оно должно включать и материальное благополучие, и жизненное пространство, и семейные отношения, и уклад жизни, и приемлемое социальное устройство общества, и степень социальной свободы личности, и меру уверенности людей в своём будущем, и многие другие нюансы, радости и блага жизни, на которые никто не обращает внимания, пока они не исчезают.

Именно такими критериями руководствовались наши инфовариаторы, когда рассчитывали оптимальное количество населения для Ланиры.

Глен продолжал:

- Сейчас у вас на Земле большинство людей, даже в сравнительно богатых странах, не столько живёт, сколько борется за выживание, отдавая этому почти всё своё активное время. В большинстве же слаборазвитых стран, например Африки и Азии, говорить о качестве жизни большинства населения вообще не приходится, так как количество людей в этих странах увеличивается несоизмеримо с ресурсами продуктов питания и доходами населения.

- К сожалению, всё это так, - согласился я. - И боюсь, что при нашей нынешней планетарной организации и бесконтрольном росте населения в бедных странах *качество* жизни Землян в целом будет только ухудшаться... Ведь у нас до сих пор действует *табу* на любые попытки публично говорить об ограничении роста населения планеты. А всё, что у нас на Земле делается для улучшения качества жизни, к сожалению, слишком мало, слишком медленно, и боюсь, что слишком поздно...

Мы немного посидели молча, неспеша потягивая свою клаб-соду. Потом я попросил Глена рассказать что-нибудь о современной Ланире.

- В частности, мне очень хотелось бы услышать о том, как управляется ваше общество. Я имею в виду, что представляет собой ваше социальное устройство? Судя по тому, что вы рассказали ранее, оно не представляет собой выборную демократию типа наших Западных стран. Не так ли?

- В вашей терминологии нашу систему управления трудно определить однозначно, - начал объяснять Глен. В ней есть и отдельные элементы того, что у вас называется демократией, если конечно под демосом понимать членов «Клуба Старейшин» - нашего верховного органа, ответственного за благополучие планеты; есть и элементы диктатуры, если под ней понимать диктатуру логики и разума для пользы всего населения планеты. Но главное, что характеризует нашу систему управления, это то, что в ней человеческий фактор в принятии всех жизненно важных решений сведён к абсолютному, «аварийному» минимуму.

- Вы хотите сказать, что у вас все решения принимают машины? - спросил я.

- Да, если называть машинами инфовариаторы, обладающие практически почти всеми возможностя-

ми человеческого разума, но имеющие почти неог-
раниченную память, несравненно большую скорость
«мышления» и абсолютно логичный и непредвзя-
тый ум. При этом они способны «переваривать» неизмеримо большую информацию, чем способен человек. Они «знают» о нашем обществе всё, что знаем мы сами, и даже гораздо больше. Они способны
предвидеть проблемы, которые только ещё могут возникнуть в будущем, и найти пути их решения или
предотвращения.

Как я уже говорил, их процессоры построены и работают примерно по тому же принципу, что и мозг
человека, только во много раз быстрее и увереннее.

- Так получается, что на вашей планете на долю
человека вообще не остаётся никакой умственной деятельности? – удивился я.

- Как раз наоборот, – успокоил меня Глен. - Человек у
нас освобождён от административной, расчётной и
технической умственной работы, ну и разумеется, от
физической, где только возможно. Эта свобода позволяет ему использовать своё время на интеллектуальную деятельность - науку, изобретательство, космические исследования, искусство, литературу, музыку, журнализм и другие виды деятельности, где инвариаторы и роботы могут играть только вспомога-
тельную роль. Ну, и кроме того, программное обеспечение огромной сети инфовариаторов планеты нуждается в каком-то, пусть только аварийном, надзоре
специалистов – людей. При этом всё техническое ос-
нащение систем, в основном, обслуживается роботами.

- Так значит, ваша планета практически управляется
инфовариаторами? – уточнил я.

- Да, практически это так. Инвариаторы, в отличие
от людей, не могут быть «лично» заинтересованы в
чём-либо, или руководствоваться предрассудками, ан-

типатией, предвзятостью и другими человеческими эмоциями, принимая те или другие решения, - продолжал Глен. - Кроме того, их решения проверяются обязательным дублированием задач на других, независимых от основной системы инфовариаторах.

При решении вопросов управления планетой, основные критерии, которыми руководствуются инвариаторы, - это наибольшая польза для **всего** населения планеты, или наименьший вред, - если он неизбежен, - например, при устранении последствий стихийного бедствия или ошибочно введённой в систему неверной информации. Главным же принципом при принятии любых решений инвариаторами всегда остаётся сохранение жизни а также физической и интеллектуальной свободы людей планеты. В своих действиях Инвариаторы всегда учитывают степень необходимости и наличие ресурсов для осуществления принимаемого ими решения.

Принятые Управляющими инвариаторами решения, - продолжал Глен, - обязательны для всего населения планеты, а также для всех инвариаторных систем на всех уровнях управления.

- А что вы имеете в виду под уровнями? – спросил я.

- Я уже упоминал, что у нас на планете существует только двадцать больших городов-мегаполисов, в которых, включая пригороды, проживает более трёх четвёртых нашего населения. Ланира разделена на двадцать районов по меридианам, каждый из которых включает один из городов. Всеми проблемами каждой из этих частей планеты занимаются системы инвариаторов Управления районами. Эти системы устроены так же, как и Планетарное Управление, и полностью ему подчинены как на человеческом, так и на инвариаторном уровнях.

Все глобальные задачи, относящиеся к определённому району планеты, решаются совместно инвариаторами Планетарного и Районного управлений.

- Но как осуществляется надзор над системами, и кто, если надо, изменяет все эти управляющие программы? – спросил я.

- К программированию систем планетарных инвариаторов Управления не имеет доступа никто, кроме членов Клуба Старейшин, и то только группой не меньше трёх человек, из тех, кто курирует соответствующие системы программ. Это происходит только в случае абсолютной экстраординарности ситуации в управлении планетой. Экстроординарность определяется большинством членов Клуба на основании информации, поступившей из инвариаторных сетей, а также полученной людьми из различных источников.

Таким же образом происходит вмешательство людей в случае сигнализации самих инвариаторов о технической неисправности или ошибочности введённых данных. Этот же порядок существует у нас и в других, управляемых инвариаторами областях нашей жизни, как например в управлении Районами и планетной Экономикой.

Нашу конституцию, - продолжал Глен, - изменять нельзя, - можно толко дополнять двумя третями голосов Клуба Старейшин, причём так, чтобы дополнения ни в чём не противоречили смыслу существующих статей. То же относится ко всем вновь принимаемым законам и правилам, в основном, отражающим влияние изобретений и открытий на социальную жизнь общества.

- А какова структура вашего Клуба Старейшин? – поинтересовался я.

- Клуб старейшин номинально состоит из четырёх палат: Конституционно – Правовой, Финансово – Экономической, Научно – Технической, и палаты Культуры и Образования. Инвариаторы палат занимаются соответствующими вопросами, хотя включены в общую систему управления.

- А что Клуб представляет собой на человеческом уровне? – спросил я.

- В Клуб Старейшин входят девяносто девять высо - ко квалифицированных учёных, имеющих отличное образование в нескольких областях знаний, обязательно включающее в себя, помимо основной специальности, математику, знание систем программного обеспечения, историю, социологию, психологию и право.

По Конституции Клуб имеет право вмешиваться и отменять или изменять решения инвариаторов, но только при возникновении экстремальных условий, о которых я только что упомянул. А также, например, в случае, если бы по какой-то маловероятной причине инвариаторы управления вышли из строя, или кто-то попытался «взломать» программное обеспечение* инвариаторов, или физически захватить помещения, где они расположены, чего пока не случилось ни разу со времени введения в действие этой системы.

- Когда принимается дополнение к Конституции, или новый, не связанный с конституцией закон, члены Клуба Старейшин вводят в инфовариаторы лишь цель планируемого дополнения или закона, а инвариаторы самостоятельно создают, корректируют и дополняют соответствующие программы.

Глен продолжал: - Состоять членом Клуба Старейшин у нас считается самым высоким и престижным положением в обществе.

- А как часто собирается ваш Клуб Старейшин? – поинтересовался я.

- Если нет каких-либо экстраординарных причин, Клуб Старейшин собирается на сессии дважды в год

*Все программы, собранные в системы для выполнения поставленных целей

Во время этих сессий члены клуба решают вопросы, которые не могут быть решены на уровне инфовариаторов, такие, например, как посылка экспедиций в. дальний Космос, приглашение гостей с нашей материн-ской планеты, и другие неординарные вапросы. Раз в год члены Клуба отвечают на вопросы специальной, ежегодно самообновляющейся программы инвариато-ра, проверяющей их текущую компетентность. В ос-тальное время они вольны заниматься чем угодно.

- Что происходит, если какой-нибудь член Клуба не ответит на некоторые вопросы этой программы? – спросил я.

- Член Клуба Старейшин, который признаётся программой некомпетентным, вынужден выйти из Клуба, после чего проводятся выборы нового члена. Но такое у нас случается крайне редко.

Примерно таким же образом действуют и форумы Управлений Районов и других управляемых сфер нашей жизни.

- Но кто поддерживает и совершенствует все эти взаимосвязанные системы, в том числе, создаёт программы для этого проверяющего инвариатора? - спросил я.

- Никто, - ответил Глен. – Программное обеспечение инвариаторов, работающих в планетном и районных управлениях, впрочем, как и на многих других ключевых участках наших систем, – самоэволюционирующее. Люди только вводят по запросам инвариаторов системы новую информацию, ещё не попавшую в инфосети, и корректируют ошибочную, - отвергнутую инвариаторами, - для дальнейшей обработки. Всю остальную, нужную для их деятельности информацию, инвариаторы собирают сами. Сами создают нужные алгоритмы, сами выбирают наиболее рациональный вариант действий и сами, если нужно, изменяют свои программы, сообразуясь с новыми условиями. Результаты их «деятельности» контролируют другие, независимые системы инфовариаторов.

Если люди хотят что-то изменить в работе программ, им достаточно только логично «обьяснить» системе желаемую конечную цель. Остальное она сделает сама.

- Но кто же и когда спроектировал и создал все эти умные и самоуправляющиеся системы для вашей цивилизации? - поинтересовался я.

- Основные элементы инвариаторных систем, способных самонастраиваться и эволюционировать, существовали на нашей материнской планете ещё лет за пятьдесят до эпопеи переселения на Ланиру. Немного позже были созданы новые - автопрограммирующие для заданной цели - системные модули.

Среди лидеров наших предков-переселенцев были светлые умы, которые сумели ещё до отлёта создать на основе этих элементов и модулей интегрированное, полностью автоматическое, эволюционирующее программное обеспечение для будущих Управляющей и Экономической Систем нашей новой цивилизации. Они спроектировали их, создали рабочие программы и промоделировали с помощью тех самых инфовариаторов, которые по прилёте на Ланиру стали основой наших нынешних управляющих систем.

Когда вопрос о переселении был решён окончательно, лидерами была предложена на обсуждение будущая Конституция новой цивилизации, а также полностью независимая от людей система Управления планетным обществом и экономикой. И то, и другое было одобрено и принято теми, кто решил лететь.

- А как выбираются члены в ваш Клуб Старейшин? – продолжал расспрашивать я. - Каким-то демократическим путём?

- Не совсем, ответил Глен, если понимать под демократическим путём прямое голосование народа.

У нас существовала подобная система ещё до разделения с нашей материнской цивилизацией. В те времена она, вероятно, была лучше других возможных тогда вариантов систем управления, как и демократия сейчас у вас. Но в общем, такая система очень далека от совершенства.

- Почему так? - спросил я, желая сравнить его ответ с тем, что я думал сам по этому поводу.

- Во-первых, если принцип демократии заключается в том, что большинство всегда знает лучше, чем меньшинство, - как нужно поступать для общего блага, - то по логике выходит что два невежды всегда умнее одного знающего, что конечно же абсурд.

- Во-вторых, то, что вы называете демократией, на самом деле не власть *народа,* а власть его *избранников,* что не одно и то же. После того, как правители избраны, и власть находится в их руках, они вольны творить любые глупости или гадости при очень малой вероятности расплаты за них. Расплачивается, в основном, избравший их народ.

- Кроме того, выборы, например такие, как у вас в Америке, всегда требуют затраты больших денег кандидатами, чтобы иметь шанс быть избранными. А это означает, что избранными могут быть только кандидаты крупных, богатых партий, не важно как бы плохи они ни были. Это же открывает путь к узаконенной коррупции через всевозможное лоббирование – жертвование денег кандидатам на выборы заинтересованными в поблажках и удобных законах компаниями и другими группами со своими особыми интересами. В странах же, где тон жизни задаёт религия, демократические выборы всегда приводят к власти тех или иных религиозных вожаков, которые, как правило, используют её далеко не демократически. Кроме того, в цивилизации подобной вашей, - Земной, с высоко развитой технологией в нескольких государствах планеты и очень больших различиях в их культуре, политическом устройстве и религиозных взглядах их населения, демократическая система не очень приспособлена для выживания.

- Почему вы так думаете?

- Рано или поздно такая демократическая система, как ваша, вступит в конфликт с другими, более авторитарными системами, к сожалению, тоже обладающими оружием массового уничтожения и средствами его доставки. И они готовы использовать его по первому приказу своего лидера, без всяких дебатов в конгрессах и парламентах. При нынешних, сложившихся на вашей Земле условиях, от того, кто нанесёт первый удар, может зависеть, выживет ли государство в таком конфликте...

- Да, это так, - пришлось согласиться мне.

- К сожалению, у вас, – Землян, пока ничего лучшего, чем демократия, в области социального устройства не существует, - добавил Глен.

- К сожалению, – подтвердил я.

- Наш Клуб Старейшин выбирается на совершенно иной основе, - продолжал он. - Впрочем, у нас таким же образом заполняются и все другие выборные должности. Сначала при освобождающейся вакансии, об этом объявляется в общей инфосети, в сети инвариаторов, подобной вашему Интернэту, а также по университетской сети. При этом сообщаются основные, необходимые для участия в конкурсе критерии: степень и широта образования кандидата; стаж работы и достижения в различных областях деятельности и знаний; значимость трудов, опубликованных в базах данных; признанные результаты научной деятельности, а также другие характеристики, позволяющие ему баллотироваться на эту вакансию.

После этого желающие баллотироваться посылают свои данные по инфосети в соответствующие выборные депозитории. Потом они пишут авторефераты и резюме своих взглядов на настоящее и будущее планеты и дебатируют с другими кандидатами. Затем отвечают на вопросы инвариатора Клуба Старейшин, который ежегодно проверяет компетентность членов Клуба. И... дожидаются окончательных результатов выборов.

Подбор кандидатов продолжается обычно около трёх – четырёх ваших месяцев, если никакие объективные обстоятельства не вынуждают продлить или сократить это время. После этого специально запрограммированные инфовариаторы выбирают одного или нескольких одинаково подходящих по их данным кандидатов, и если их оказывается более одного, то Клуб Старейшин сам делает окончательный выбор простым голосованием. Но чаще всего инвариаторы делают однозначный выбор, и такой необходимости не возникает.

Благодаря такой системе, на жизненно важные позиции в обществе попадают высококвалифицированные, компетентные, зарекомендовавшие себя люди.

- Да..., - мечтательно сказал я, - нам бы такие выборы... - Значит, как я понимаю, у вас перед выборами нет никакой политической борьбы?

- У нас нет и никаких политических партий, так как все вопросы текущей жизни решаются без всякого вмешательства людей и политики - на уровне инвариаторов. Но даже если бы политические партии существовали и вдруг захотели изменить принцип управления планетой, они всё равно не смогли бы ничего сделать, так как для этого пришлось бы изменить главные статьи Конституции, что исключено самой Конституцией. Военный же переворот в наших условиях практически невозможен.

Но если кто-то хочет предложить какое-либо дополнение к конституции, или новый закон, - добавил Глен, - он может это сделать без всяких помех, послав своё предложение по сети в адрес Клуба Старейшин, и оно будет рассмотрено его инвариаторами в обычном порядке с обязательным аргументированным ответом, и в случае рациональности и полезности предложения - оно будет принято.

Мне всё это очень нравилось!...

Мы давно уже выпили всю нашу клаб-соду и теперь сидели молча, наблюдая, как туристы, постепенно заполнившие кафе, с удовольствием потягивают через соломинки разноцветные напитки из высоких стаканов, поблескивающих кусочками тающего льда.

Дневная жара уже спала, и здесь на высоте чувствовался довольно прохладный ветерок. Солнце на Западе клонилось к дальним холмам на горизонте, и нам с Гленом, вероятно, пора было подумать о возвращении.

- Я думаю, мы вернёмся отсюда вместе на станцию, - предложил Глен, - а оттуда я уже отправлю вас домой. Мне не хочется вводить отдельные координаты для вас прямо отсюда, а наши общие вводятся всё время автоматически, поэтому мы можем телепортироваться в любой момент. Всё, что нам нужно, - на минуту безлюдное место.

- Я думаю, что мы его легко найдём, если спустимся на дорогу, идущую вниз, и пройдём по ней до первого поворота, - предположил я.

- Пожалуй, вы правы, мы так и сделаем.

Мы поднялись и двинулись к лестницам, ведущим к станции фуникулёра и автомобильной стоянке.

Вскоре мы вышли к асфальтированной дороге, вьющейся вниз по склону Корковадо. Почти сразу же нас обогнало такси. Оно притормозило, и шофёр, высунувшись из окна, что-то нам закричал по-португальски. Глен что-то сказал в ответ, из которого я понял только начальное «абригадо», и такси поехало дальше. Мы прошли первый «серпантин» горной дороги и оказались совершенно одни на всём видимом её участке.

- Ну, в путь, - сказал Глен, придвинувшись ко мне почти вплотную. В следующую секунду и дорога, и гора, и стоящая на ней фигура Христа, - все растворилось в мгновенно сгустившемся тумане, свет слегка померк, и я снова поплыл в воздухе кабины космической станции Глена…

Он тут же включил искусственную гравитацию, и я, не успев принять вертикальное положение, плавно опустился на пол.

- Вот мы и опять дома, - сказал Глен и, указывая мне на диванчик, добавил: - сейчас я сооружу кофе с чем-нибудь из моей снеди.

В тот вечер мы ещё долго просидели с Гленом на его станции, обмениваясь мыслями о всяких земных и не совсем земных делах и текущих событиях, так что дома я оказался только поздно вечером.

На следующий день у Глена должен был состояться сеанс связи со своей планетой. Предстоял значительный обмен информацией. Это требовало серьёзной подготовки, так что на этот день мы решили отложить наши встречи и заняться каждый своими делами.

Перед тем, как телепортировать меня домой, Глен сказал, что послезавтра он позвонит мне со станции по сотовому телефону, и мы договоримся о встрече.

- У вас есть и космический сэллфон? – полюбопытствовал я на прощание.

- Для связи с Землёй я использую обычный, вполне Земной сэллфон с немного модифицированной программой, позволяющей использовать его в обход регистрации в какой-либо компании. Я делаю это, конечно же, не из соображений экономии, но в целях удобства и сохранения инкогнито. В остальном, он вполне годится для прямой связи с любой вышкой, обслуживающей сотовую телефонную сеть и расположенной в зоне прямой видимости с моей станции.

- Скажите мне номер вашего сэллфона, - попросил Глен. Я продиктовал.

III.   ПРОГУЛКА ТРЕТЬЯ

Поскольку вечером я лёг довольно поздно, а заснул опять только под утро, то решил дать себе поблажку и выспаться за обе ночи.

Проснулся я в двенадцать под уханье филина на наших кухонных часах, и всё ещё лёжа на диване, перебирал в уме события прошлого дня и рассказы Глена о его планете, о переселении на неё и о начале их новой цивилизации.

Всё это было захватывающе интересно и возбуждающе, - как будто удалось заглянуть в другой, похожий и непохожий на наш мир. Хотелось знать всё больше и больше об этом странном другом мире, хотелось знать подробности о повседневной жизни его людей, об их заботах, интересах, стиле их жизни.

Не могу припомнить, чем я занимался весь этот день и первую половину следующего, так как мысли всё время возвращались к Глену и его планете, и ничего другое в голову не шло.

Он позвонил мне по сотовому телефону на следующий день около полудня, и мы договорились, что он телепортируется ко мне домой в два часа по местному времени, после чего мы поедем прогуляться на машине куда-нибудь неподалёку в окрестностях.

- В этом тоже есть своя прелесть, - сказал Глен. - Я получаю большое удовольствие от вождения машины по вашим местным дорогам, проходящим через небольшие городки и посёлки. Ведь у нас, за исключением тихоходных крошечных городских электромобилей и соединительных аллей, ведущих к станциям монорельсовой сети, нет ни колесных машин, ни дорог для них...

Мне тоже поездки по окрестным дорогам всегда были приятны и неутомительны, а в обществе Глена – тем более.

Ровно в два, под негромкий пересвист синички кухонных часов, он возник из коричневатого тумана, за секунду перед тем сгустившегося у меня в комнате. Подняв руку в знак приветствия, он деловито шагнул к столу и вынул из кармана свой дорожный планшет. Раскрыв его на столе, он пригласил меня присоединиться к нему взглянуть на карту.

 - Это ваши окрестности в радиусе пятидесяти миль, - сказал он. Вы лучше знаете их, посмотрите куда бы нам прокатиться, чтобы погулять немного в приятном месте, где не слишком людно и шумно.

Я взглянул на планшет. Светящаяся, рельефная карта местности включала в себя всё графство Паско, Хернандо, а также кусочки соседних с ними Ситрус и Пиннелас. Многие места на карте были мне хорошо знакомы, и я стал соображать, куда бы нам отправиться, чтобы поездка была неутомительна и приятна, и чтобы было что показать Глену.

Наконец, я остановился на Хомосасса Спрингс, которые высвечивались на Северной границе карты. Мы с женой несколько раз бывали в этом месте и каждый раз получали большое удовольствие от этих поездок.

Это было нечто среднее между своеобразным зоопарком, расположенным прямо в субтропическом флоридском лесу, и благоустроенным парком, омываемым несколькими небольшими заливами и заливчиками, отходящими от самого Мексиканского залива.

- Хотите посмотреть на манати? - предложил я Глену. - Конечно хочу, - тут же ответил он. - Но что это такое?

- Так здесь называют морских коров – ламантинов. Это крупные, безобидные «античные» морские животные, - ответил я. - Как полагают, это один из немногих сохранившихся видов, живших на Земле чуть ли не во времена динозавров, а теперь обитающий здесь, во Флориде, и ещё только в шести других местах на всей планете.

- О, это, действительно, интересно, - сказал Глен, - и я не припомню, чтобы у нас о них было что-нибудь известно.

- Но это около пятидесяти миль отсюда, - предупредил я. - Ничего?

- Ничего!

Давайте поедем на моей машине, - предложил Глен. - Всё равно я держу её без дела и вечером собираюсь сдать в компанию, чтобы зря не накапливать долг.

- Конечно, сдайте, - сказал я, - ведь вы всегда можете воспользоваться моей машиной, если понадобится.

- Спасибо, я буду иметь это в виду.

Мы сели в его «Тойоту» и выехали на улицу. Обогнув круглое озерцо, мы выехали к 19-му хайвэю и повернули по нему на Север. Как обычно, дорога здесь была изрядно забита, и до выезда из графства Паско мы почти не разговаривли, так как я не хотел мешать ему вести машину. Но потом, когда поток транспорта постепенно поредел, Глен сам предложил мне задавать ему вопросы на любую интересующую меня тему, и я конечно не заставил себя ждать.

- Глен, - начал я, - у нас существует довольно много различных теорий, пытающихся предсказать социально-экономическое устройство нашего далёкого будущего. Большинство из них предполагает, что когда наука и техника развивающегося общества достигнет уровня, сопоставимого с вашим нынешним, в нём к этому времени должны сложиться экономические и социальные отношения на совершенно ином принципе. А именно: не на «денежно-товарно-трудовом», как у нас сейчас, а на каком-либо принципе свободного распределения продукции и благ, производимых полностью роботизированными индустриями, между всеми членами общества. Но насколько я понимаю из того, что вы уже рассказали, ваша цивилизация развивается несколько по-иному?

- Да, это так. - подтвердил Глен. - Мы искусственно сохраняем на Ланире валютно-трудовое распределение товаров и жизненных благ несмотря на то, что наши технологические возможности позволяют обеспечить население планеты всеми благами в многократно большем размере.

Дело в том, - продолжал он, - что большинство ваших экономических теорий, пытающихся заглянуть в будущее, обычно сосредоточивает внимание на темпах развития науки и техники общества, но почти не учитывает такие факторы, как человеческая психология с врождённым эгоизмом, а также то, что в эволюции общества, как и в биологической эволюции, могут иметь место «мутации», вызванные как случайными обстоятельствами, так и событиями, зависящими от групповой или индивидуальной воли людей.

- Социальные теории могут более или менее успешно предсказывать будущее общества только на сравнительно короткие исторические сроки, интерполируя в будущее историю эволюции общества и прогресс его науки и техники за какой-то промежуток времени в прошлом. Но и это годится лишь в том случае, если общество развивается «равномерно», без серьёзных катаклизмов, перекосов в научном и социальном планах и без вносимых в его развитие искусственных замедлений или изменений в принципах управления.

Ещё до переселения на Ланиру, - продолжал Глен, - наши предки, основатели новой цивилизации, промоделировали на инфовариаторах различные варианты интерполяции развития их общества в будущее *в условиях полностью роботизированного производства и инфовариаторного управления экономикой*, но с учётом человеческого эгоизма и других особенностей, свойственных психологии людей.

Среди этих вариантов моделировались и варианты с неограниченным производством всех видов продуктов потребления, используемых для удовлетворения человеческих потребностей в самом широком диапазоне разумных желаний, практически без какого-либо участия самих людей в производстве этих благ.

К сожалению, варианты, полностью освобождающие человека от всяких забот о собственном существовании, приводили в моделях к перенасыщению общества материальными благами и абсурдному возрастанию индивидуальных потребностей людей. В конечном итоге, согласно моделям, это приводило к депрессивному состоянию и постепенной умственной деградации большой части населения.

В результате, было решено выбрать как модель общества нечто среднее – вариант с постоянной численностью населения планеты, с валютно-трудовым распределением благ и с остановленной на определённом уровне развития - в смысле роста производства - товарной экономикой.

Глен продолжал: - Когда экономика Ланиры достигла уровня развития, при котором производство с избытком обеспечивало все нужды планеты, мы намеренно затормозили его рост, регулируя выпуск продукции и введя лимиты на величину капиталов. При этом, хотя всему населению и обеспечивается гарантированный прожиточный уровень, всё же, для достижения и поддержания *желаемого* достатка людям необходимо учиться, работать и конкурировать за более привлекательное или престижное положение в различных сферах деятельности общества. Наши учёные считают, что это в конечном итоге сохраняет здоровую психику и менталитет у нашего населения, и предохраняет его от умственной деградации.

- Глен, но ведь устройство вашей экономики с «заторможенным» производством, вероятно, непохоже на все Земные варианты экономическгих систем. Расскажите об этом.

- Хорошо. Я расскажу немного об экономическом устройстве нашего общества, поскольку оно во многом определяет стиль жизни на Планете. Я постараюсь не влезать в подробности, - пообещал Глен, - и расскажу только о существенных отличиях нашей Экономики от ваших - Земных. А вы, Стив, не стесняйтесь задавать вопросы по ходу дела, если что-нибудь покажется неясным.

- Я весь внимание, - отозвался я, устраиваясь поудобнее на сидении и приготовившись слушать.

- Главное отличие нашей экономики от ваших, Земных, состоит в том, - начал свой рассказ Глен - что производство любых товаров у нас на планете, включая практически все виды продуктов питания, почти не требует участия людей. Оно полностью автоматизировано и обслуживается роботами, но контролируется при этом, в основном, частными предприятиями.

Управление же всей экономикой в целом у нас тоже происходит без участия людей - посредством планового регулирования, - которое осуществляется группой инфовариаторов, пользующихся специально созданным для этой цели, самоэволюционирующим программным обеспечением.

Основная особенность нашего экономического устройства, - продолжал Глен, - состоит в том, что промышленность Ланиры производит товары только по мере их потребления обществом. То есть, работает по схеме: – «производство по требованию».

- Вы хотите сказать, что производство товаров у вас начинается только после получения заказов на них? - удивился я.

- В принципе – да, хотя всевозможные мелочи производятся с некоторым опережением спроса.

- Я поясню, как это работает на вашем же, Земном, примере. Как вы вероятно знаете, у вас, в Америке и Европе, сейчас в книгоиздательстве получает широкое распространение так называемое печатание по требованию. Современная технология позволяет типографиям издательств выпускать книги сколь угодно малым тиражом, - даже в единичном экземпляре, без существенного увеличения их розничной цены.

Макет книги хранится в компьютере в виде готовой программы, которая позволяет производить автоматическое печатание книги и обложки, а также её брошюровку и сборку. При поступлении заказа на книги они изготовляются практически за время, необходимое для печати тиража.

- Я не только знаю об этом, - вмешался я, - но и сам издал кое-что таким образом.

- Очень рад, что вы знакомы с этим. У нас же, - продолжал Глен, - такой принцип распространён на производство любых товаров.

Это стало возможным впервые, когда мы освоили выпуск быстродействующих универсальных промышленных роботов в больших количествах. Около трёхсот пятидесяти ваших лет назад, когда у нас появилась техника воспроизведения, основанная на транспозиции атомарных структур вещества, нужда в таких роботах резко сократилась. Новая технология позволила сколько угодно раз копировать любое готовое изделие с помощью одного и того же транспозитивного оборудования. Универсальные роботы стали использоваться только для изготовления прототипов изделий.

Сейчас у нас для серийного выпуска какого-либо

сложного изделия производителю достаточно изготовить один единственный её экземпляр - прототип.

- С точки зрения *наших* возможностей - это звучит фантастикой! - прокомментировал я, потом секунду подумав, спросил:

- Скажите, Глен, - а само оборудование для размножения изделий тоже воспроизводится таким же образом?

- Да, - ответил он, - но этим занимаются только Специальные Лаборатории нашего Планетного Общества. Они используют для этого эталонные прототипы промышленного оборудования. В структуру этих прототипов встроены ограничители, которые не позволяют воспроизводить некоторые вещи. Например, - живые организмы, транспозитивное оборудование, а также многое другое. Это сделано для того, чтобы промышленное транспозитивное оборудование нельзя было использовать не по прямому назначению. Если же кто-нибудь без ведома Лаборатории попытается проникнуть внутрь такого оборудования, оно автоматически самоуничтожится и пошлёт в Лабораторию сигнал тревоги.

Вся информация, необходимая для создания транспозитивного оборудования, является у нас планетарным секретом и хранится в специальном депозитории, спрятанном глубоко в каменной толще коры планеты. Его координаты известны лишь нескольким членам Клуба Старейшин. Попытка создания транспозитивного оборудования вне Лабораторий является у нас одним из самых серьёзных преступлений на планете.

- Скажите, Глен, - задал я вопрос, который возник у меня ещё в самом начале его рассказа. - Но ведь при такой степени автоматизации для обслуживания производств, вероятно, не требуется большого количества специалистов. Чем же тогда у вас занято большинство населения?

- Если речь идёт обо всём нашем населении, то не ждите, Стив, точного ответа на ваш вопрос. Наше общество не менее разнообразно, чем ваше, и в нём существует много возможностей для приложения профессиональных знаний, мастерства или творческих способностей людей.

На Ланире человеку не надо беспокоиться о куске хлеба и крыше над головой. Наша социальная система обеспечивает всех, чьё состояние не дотягивает до нижнего порога богатства, дотацией в «спец-кредитах», которая гарантирует человеку вполне приличный уровень жизни на планете. Я расскажу об этом подробнее немного позже, - пообещал Глен.

- А что представляет собой этот нижний порог богатства? - попутно поинтересовался я.

- Дело в том, что у нас и у вас несоизмеримые шкалы ценностей, - начал объяснять Глен. - Очень трудно провести близкую аналогию, так как у нас, например, продовольствие, энергия, жильё и товары широкого пользования ценятся гораздо ниже в процентном отношении к заработкам, чем у вас. Но если взять за эталон покупательную способность вашего доллара на дорогие и средние товары, то в пересчёте, очень приближённо, этот порог составит около двух миллионов. Поэтому о полной занятости населения у нас никто особенно не беспокоится.

Тем временем, мы пересекли 50-ю дорогу, и движение резко поубавилось. Теперь на шоссе в пределах видимости находилось не более 3-х – 4-х машин.

Дорога простиралась вперед насколько хватал глаз широкой прямой лентой, разделённой посредине довольно широкой полосой зелёной нетронутой земли. По обеим сторонам дороги уносились назад почти сплошные сосновые заросли, изредка перемежающиеся небольшими полянами с расположившимися на них двумя – тремя простенькими, но аккуратными и ухоженными домиками. Глен включил круизконтроль на 75 миль в час и вёл машину одной левой рукой, освободив правую для жестикуляции при разговоре.

Он продолжал:

- На работах по обслуживанию промышленной автоматики на Ланире занято чуть больше трёх процентов населения. Каждый специалист работает не больше четырех дней в нашу восьмидневную неделю, и максимум четыре часа в день.

- Люди у вас заняты так мало только потому, что для них просто слишком мало работы? - задал я уточняющий вопрос.

- В какой-то мере, это так, - согласился Глен, - такую занятость рассчитали наши инфовариаторы для того, чтобы обеспечить полный достаток товаров и продуктов для нашего населения, а также постоянное обновление оснащения для предприятий.

Работы для специалистов всегда почти хватает. Мы стараемся подготавливать специалистов в таком количестве, чтобы поддерживать приблизительно постоянную занятость почти всех профессионалов из активной части нашего населения. При этом у нас остаётся незначительный процент запаса незанятых специалистов, который необходим для стабилизации заработной платы в промышленности и других областях экономики.

- А что вы называете активной частью населения? – продолжал расспрашивать я.

- Это люди в возрасте от тридцати и, примерно, до двухсот пятидесяти лет, имеющие образование, профессию или квалификацию для работы в какой-либо области экономики нашего общества.

- Ну, со специалистами более или менее понятно. Но если даже отбросить попечения о хлебе и крыше над головой, всё равно люди должны чем-то заполнять своё время. Интересно, чем занимается у вас остальное население? – продолжал допрашивать я.

- Если хотите более конкретно, давайте попробуем подсчитать, - согласился Глен. Я помню кое-какие цифры из статистики, потому что они у нас почти не меняются со временем.

- Итак, помимо трёх с небольшим процентов специалистов, занятых в промышленности, примерно от трёх до четырёх процентов наших планетян занято в практическом медицинском обслуживании населения. Я имею в виду средний технический и вспомогательный медицинский персонал. Роль врачей у нас, за очень малым исключением, выполняют инфовариаторы в сочетании с обширными базами биомедицинской и генетической информации. Все стандартные хирургические операции любой сложности выполняются хирургическими роботами.

- Трудно себе представить такое!

- Тем не менее, это так.

- От семи до восьми процентов людей у нас заняты в науке, культуре и искусстве, - продолжал подсчёт Глен. – Чем они занимаются, по-моему, ясно.

- Три - четыре процента составляют бизнесмены - владельцы и совладельцы компаний и предприятий. Ведь большую часть продукции в нашем обществе производят предприятия частного сектора. Эти люди живут, как правило, на широкую ногу, посвящая часть своего времени бизнесу, а остальное время развлечениям и отдыху. В этом они очень схожи с вашими, Земными, коллегами.

Около восемнадцати процентов нашего населения всегда составляют несовершеннолетние, - продолжал Глен. - До двадцатипятилетнего возраста, по вашему исчислению, они, как правило, живут с родителями или в пансионатах. С шестилетнего возраста они учатся в различных школах, а потом в профессиональных учебных заведениях или в университетах.

- Детей у нас, как правило, заводят люди не моложе сорока двух – сорока пяти лет, с устоявшимися отношениями и с оформившимися взглядами на жизнь, что позволяет им дать детям хорошее воспитание и интересную, разностороннюю жизнь. Занимаются дети примерно тем же, чем занимаются и ваши, за исключением повального увлечения спортом, которое существует у вас на Земле.

- А почему? – поинтересовался я.

- Профессионального спорта на Ланире не существует согласно нашему закону. Поэтому у нас спорт никогда не был коммерциализирован и всегда оставался развлечением для самих спортсменов, а не зрелищем для публики. Зрителями всегда оставались, в основном, друзья, знакомые и родственники спортсменов.

Кроме того, с сорока лет, после искусственного обновления организма, физические возможности человека в нашем обществе примерно у всех одинаковы и не представляют собой предмета гордости или зависти.

Разумеется, тот, кто хочет, занимается и спортом и всем, чем ему угодно. Но всё это происходит без всякого ажиотажа, в основном, в интерес-клубах, которых у нас великое множество. Я как-нибудь расскажу о них поподробнее, - пообещал Глен.

Многие тридцатилетние и старше, сдав экзамены на управление космолётами, увлекаются у нас прогулками в окрестном космосе, в основном, на персональных космолётах своих родителей, и по неопытности, нередко попадают в опасные ситуации и даже иногда погибают.

Надо будет расспросить его позже об этих домашних космолётах, - подумал я.

- Примерно сорок – сорок пять процентов нашего

населения, - продолжал Глен, - это отошедшие от дел, достаточно обеспеченные заработанным состоянием пожилые люди, как правило, перевалившие трёхсотлетнюю возрастную черту и живущие на покое, часто, вместе со своими детьми, внуками и правнуками.

Большинство из них, бывшие специалисты и профессионалы, коротающие свой продлённый век в своих обжитых и комфортабельных загородных особняках или в дорогих городских квартирах. Занимаются они, в основном, каким-нибудь своим хобби, - вроде собирания коллекций, писания мемуаров, изобретательства, садоводства, путешествий, или воспитания правнуков. Много своего времени они уделяют посещению интерес-клубов, театров, друзей, знакомых и другой подобной деятельности, в зависимости от своего характера и общительности.

Всё вместе это составит немного меньше восьмидесяти процентов жителей Ланиры, - продолжал подсчитывать Глен.

- Остальные, составляющие около двадцати процентов, – это очень разные по возрасту и интересам люди, от тридцатилетних юнцов до семисотлетних долгожителей.

Эта часть нашего населения занимается приносящей доход работой лишь время от времени, выполняя случайные заказы, помогая в чём-нибудь другим или создавая что-либо для продажи. Живут эти люди частично на нерегулярные заработки, частично на спецкредиты, о которых я расскажу немного позже, частично на дивиденты от купленных когда-то акций. К этой же прослойке относятся люди свободных профессий - художники, писатели, композиторы, архитекторы, не занятые постоянной наёмной работой или предпринимательством. Вот, собственно, и вся картина, - подытожил Глен.

- А чем у вас, в основном, занимаются люди в своё свободное время? - полюбопытствовал я.

- Чем они занимаются в среднем, - сказать трудно, так как свободного времени у них более чем достаточно. Но я знаю, что люди у нас любят общаться, развлекаться, собираться вместе небольшими компаниями. Много времени они проводят в интерес-клубах, мастерят какую-нибудь технику, в основном, из готовых блоков и деталей, смотрят видеопрограммы, посещают театры, довольно много читают, участвуют в диспутах и играх на общих инфо-каналах, выезжают на природу, а также путешествуют в меру своих финансовых возможностей.

К сожалению, и у нас тоже имеются и бездельники, и нарушители порядка, и наркоманы, и преступники. Но по сравнению с вами, их у нас значительно меньше, - очевидно потому, что у нас всем обеспечен сравнительно высокий прожиточный стандарт и возможность повышать свой жизненный уровень. В то же время у нас общественный порядок охраняется гораздо эффективнее, чем у вас... Но, в общем, как видите, - заключил Глен, - «ничто человеческое жителям Ланиры не чуждо».

Возвращаясь к нашему экономическому устройству, - продолжал он, - я хочу остановиться на том, как регулируется наша экономика.

На Ланире не существует фондовой биржи типа вашего «stock market». Инвестиционные акции свободно продаются и покупаются назад предприятиями по их фиксированной цене через общую инфосеть. Предприятие, продавшее акции, как бы берёт взаймы добавочный оборотный капитал под невысокий фиксированный процент, равный дивидентам, которые оно выплачивает по акциям.

Каждое успешно работающее предприятие у нас может продавать такие акции, пока суммарная стоимость проданных акций не достигнет тридцати процентов от капитала компании. Но инвестиционные акции не дают их владельцам никаких прав в делах компаний, кроме права на регулярные фиксированные дивиденты. И у нас это единственная возможность получать проценты на капитал.

Когда наши предки планировали новую экономику для Ланиры, - продолжал Глен, - они с самого начала отбросили идею регулирования её биржевой игрой ценами на акции.

- Но почему? – спросил я. - У нас на Земле это работает лучше, чем другие варианты.

- Прежде всего потому, что биржевая игра не столько регулирует экономику, сколько перераспределяет инвестированные капиталы между игроками - держателями акций. Кроме того, такая игра на ценах акций, как например, у вас на биржах, слишком часто приводит к хаосу на рынках и длительным спадам в экономике. Ведь цена акций на рынке зависит от множества переменных факторов, и в первую очередь, от коллективной психологии самого рынка, то есть, от совокупности как логических, так и иррациональных решений миллионов игроков, торгующих акциями. Цены на акции на рынке часто могут расти до «небес» или падать до дна только в зависимости от текущей психологии рынка, которая нередко меняется по пустяковой причине.

Подобная система, - продолжал Глен, - существовала на нашей материнской планете в то время, когда наши предки решили переселяться на Ланиру. Они понимали авантюрный и нестабильный характер такой системы и не хотели вводить его на новой планете.

Глен продолжал:

- Основным звеном управления нашей экономикой является автоматическая Система Экономического Регулирования. Она включает в себя несколько инфовариаторов с самонастраивающимися и самоэволюционирующими системами программного обеспечения, работающими без участия людей. Официально эта Система входит в Финансово-Экономическую Палату Клуба Старейшин, то есть, - в аппарат управления экономикой планеты.

Система Экономического Регулирования принимает заказы на производство товаров от всех потребителей планеты, включая торговую сеть, предприятия, индивидуальных граждан и само Планетное Общество, которое распоряжается всеми общественными средствами планеты.

Эта же Система распределяет принятые заказы между производственными предприятиями всей планеты.

- Это касается и всех частных предприятий? – попросил уточнить я.

- Да, конечно. Ведь почти все товары на Ланире, включая продукты питания, производятся у нас частными предприятиями. Система Экономического Регулирования рассчитывает ориентировочное количество продукции, которое она планирует для каждого предприятия, и стандартные оптовые цены на неё. Эти цены учитывают себестоимость производства, стандартную прибыль предприятия на заказанную продукцию и стоимость доставки продукции заказчику по минимальным ценам, действующим только в Системе.

Продавать товары в значительных количествах по цене ниже стандартной - у нас запрещено законом.

Каждое предприятие Ланиры получает от Системы информацию в виде краткосрочных текущих планов-заказов.

- Вы хотите сказать, что вся промышленность у вас работает на плановой основе? – уточнил я.

- В какой-то мере, это так, - ответил Глен, - хотя этих планов столько, сколько предприятий на Ланире, и они являются текущими, - то есть, постоянно меняются во времени в зависимости от спроса на выпускаемую предприятиями продукцию. К тому же, эти планы лишь предположительны для предприятий частного сектора.

- Но почему тогда частные предприятия придерживаются этих планов? - спросил я.

- Потому что им это выгодно с финансовой точки зрения. Руководствуясь планами, они знают, какое количество какой продукции они смогут продать через Систему, и это в какой-то степени страхует их от непредсказуемости свободного рынка. Предприятиям просто невыгодно пытаться продавать вне Системы выпущенную сверх плана и никем не заказанную продукцию по стандартным ценам Системы. В таком случае им самим пришлось бы обеспечивать транспортировку и продажу продукции.

По более высоким ценам, чем стандартные, их продукция не будет иметь существенного спроса. По более низким, чем стандартные, они не могут продавать согласно закону.

Разумеется, предприятия могут выполнять индивидуальные заказы на уникальные разработки и нестандартную продукцию независимо от Системы.

Если выпуск какой-то продукции частными предприятиями оказывается недостаточным, Система Экономического Регулирования передаст часть заказов на эту продукцию предприятиям Планетного Общества, пока не будет устранена причина падения выпуска этой продукции.

Вообще же наша промышленность легко может увеличить выпуск товаров до уровня, во много раз превышающего спрос на всей планете, без всякого изменения в оборудовании предприятий и количестве наблюдающих за ним специалистов. Индивидуальные текущие планы, в основном, сдерживают предприятия и компании от перепроизводства продукции.

Благодаря такой системе регулирования, - продолжал Глен, - у нас держатся очень стабильные цены и не возникает проблем излишка или нехватки товаров.

- Глен, - прервал его я, - но у нас, например, плановая экономика исторически не показала себя успешной. В нашем бывшем Советском Союзе, практически изолированном экономически от остального мира, много лет экспериментировали с плановым управлением экономикой, и в конечном итоге она практически развалилась.

- Да, я об этом знаю, - согласился Глен. - Но, во-первых, в то время у них ещё не было ни компьютеров, ни другой счётной техники, способной своевременно «переварить» всю массу поступающей в центр пусть даже далеко не полной, не точной, а иногда и фальсифицированной, экономической информации. В результате, предлагавшиеся планы никогда не отражали истинных потребностей общества в той или иной продукции.

Во-вторых, при социалистической экономике, как вы наверно помните, все орудия производства принадлежали государству, а не производителям, что вело к неквалифицированной, произвольной диктатуре государства на всех уровнях производства и распределения товаров. Их централизованное управление распространялось на всё, вплоть до деталей производства, что лишало инициативы и заинтересованности самих производителей.

В то же время, как вам известно, у них все ключевые решения в экономике принимали люди. И при том, нередко, малоквалифицированные политические ставленники власти.

Наконец, в-третьих, производство тогда было не только недостаточно автоматизировано, но даже не полностью механизировано, и работало крайне медленно, никогда не успевая за планами. И вдобавок, всё планировалось на годы и пятилетия!

При таком раскладе трудно было ожидать какого-то успеха...

- Да, вероятно, это так - пришлось согласиться мне.

- Тогда вернёмся к разговору о Ланире, - продолжал

Глен. - Итак, третья и, я думаю, самая неординарная для Землян особенность нашего экономического устройства - это полное отсутствие на Ланире наличного денежного обращения, что также во многом определяет стиль жизни на нашей планете.

Отсутствие наличных денег позволило свести всю текущую экономическую информацию планеты в единый центр - Планетный Банк, через который совершаются все финансовые операции на Ланире, и где собирается вся финансовая информация обо всех предприятиях и обитателях планеты.

- А кем и для чего используется вся эта информация? – спросил я.

- Она необходима для работы нашей Системы Экономического Регулирования при распределении ею заказов на производство товаров и для других операций, связанных с кредитами и торговлей. Конечно, кроме инвариаторов самой системы, эта информация не доступна никому.

Глен продолжал:

- Нашей валютой является Кредитная единица - абстрактная валютная величина, представляющая собой одну сотую долю ежедневной стандартной заработной платы переселенцев на день прибытия их кораблей на Ланиру.

Я молчал, пытаясь ухватить идею…

- Дело в том, - продолжал он, - что большинство переселенцев ещё во время перелёта и некоторое время по прибытии получали за работу на кораблях одинаковые номинальные зарплаты в кредитах, обеспеченных стоимостью самих кораблей и всем их содержимым. Таким образом, у каждого из переселенцев по прибытии на Ланиру уже был свой счёт в кредитах, которыми он мог расплачиваться за любые покупки, хотя на кораблях все жили на всём готовом. Эти кредиты должны были быть переведены в стандартную валюту ко времени перевода производств на сушу и началу создания частных предприятий. Для этого нужен был твёрдый эквивалент валютной единицы. И таким определением он был однозначно зафиксирован.

- Кажется, понял, - сказал я. - Пожалуйста, продолжайте.

- С тех пор, для каждого жителя планеты, для каждой вновь создаваемой компании, организации и даже временных гостей с момента их появления на Ланире, в Планетарном Банке автоматически открываются индивидуальные счета в кредитах. Счета имеют отдельные номера и пароли для дебетных и кредитных операций, а также автоматическую систему идентификации клиентов.

Эти счета и служат для совершения всех операций - больших и маленьких, связанных с платежами и получениями кредитных единиц на Ланире. При этом каждая операция автоматически проверяется на её легальность и лимиты капиталов.

- А что значит лимиты? – попросил уточнить я.

- У нас, - объяснил Глен, - установлены лимиты на величину финансового капитала для всех, как для отдельных лиц, так и для частных компаний. Это сделано для того, чтобы избежать перекосов в экономике и ограничить рост частных компаний с целью предотвратить появление монополий и их отрицательного влияния на жизнь общества.

- Но ведь лимитирование капиталов, кажется, не способствует развитию экономики - предположил я, вспоминая что-то из курса политэкономии, прослушанного много лет назад.

- Я уже говорил, что наша экономика и не ставит себе целью дальнейшее её развитие, так как она давно развита до нужных нам пределов, - ответил Глен.

- Благодаря постоянному количеству населения планеты, у нас нет нужды непрерывно увеличивать выпуск товаров и продовольствия, как это происходит у вас на Земле.

Упор в нашей экономике, - продолжал он, – делается на обновление и разнообразие выпускаемых товаров, что происходит, в основном, благодаря новым изобретениям, разработкам и фантазии дизайнеров. А также на усовершенствование и развитие новых технологий создания прототипов изделий. Всё это поощряется увеличением индивидуальных заказов предприятиям на какое-то время в зависимости от значительности вклада в прогресс. Авторы же изобретений и новшеств поощряются хорошими премиями и повышением их престижа в соответствующих отраслях индустрии.

Патентной системы на Ланире не существует, поэтому изобретения и новые разработки становятся общественным достоянием, как только они опробованы, проверены на безопасность, зарегистрированы и запущены в производство. Но это не значит, что каждое предприятие вольно просто копировать чужой дизайн. Для выхода на рынок с каким-нибудь изделием оно должно как минимум предложить своё внешнее оформление его, а для конкурентоспособности, и какие-то улучшения.

- Скажите, Глен, если выразить покупательную способность ваших кредитов в наших долларах, чему примерно будет равняться такой лимит разрешённого персонального частного капитала на Ланире?

- Если опять-таки взять за эталон покупательную способность вашего доллара на предметы средней и высокой стоимости, то лимит на индивидуальный капитал выразится цифрой, я думаю, где-то порядка ста пятидесяти миллионов долларов.

- Ого! – сказал я.

- Это не так много, – сказал Глен, - если учесть что наши акционерные компании не могут состоять более, чем из пятидесяти акционеров - учредителей. Лимит финансового капитала компании при этом окажется около десяти биллионов долларов, учитывая и тридцать процентов инвестированного в неё капитала, что не очень уж много, даже по Земным меркам.

Фактически же, капиталы компаний всегда значительно ниже лимитов, так как владельцы стараются сохранять финансовое пространство для коммерческих операций, строительства и модернизации компании.

- А что происходит, если у кого-нибудь финансовый капитал превысит установленный лимит? - спросил я.

- Если чей-либо финансовый капитал в Планетном Банке превысит свой лимит, он просто уменьшается инвариаторами до этого лимита, а излишек переводится в Планетарный Резерв. Кстати, стоимость личного имущества индивидуальных планетян, их домов, квартир и помещений предприятий не входят в расчёт их финансового капитала до тех пор, пока она не превысит пятикратную величину лимита на индивидуальный капитал. После этого, дальнейшее её увеличение будет изыматься в кредитах из их финансовых капиталов и также переводиться в Планетарный резерв.

Это сделано для резонного ограничения пассивного индивидуального богатства на планете и большего участия разбогатевших планетян в пополнении общественных фондов Планетного Общества.

- Скажите, Глен, а каким образом, при отсутствии у вас фондовой биржи, продаются и покупаются частные предприятия или доли в компаниях?

- Посредством приобретения учредительских акций. Учредительские акции, дающие право на владение частью компании и участие в её прибылях, - объяснил Глен, - продаются и покупаются по частным соглашениям, но по ценам, индивидуально рассчитываемым на данное время для каждой компании инвариаторами Системы Экономического Регулирования.

- А что такое Планетарный Резерв, который вы только что дважды упомянули? – продолжал я свой допрос.

- Планетарный Резерв – это депозиторий Банка, в котором хранятся все общие активы Планетного Общества, принадлежащего всем жителям Ланиры и управляемого инвариаторами Клуба Старейшин.

Из этого Резерва финансируются все общественные нужды планеты, большая часть нашей науки, а также все предприятия Планетного Общества.

Глен продолжал: - Я расскажу о Планетарном Резерве немного подробнее, так как он играет важную роль в нашей жизни и экономике.

Сразу по прибытии на Ланиру общим достоянием переселенцев, и одновременно валютным фондом Планетарного Резерва, считалась стоимость всего привезенного ими технического оборудования - роботов, автоматических линий и станков, транспортных машин, предметов, произведённых за время перелёта, неиспользованных запасов, а также материала и механизмов самих кораблей, выраженная в кредитных единицах. Все финансовые затраты на обустройство на новой планете номинально черпались из этого фонда. Из него же платились зарплаты переселенцам, работавшим ещё на кораблях.

- А откуда берутся средства, пополняющие этот фонд теперь? - поинтересовался я.

- Он пополняется из нескольких источников, - ответил Глен. - Во-первых, со времени прибытия наших предков на Ланиру туда поступает вся выручка от продажи и сдачи в аренду всей массы квартир, домов и помещений под предприятия, которые были построены и строятся на Ланире на средства Планетного Общества. Во-вторых, поскольку по нашим законам вся поверхность планеты также является общим достоянием населения Ланиры, Планетное общество сдаёт в аренду компаниям и отдельным гражданам участки для индивидуального строительства или предпринимательской деятельности на неограниченное время. Компании, покупатели и съёмщики домов или квартир в любом месте Ланиры платят Планетному Обществу отдельную арендную плату за пользование участками, или их частями.

- Получается нечто вроде налога на недвижимость? - предположил я.

- Да, можно считать и так, поскольку никаких других постоянных налогов у нас не существует, правда, кроме налога на покупку имущества, стоимость которого превышает нижний порог богатства. Разница с налогом на недвижимость в том, - пояснил Глен, - что арендная плата за пользование участками у нас зависит только от их величины и места расположения, но не от стоимости того, что на них построено. Так что владелец дворца, стоящего на участке в полгектара, платит такую же арендную плату за свой участок, как и съёмщик скромного бунгало, расположенного на таком же самом участке рядом.

В-третьих, в Планетарный резерв идёт вся прибыль предприятий Планетного Общества и вся сумма платежей за обучение в городских университетах и профессиональных школах, а также плата за пользование общественным транспортом, энергией и всеми видами коммунальных услуг.

И, наконец, в Планетарный Резерв переводятся все излишние суммы кредитов, превысивших индивидуальные лимиты на финансовый капитал или лимит на стоимость имущества и недвижимости.

- Понятно, - как бы общественная копилка. - подытожил я. - Но давайте вернёмся к теме, а то мы далеко от неё ушли.

Объясните мне, каким образом при отсутствии наличных денег, вы платите кому-то за услугу, или например, оставляете чаевые? - поинтересовался я практической стороной безналичной экономики.

- А это всё очень просто, – ответил Глен. - У каждого жителя планеты имеется карманный инвариатор - коммуникатор, он же и видеофон и многое другое. Тот, кто хочет кому-то заплатить определённую сумму кредитов, просит получателя назвать пароль или номер кредитного «входа» своего счёта, на который должна быть переведена эта сумма. Затем, нажатием кнопки на коммуникаторе он связывается со своим дебетным счётом в Планетарном Банке и набирает на экране или называет в микрофон сумму кредитов, которую он хочет заплатить. После этого, нажатием другой кнопки или голосом даёт приказ, и в Банке совершается соответствующая операция.

Кроме автоматической идентификации владельца по его биополю, коммуникатор воспринимает его психологическое состояние и как бы чувствует, происходит ли операция добровольно, и в противном случае блокирует её. Всё это происходит практически моментально.

- Неплохо! – одобрил я инопланетную технику.

- Помимо этого, - продолжал Глен, - во всех наших городах и посёлках, в каждом учреждении и магазине имеются общие коммуникаторы, с помощью которых каждый может расплатиться за что угодно своими кредитами, а также связаться с любым инвариатором или коммуникатором планеты.

Такая система расчётов позволяет нам быть полностью избавленными от жульничества и вымогательства в быту, торговле и в финансовых операциях.

- Получается, что вся финансовая деятельность на Ланире идёт под постоянным контролем инфовариаторов? – полувопросительно подытожил я.

- Да, это так, но мы к этому привыкли и не считаем это каким-либо неудобством. Наоборот, это освобождает нас от трудоёмких бухгалтерских расчётов и ошибок в платежах и получении кредитов, - пояснил Глен.

- Мы, кажется, подъезжаем к Хомосасса Спрингс, - прервал я Глена. - Видите, слева большая стоянка машин? Это их главный вход, но он расположен довольно далеко от самого парка, и я знаю парковку значительно ближе. Сверните налево на первом перекрёстке и потом снова налево на разветвлении дорог.

Мы свернули с 19-ого шоссе на поперечное и,
проехав по нему около мили, снова свернули влево на
тенистую лесную дорогу. Проехав по ней ещё с пару
миль, мы увидели слева от дороги заасфальтированную
поляну, почти полностью окружённую лесом, на
которой было запарковано несколько машин и
автопоезд, привезший посетителей от главного входа.

Запарковав нашу Тойоту в тени большого дерева на
ближайшем краю поляны, мы двинулись к входному
павилиону парка, расположенному напротив через
дорогу. В билетной кассе нам сказали, что последняя
лекция и кормление манати будут происходить в
четыре часа. На моих часах было без пяти три.

Выйдя из павилиона в парк, мы оказались на главной
дорожке парка, петляющей среди деревьев и просторных вольер с животными и птицами. Мы решили погулять по парку до начала лекции о манати и тем
временем продолжить наш разговор о жизни на планете Глена.

Вскоре мы вышли к берегу не то довольно широкого
залива, не то устья реки, впадающей в него. На воде
видно было несколько катеров, прогулочных понтон-
ных катамаранов и лодок самых различных размеров
и типов. Люди на них были явно чем-то возбуждены,
громко перекликались, показывали на что-то, плывущее под водой.

Внезапно из воды показалась большая тёмнорыжая
спина без каких-либо плавников.

- Смотрите, Глен, это манати, - показал я на спину.
- Вероятно, они уже сплываются на кормёжку. Они
здесь живут на воле, но далеко от дарового стола не
уплывают.

- А что они едят? – спросил он

- Они вегетарианцы. Едят водоросли, листья растений и всякую другую зелень, а также, вероятно, всё,

что падает в воду с деревьев. Здесь их подкармливают листьями капусты, салата и овощей. Мы это скоро увидим сами. Охота на них запрещена, и они совершенно не боятся людей, но, к сожалению, многие из них попадают под винты лодок и катеров, калечатся, а иногда и погибают. Здесь, в Хомосасса Спрингс, биологи по мере возможности оказывают помощь раненным животным.

- Это очень печально, - согласился Глен. – Уберечь всю фауну в современном мире практически невозможно. У нас тоже существует подобная проблема, но в другом плане, - чисто охотничьем, так как лодки с моторно-винтовой тягой можно увидеть только в музеях истории техники или у любителей – механиков, иммитирующих античные конструкции.

Мы перешли небольшой каменный мостик, переброшенный через узкое «горло» одного из заливов, и вышли на маленький полуостровок, довольно густо поросший высокими деревьями. Дорожка, по которой мы шли, огибала его по самому краю воды. Здесь и там, под прибрежными деревьями виднелись скамейки, на которых никто не сидел. Мы присели на ближайшей, чтобы использовать время, оставшееся до кормления манати, на продолжение разговора.

- Глен, вы обещали объяснить, что это за спец-кредиты, про которые вы упоминали, когда рассказывали, чем занимается и на что живёт ваше население, – напомнил я ему.

- А это тоже, в некотором роде, отличительная черта нашей экономической системы, - ответил он. - В нашем обществе для каждого младенца, появившегося на свет, или прибывшего на Ланиру гостя, как я уже сказал, сразу же открывается свой индивидуальный счёт в Планетном Банке Ланиры. При этом, если владелец счёта недостаточно богат, на его счёт сразу

же переводится из Планетарного резерва определённая, одинаковая для всех, сумма специальных, ре-
гулярно возобновляемых кредитных единиц - спец-
кредитов. Это гарантирут ему, или ей, приличное,
полностью обеспеченное проживание на Ланире на
общем стандартном уровне.

Часть этих кредитов владелец счёта может тратить
только на жизненно необходимые серьёзные расходы:
аренду жилья или взносы за его покупку, взносы за
покупку и расходы на содержание ординарного транс-
портного средства, а также на плату за водоснабже-
ние и доставку энергии. Другая часть спецкредитов
может тратиться только на оплату среднего технического образования, необходимого для устройства на
хорошо оплачиваемую работу, или для конкурсного
поступления в один из Планетарных Городских Университетов, а также на плату за обучение в них. Для
каждого из этих расходов существуют специальные
фонды. Остальные – «общие» спец-кредиты – могут
тратиться на покупку продуктов питания, одежды,
на развлечения и на что угодно ещё, кроме нарко-
тиков.

- И всё это даром, и на всю жизнь? – удивился я.

- Да, это так, - подтвердил Глен, - если состояние индивидуума не превышает нижнего порога богатства.

Так как богатых у нас, по статистике, более пятидесяти процентов населения, то спецкредитами пользуются меньше половины планетян. Кроме того,
большинство пользующихся спецкредитами не использует их часть, выделенную на образование, а дети до двадцати лет - на транспортные средства, так
что фактически расходы Планетарного Резерва на
спец-кредиты составляют не более четверти максимально возможных.

Наше общество может себе позволить такие расходы,
чтобы иметь уверенность, что никто не нуждается в

жизненно необходимом, и путь к процветанию открыт для всех. Так как люди у нас живут подолгу, то на каком-то этапе им почти всегда надоедает даровая, хотя и вполне обеспеченная жизнь, и они начинают добиваться чего-нибудь лучшего или более интересного в жизни.

- Скажите, а конкурс для поступления в Университеты обязателен для всех? – влез я с новым, попутным вопросом.

- Нет, - ответил Глен. - Если у вас на банковском счету достаточно регулярных кредитов для оплаты сравнительно дорогого Университетского образования, то оно доступно и без конкурса, - только при условии успешной сдачи приёмных экзаменов.

- Что ж, вполне логично, - согласился я.

- Но ведь на образование, вероятно, даётся довольно много кредитных единиц. Если кто-нибудь к концу срока не потратит их по этой статье, как я понимаю, они пропадают?

- Да, если спец-кредиты по каким-нибудь главным статьям к концу десятичного периода не израсходованы, то при их возобновлении, неиспользованные кредиты теряются.

Можно накапливать общие кредиты, предназначенные на одежду, продовольствие и личные расходы, но их нельзя тратить на запретные статьи, вроде тех же наркотических напитков.

- Напоминает нечто вроде американского welfare, – попробовал прокомментировать я.

- Очень, очень отдалённо, – отозвался Глен.

- У нас это всепланетная, недискриминационная программа, которая обеспечивает гарантируемый приличный прожиточный уровень и начальные возможности для всех. Она сохраняет нам хорошую социальную стабильность общества.

- А как финансируются эти специальные кредиты? – спросил я.

- Из Планетарного Резерва, конечно, - ответил Глен.

- Спец-кредиты были введены сравнительно поздно, когда экономика Ланиры окрепла настолько, что могла спокойно выдерживать такую финансовую нагрузку.

- Скажите, Глен, если опять-таки выразить в пересчёте на покупательную способность наших долларов, чему равна ежемесячная сумма спец-кредитов?

- Сказать более или менее точно я затрудняюсь, опять же из-за несоответствия шкал наших цен, так как в случае спец-кредитов мы не можем брать за эквивалент цены на дорогие товары.

Если исключить из спец-кредитов сумму, зарезервированную на все специальные расходы, то сумма общих кредитов в день по своей покупательной способности на товары общего потребления будет примерно равна вашим девяноста, – ста долларам в 2004 году, что в пересчёте на ваш месяц составит около трёх тысяч на одного человека.

- Мне бы такую пенсию! – сказал я. - Каковы же тогда средние зарплаты ваших людей, постоянно работающих по найму?

- Тут осреднять практически невозможно, потому что зарплаты у нас могут быть весьма различными в разных областях деятельности людей. Но в общем и целом, они всегда значительно превышают сумму спец-кредитов, что является большим стимулом к образованию и приобретению практических знаний.

- А сколько времени у вас наёмные служащие проводят на работе, и какие у них отпуска, - продолжал допрашивать я.

- Ответ на первую часть вашего вопроса, Стив, зависит от рода деятельности служащего, но в среднем, как я уже упоминал в начале нашей беседы, он занят на работе четыре дня в восьмидневную неделю, от двух до четырёх часов в день, причём последняя цифра является по закону предельной. Люди работают обычно лишь одну короткую смену в сутки, чередуясь с другими, а зачастую и через один десятичный период, например, если по роду деятельности они работают в отрыве от дома.

Научные же работники, исследователи, журналисты, да и все, чей труд не регламентирован, работают и отдыхают по своему усмотрению, согласовывая своё время только с фактической необходимостью присутствия на работе и, конечно, со своими коллегами.

- Похоже, люди у вас не очень перетруждаются на работе, – пошутил я.

- Таковы расчётные данные для оптимальной занятости населения. Мы уже об этом говорили.

- А как ваше время отличается от нашего? – задал я новый попутный вопрос.

- У нас во всех обиходных и технических рассчётах принята десятичная система. Очевидно, она возникла по той же причине десяти пальцев на руках, как и у вас. Она же используется и в отсчете времени. Поэтому у нас в сутках только двадцать часов, но наш час почти в полтора раза длиннее вашего.

Ответить на вторую часть вопроса - об отпусках, однозначно тоже трудно, - продолжал он, - так как по закону минимум отпуска составляет пятьдесят шесть календарных суток с сохранением полной зарплаты за это время. Однако часто в штате компании имеется «экстра-служащий» специально для подмены отпускников, которые хотят продлить свой отпуск без зарплаты для каких-либо длительных путешествий или полётов в космос. Там, где работа идёт с чередованием через период, говорить об отпусках вообще не имеет смысла, так как каждый второй период является отпуском длиной в 56 дней.

- Откуда такая странная цифра – 56? – полюбопытствовал я.

- В нашем календаре, - объяснил Глен, – не 365 дней, как у вас, а 562 дня.

Я уже говорил, что наш год примерно в полтора раза длиннее вашего. Он разделён на 10 периодов по 56 дней, названных по именам кульминирующих в них главных созвездий.   Хотя у Ланиры есть два спутника типа вашей Луны, период их обращения никак не согласован с нашими десятичными периодами.

Вы, вероятно, помните, - продолжал Глен, - что количество дней у нас в промежутке времени, соответствующем вашей неделе, - равно восьми.   Из них четыре считаются рабочими, а остальные – днями отдыха.   Два «лишних» дня в конце года считаются нерабочими новогодними праздниками и не являются числами календаря. Поэтому Новый Год у нас всегда начинается с одного и того же дня «недели», а конкретно – со дня зимнего стояния* Аэлано.

- Всё у вас устроено очень рационально, - согласился я.

Взглянув на часы, я увидел, что до начала лекции оставалось чуть больше десяти минут.

- Глен, - попросил я, - в оставшееся у нас до лекции время расскажите, пожалуйста, в нескольких словах, как у вас на Ланире происходит розничная торговля. Она очень отличается от нашей?

- И да, и нет, - ответил он.

- Отличие состоит, в основном, в методах получения информации о товарах, готовых к немедленному производству и продаже.

Во-первых, у нас покупатели имеют возможность, не выходя из дома, легко выбрать именно то, что им нужно, по единой системе каталогов инфосети. Во-вторых, для этого им не нужно тратить часы, как у вас на Интернэте, разыскивая нужную информацию. За них это делает в течение секунд специальное универсальное поисковое устройство, которое считывает у человека мысленную информацию о том, что его интересует, и сразу же показывает это на экране. После подтверждения человеком правильности запроса,

*Самый короткий день в году. У нас на Земле – 22 Декабря.

поисковое устройство тут же выдаёт наиболее близкие варианты описаний и изображений товаров и другую информацию из единой системы каталогов или других баз данных.

Такие устройства используются у нас для поисков практически любой информации в инфосетях.

- А в чём же заключается сходство вашей розничной торговли с нашей? - напомнил я о второй части его ответа.

- Сходство заключается в том, - продолжал Глен, – что в наших городах большинство магазинов торговых цепей, а также и отдельных крупных магазинов, обычно сосредоточено в закрытых галереях типа ваших американских моллов. Но в отличие от ваших магазинов в моллах, большинство из них у нас представляют собой демонстрационные салоны. Там покупатели могут выбрать интересующий их товар, опробовать его в действии, получить подробный инструктаж о пользовании им, просмотреть отзывы потребителей, а также оценку качества товара официальными испытаниями. Там же они могут заказать товар для доставки на дом или в салон. Обычно это занимает от одного до трёх дней, в зависимости от сложности продукта и количества одновременных заказов.

- А если покупатель хочет получить товар сразу? – полюбопытствовал я.

- Он может получить товар и сразу, если товар есть в салоне, что чаще всего так и бывает, но цена при этом может быть изрядно выше заказной.

Кроме торговых галерей, у нас есть конечно и отдельные небольшие магазины, - продолжал Глен, - например, продающие гурманские натуральные продукты и сопутствующие им кухонные мелочи, ну и, разумеется, всякие другие, подобные им, предназначенные для специализированной торговли. Есть у нас и большие продуктовые магазины, типа ваших супермаркетов, но представляющие собой нечто вроде огромных красиво декорированных кафе, разделённых на секции, в которых демонстрируются разнообразные продукты и сопутствующие товары. В этих же секциях на столиках, обычно расположенных на верандах с раздвижными прозрачными стенами, сервируются готовые пробные блюда из продуктов, которые продаются в секции. На столиках обычно стоят экраны, где можно просматривать видео-клипы о том, как приготовляются блюда, понравившиеся посетителю.

По желанию рецепты приготовления, видео-клипы и коды для покупки продуктов записываются на пластиковой инфокарточке магазина или вводятся прямо в коммуникатор посетителя.

Посетитель может пробовать блюда, - продолжал Глен, - выбрать то, что ему нравится, купить соответствующие продукты или, когда захочет, заказать их по коду прямо из дома с доставкой по магнитно-волновым трубам.

Сервировку блюд и обслуживание посетителей в таких кафе-магазинах везде выполняют роботы.

(Обязательно надо расспросить его поподробнее о таких роботах, - заметил я себе).

- Разумеется, покупатель также может выбрать и купить любые продукты откуда угодно через инвариаторные сети, но многие предпочитают это делать лично, - подытожил Глен.

- Скажите, а что это за магнитно-волновые трубы, по которым у вас доставляются товары на дом? - тут же прервал я Глена попутным вопросом.

- Эта система доставки товаров на дом была позаимствована у наших предков ещё на материнской планете. Когда переселенцы начинали строить города на Ланире, в их проекты сразу была заложена сеть транспортных трубопроводов, начинающихся в магазинных складах и почтовых терминалах и оканчивающихся, как правило, в кухнях домов и квартир, или в приёмных учреждений.

Эти трубопроводы служат для доставки адресатам

небольших контейнеров с товарами. Работают они на принципе бегущей магнитной волны, которая создаётся в трубе с помощью вмонтированных в её стенки специальных сверхпроводящих обмоток. Эти обмотки последовательно включаются датчиками, которые установлены на самих движущихся контейнерах с пакетами. Цветовой код адреса получателя перед отправкой записывается на контейнере. Когда контейнер приближается к разветвлению трубы, эта запись считывается специальным устройством, и контейнер направляется в нужное колено трубопровода.

Это очень старая и медленная система, но довольно надёжная, и поскольку она существует и работает, у нас не торопятся вводить что-то другое.

- По-моему, это очень даже удобно, - сказал я.

Глен кивнул в знак согласия.

- А как доставляются более тяжёлые и объёмные товары? – поинтересовался я.

- У нас есть специальные транспортные компании, которые могут доставлять что угодно и куда угодно в течении одного – двух дней. Они используют для этого транспортёры самой различной величины, снабжённые антигравитационной поддержкой и тягой, - пояснил Глен. Для срочной доставки громоздких, дорогих, или особо важных товаров используется телепортация. Но это довольно дорого и связано с заказом такой операции в Планетном Управлении.

- А каким образом на Ланире осуществляется междугородный транспорт для людей? – задал я новый вопрос на транспортную тему.

- В каждом городе Ланиры, большом или маленьком, есть один, или несколько Городских транспортных терминалов, откуда по расписаниям во все большие и окрестные малые города отправляются пассажирские «омни-антигравилёты». Они представляют собой одно, двух и трёхпалубные аппараты на антигравитационной поддержке и тяге, комфортабельно размещающие от пятидесяти до пятисот пассажиров на борту. Они способны передвигаться в верхних слоях атмосферы со скоростями до десяти тысяч километров в час. Благодаря таким скоростям самые длинные рейсы на планете не занимают больше двух часов, - закончил Глен свои объяснения о транспорте Ланиры.

Потом, секунду помолчав, он сказал:

- На этом, я думаю мы пока и закончим разговор о нашей экономике и о том, что с ней вплотную связано. Конечно, мы ещё не раз вернёмся к её конкретным деталям в наших беседах. А сейчас, наверное, нам пора на свидание с вашими манати.

Я посмотрел на часы и увидел, что время приблизилось к четырём, и нам действительно надо было потарапливаться к месту лекции.

Мы обогнули полуостровок и вышли к другому небольшому заливу, у берега которого в воде стояло странное на вид сооружение. Это была поднятая над водой платформа с закрытым помещением в её центре, которое уходило сквозь платформу вниз, в воду. С одной его стороны была устроена огороженная со всех сторон водяная кормушка, на поверхности которой плавала масса какой-то зелени вперемешку с капустными листьями. В воде под кормушкой копошились несколько манати, которые время от времени высовывали на поверхность свои морды и хватали капустные листья.

Чуть дальше на берегу этого залива были сооружены деревянные трибуны для зрителей, наподобие спортивных, но всего в несколько рядов. На скамейках сидело десятка три людей. Здесь и должна была происходить лекция и демонстрация манати.

Лекция уже началась, и лектор, держа в руках какую-то, очевидно, лакомую приманку, подзывал к себе одну из взрослых манати, медленно двигавшуюся от кормушки в сторону выхода из залива. (Почему-то в

Хомосасса-Спрингс жили, главным образом, самки и дети – манати).

Очевидно, манати хорошо наелась в кормушке и не обращала особого внимания на приманку и призывные жесты лектора.

- Сейчас я постараюсь ему помочь, - тихо сказал Глен, вынув из планшета что-то вроде монокля и, приложив его к правому глазу, стал пристально смотреть на плывущее животное. Через несколько секунд манати внезапно повернула к трибунам и быстро поплыла в нашем направлении. Приблизившись к берегу, она обошла стороной лектора с приманкой и, подплыв прямо к тому месту, где сидели мы с Гленом, высунула из воды свою смешную усатую морду и начала издавать какие-то звуки, похожие на вопросительные. Глен тоже ответил ей похожим мычанием, после чего манати повернулась к лектору и благосклонно приняла угощение.

Люди вокруг засмеялись, сочтя всё происшествие за смешное совпадение, но я сразу понял, что это был телепатический сеанс между человеком и животным. Загадкой для меня пока оставались только монокль и обмен звуковыми сигналами между манати и Гленом. (Надо будет расспросить его об этом).

Лекция продолжалась полчаса. Глен слушал очень внимательно и сделал несколько снимков какой-то крошечной, похожей на цифровую, камерой, глядя при этом куда-то в свой планшет.

Потом мы прошли по деревянному мостику к сооружению около кормушки и с его платформы, выступающей далеко в залив, спутились по трапу в подводную его часть. Оттуда, через большие круглые окна с толстыми стёклами в одной из стен помещения, открывался вид на подводную часть кормушки, в которой бултыхались две огромные манати, изредка поворачивавшие к окнам свои добродушные усатые морды. Из таких-же окон в трёх других стенах были видны скалистое дно и окрестные воды залива со стаями снующих во все стороны всевозможных рыб.

Глен сделал ещё несколько снимков, после чего мы покинули подводную часть сооружения и сошли по мостику на берег.

Время шло к пяти, когда парк закрывался, и нам пора было возвращаться.

Выехав на 19-е шоссе, Глен снова включил круиз-контроль и устроился поудобнее в ожидании моих новых вопросов.

Я, конечно, опять не заставил себя ждать. – Скажите, Глен, есть ли у вас на Ланире какая-либо военная организация для защиты планеты от потенциально возможного вторжения незванных гостей из космоса?

- Никаких военных формирований или специального вооружения у нас нет, так как воевать нам не с кем. Космические расстояния хорошо предохраняют нас от вторжения представителей ниже развитых цивилизаций. Единственное, «оборонительное» устройство в нашем арсенале, это средства предотвращения падения на Ланиру представляющих опасность метеоритов.

- Интересно, на каком принципе основаны эти средства? - тут же заинтересовался я.

- Для сравнительно небольших метеоритов - в основном, всё на том же принципе транспозиции, - ответил Глен. – При приближении не очень крупного, но в какой-то степени потенциально опасного метеора, мы просто вводим его координаты в транспозитивное оборудование достаточной мощности и телепортируем его на безопасную орбиту.

- Так «просто»! – восхитился я.

- В конечном итоге, – да, - согласился Глен.

- А как в случае угрозы более крупного метеора?

- В случае крупного, - к нему будет выслан один из наших космических кораблей с орбиты, и с помощью его антигравитационного и ракетного оснащения метеор будет отклонён на безопасную орбиту.

- Логично, – согласился я.

- Глен, - продолжал я, - мне очень хотелось бы узнать о некоторых других сторонах жизни вашего общества. Например, как у вас на планете осуществляется поддержание порядка и правосудие?

- Хорошо, я могу немного рассказать и об этом, - согласился он. - Порядок на Ланире у нас поддерживает сравнительно небольшая группа Планетарной Полиции. Подчинена она Правовой Палате Клуба Старейшин. Весь персонал и все технические средства группы равномерно распределены по всем двадцати нашим большим городам. В эту же группу включена и система нашей пожарной охраны. Благодаря использованию телепортации и антигравитационного транспорта, пожарно-полицейские транспортёры оказываются на месте происшествия сразу же, как только персонал и роботы готовы к действиям, независимо от того, как далеко до места происшествия.

- Но для поддержания порядка ваша полиция всё же должна иметь какое-то оружие? – спросил я.

- У нас для этого используется только не причиняющее боли, временно парализующее или усыпляющее несмертоносное оружие дистанционного действия, - ответил Глен. - Задерживают подозреваемых, обычно, люди, применяя если нужно такое дистанционное обезвреживание, хотя в опасных ситуациях задержание поручают специальным роботам. В серьёзных случаях применяется принудительная телепортация арестуемых в камеры задержания Правовой Палаты, где происходит дальнейшее расследование. Люди также ведут допросы правонарушителей и свидетелей в камерах Правовой Палаты и вносят всю собранную информацию о произошедшем в соответствующую базу данных. Они же вводят координаты места происшествия для сканирования его телескеннерами.

Сбор вещественных улик и отправку их в различные автоматические анализаторы, а также детальное обследование места происшествия, производят, в основном, роботы. О их возможностях я расскажу вам при одной из наших следующих встреч.

Дальнейшим расследованием и вынесением судебного решении о виновности или невиновности подозреваемых и их наказании, в основном, заняты только инвариаторы.

- А если расследуется какое-нибудь преступление, совершённое, например, на почве ревности? – поинтересовался я.

- При расследовании преступления, в котором могут играть роль человеческие эмоции, инвариаторы просят ввести мнение трёх, или более, выбранных ими людей - экспертов в области психики, эмоций и воздействий на человека внешних полей. Мнение экспертов принимается инвариаторами во внимание при вынесении решения о виновности и наказании.

- Вы хотите сказать, что в процессе суда и вынесения приговора у вас не участвуют ни судьи, ни адвокаты? – удивился я.

- У нас нет суда присяжных, так как вместо них у нас принимают решение инвариаторы - сразу три, независимо друг от друга. А адвокаты всё равно не смогли бы их ни в чём переубедить, так как все обстоятельства дела известны инвариаторам во всех подробностях, и они выносят решения строго в рамках логики, фактов и закона, с учётом всех нюансов дела, включая, если надо, психологию и эмоции.

- Но справедливо ли, чтобы в защиту обвиняемого не мог выступить ни его адвокат, ни он сам?

- У нас никто не мешает обвиняемому заявить свои претензии к следствию или решению инвариаторов по делу - лично, или с помощью эксперта в нужной области знаний, или любого другого лица, если он испытывает трудности сделать это сам. И если в его заявлении будут найдены какие-то новые обстоятельства или детали, то дело будет пересмотрено.

Я думаю, это гораздо справедливее и независимее, чем ваш суд присяжных, где невозможно уберечься от свойственной человеку предвзятости, которая может быть связана с личностью, расовой принадлежностью, социальным положением, политическими взглядами, религией обвиняемого и освещением дела в прессе.

- Да, пожалуй, вы правы, - вынужден был признать я.

- А апелляции у вас тоже возможны?

- Апелляции возможны только при появлении новых свидетельств или обнаружении новых обстоятельств дела, - продолжал Глен, - и рассматриваются они теми же инфовариаторами. При обнаружении новых обстоятельств дела, его пересмотр и новое решение как оправдательное, так и обвинительное, у нас возможны даже после вынесения приговора.

- И как же у вас наказываются различные преступления, скажем, от обыкновенной кражи и до убийства? - полюбопытствовал я.

- За сравнительно мелкие преступления, - ответил Глен, - которые не причинили серьёзного вреда пострадавшему, виновные, согласно нашему закону, обязаны компенсировать ему материальный ущерб в двойном размере. Если же нанесена травма, то они должны возместить потерянный за время лечения заработок. а также заплатить за перенесённые боль и страдание. Кроме того, виновному приходится возместить Планетному Обществу фактическую стоимость лечения пострадавшего и уплатить штраф на покрытие всех судебных расходов.

- Глен, а почему вы подчёркиваете фактическую стоимость лечения? Разве есть какая-то другая?

- Дело в том, что у нас медицинская помощь для всех и во всех случаях бесплатна, но для Планетного Общества она, конечно, стоит немало, и для случаев лечения пострадавших от преступлений, когда виновные установлены, инфовариаторы рассчитывают фактическую стоимость такого лечения специально, чтобы она могла быть изъята из кредитов виновного, если, конечно, там есть что изымать.

- А если у виновного нет свободных кредитов, что тогда? – продолжал допытываться я.

- При отсутствии общих кредитов у виновного, он может быть на какое-то время приговорён к выполнению общественно-полезной физической работы в компании роботов, что у нас не является особенно престижным.   При этом, полагающаяся ему зарплата переводится потерпевшему и Планетному Обществу в счёт покрытия убытков и штрафов.

Повторные мелкие преступления или отказ выполнять решение инвариаторов Правовой Палаты могут наказываться так же, как и серьёзные преступления, - ссылкой на отдалённые, пустынные острова, только на меньшие сроки.

- Справедливо, - согласился я.

- Тогда продолжаю, – сказал Глен.

- За такие преступления, как преднамеренные убийства, причинение серьёзных увечий при нападени, попытки захвата власти, похищение людей, изнасилование и другие серьёзные преступления, - виновные могут быть сосланы на такие пенитенциарные острова в одном из океанов Ланиры на сроки от десяти до ста наших лет. Таким же образом наказываются попытки публично объявить себя представителем Бога на планете и выступать от его имени, конечно, если это не психиатрический случай.

- По вашим законам получается, что у вас наш Папа

Римский оказался бы преступником и подлежал бы ссылке на эти острова? - пошутил я.

- Ваш Папа Римский не объявлял себя представителем Бога, а был избран Католической Церковью, которая является частью вашего религиозного истэблишмента. Церковь эта, как и другие ветви религий, возникла как продукт развития вашей цивилизации и издавна присвоила себе право выбирать таких представителей и говорить через них от имени Бога.

В нашей цивилизации на Ланире, - продолжал Глен, - такое просто не могло бы произойти, во-первых, из-за гораздо более высокого уровня культуры наших предков - переселенцев, а во-вторых, благодаря нашим законам, запрещающим кому-либо выступать от имени Бога.

- А чем занимаются заключённые на этих островах? - поинтересовался я, возвращаясь к теме.

- Там им приходится трудиться на сельскохозяйственных фермах и в мастерских для увеличения разнообразия собственного пропитания и улучшения условий жизни. Иначе они вынуждены обходиться минимальными удобствами без современных благ цивилизации, кроме ограниченной видеоинформации, включающей любые видео-книги и текущие новости. Условия жизни осуждённых зависят только от их собственных стараний и изобретательности, так как они обеспечены всеми необходимыми инструментами, инвентарём, простейшими материалами, семенами и возобновляемым стандартным набором основных продуктов питания.

- А как осуществляется охрана и надзор за осуждёнными? - задал я новый вопрос.

- На островах, где содержатся осуждённые, управление и надзор за ними выполняются только инфовариаторами и роботами. Сообщение с материком происходит лишь при срочной необходимости и в исключительных случаях. Наша технология позволяет гарантировать невозможность незамеченного побега с островов, и осуждённые это хорошо знают, поэтому никакой физической охраны там нет.

- А что происходит, если между заключёнными начинаются столкновения или враждебные отношения? – спросил я.

- Они мгновенно усыпляются и разносятся роботами в отдельные помещения, после чего инфовариаторы и роботы производят расследование, транслирующееся в Правовую Палату. Виновные наказываются длительной изоляцией.

Я помолчал с минуту, «переваривая» полученную информацию, потом сказал:

- Ну, с преступниками, как будто бы всё ясно. А как у вас решаются гражданские иски?

- Они также расследуются и решаются инвариаторами Правовой Палаты Клуба Старейшин примерно таким же образом, как и криминальные случаи, только их решения ограничиваются восстановлением нарушенного права, порядка или закона.

Нарушители могут быть наказаны принудительной компенсацией убытков, штрафами, а иногда и лишением профессиональной квалификации, что счиается самым тяжёлым наказанием в гражданском законодательстве.

- А почему так? - спросил я.

- Потому что утратившему квалификацию специалисту не так просто её восстановить. Ему приходится вновь поступать в учебное заведение, переучиваться там в соответствии с изменившимися условиями или технологиями в его области и пересдавать экзамены за полный курс.

- Да, не очень весело, - посочувствовал я проштрафившемуся инопланетному специалисту.

- Как видите, Стив, - закончил тему Глен - в общем и целом, всё у нас устроено довольно просто по сравнению с вашими системами правопорядка. Не так ли?

- Да, пожалуй… если забыть про вездесущие инвари-аторы, - не очень уверенно согласился я.

Тем временем, мы уже миновали Хадсон и прибли-жались к Порт Ричи.
- Держитесь в левой полосе, - сказал я Глену, - нам скоро поворачивать на Джасмин Лэйкс.
- Я в курсе, - ответил Глен, меняя полосу.
Подъехав к дому. он не стал заезжать во двор и спросил: - Стив, вы не против проводить меня на вашей машине до «Энтерпрайз Кар Рентал», где я арендовал мою «Тойоту»? – Это несколько кварталов на Юг по 19-му шоссе. Я хочу, если ещё не поздно, возвратить машину сегодня. Я сейчас позвоню им, чтобы быть уверенным, что они ещё работают.
Я, конечно, согласился и после его звонка последо-вал за ним в своём вэне в «Энтерпрайз».

К тому времени, когда мы вернулись домой, стало быстро темнеть. Мы посидели с Гленом около ча-са за чаем, беседуя о наших земных делах и непо-рядках, не возвращаясь на этот раз к инопланет-ным темам.
Мы договорились встретиться завтра снова у меня в 12 дня и отправиться на нашу следующую прогул-ку в Нью-Йорк, где Глен хотел кое-что посмотреть в Египетском отделе музея Метрополитэн и заодно прогуляться по Центральному парку, который ему, как и мне, очень нравился. После этого Глен пожелал мне приятного вечера и растворился в мимолётно сгустившемся в комнате коричневатом тумане.

IV ПРОГУЛКА ЧЕТВЁРТАЯ

На этот раз Глен появился в моей квартире в моё отсутствие, нечаянно вызвав некоторый переполох в комнате. До назначенной встречи по кухонным часам оставалось ещё целых десять минут, и я решил потратить их с какой-то пользой.

Я только что вышел через террасу на задний двор, чтобы сорвать с дерева несколько давно созревших апельсинов и угостить ими Глена, как вдруг услышал из окна комнаты отчаянный вопль нашей кошки. Оставивив апельсины, я бросился назад в дом, но, как оказалось, ничего ужасного не произошло, и всё уже утряслось. В момент, когда Глен неожиданно материализовался в комнате, наша кошка мирно дремала на своём любимом кресле в глубине рецесса, и когда Глен вдруг возник перед ней прямо из ничего, она в первый момент страшно перепугалась и завопила от неожиданности. Но Глен сразу же понял ситуацию и сумел объясниться с ней то ли телепатически, то ли на её кошачьем языке, после чего она сразу же успокоилась и начала проявлять усиленные знаки внимания к нему.

Оказалось, что Глен, как всегда, был пунктуален и телепортировался точно в назначенное время. Неточными оказались наши кухонные часы. Мы очень давно не меняли в них батарейки, и в результате они внезапно начали отставать, а так как я не имел привычки носить наручные часы и полностью полагался на кухонные, то они меня и подвели.

Я предложил Глену завтрак, но он, конечно, уже позавтракал у себя на станции, и поэтому согласился только на апельсин из нашего сада. Я тоже примерно час назад соорудил себе какое-то подобие ланча, чтобы к его появлению быть готовым к ожидаемой прогулке.

- Мы вчера наметили посетить Нью-Йоркский Центральный Парк, - начал Глен - и побывать в Египетском отделе музея Метрополитэн, ведь это, помнится, там же, в парке, не так ли? Я должен осмотреть, ввести координаты и сделать несколько видеоснимков храма Дендур, лет двадцать с лишним назад перевезённого в музей из Египта. И конечно же, мне хочется, как и вам, ещё раз прогуляться по чудесному Парку. Вы, вероятно, по нему скучаете здесь? Ведь по нему трудно не скучать! Я бывал в нём несколько раз, но всё неподолгу. Он мне очень нравится…

- С великим удовольствием составлю вам компанию, - с готовностью ответил я, - и конечно же, я скучаю и по Нью-Йорку, и по Метрополитэн Музею, и особенно, по Нью-Йоркскому Центральному Парку. Я очень люблю его и часто вспоминаю былые прогулки по нему, особенно в это время года, когда он весь становится багрово-золотым от осенних листьев.

Я повидал многие парки в разных городах мира, и считаю Нью-Йоркский одним из самых лучших.

- Ну что ж, тогда всё в порядке. Собираемся в дорогу, – подытожил Глен.

Он положил на стол свой «походный планшет», раскрыв во всю ширину его светящийся экран с изображением Восточного побережья Америки с левой его стороны. Затем он начал уже знакомую процедуру «снижения» в назначенную точку. Сначала это был район Нью-Йорка, потом сам город, и, наконец, центральная часть Манхэттена с парком и окружающими его улицами.

Здесь Глен остановил снижение и, секунду помолчав, сказал: - Я думаю, по прежнему опыту, что самое простое, чтобы никого не напугать нашим внезапным появлением, телепортироваться в пустой коридор какого-нибудь отеля, а оттуда уже спуститься в лифте на улицу. Тут ведь полно всяких отелей вокруг, особенно с Южной стороны Парка.

- Давайте попробуем в отель Плаза, он как раз здесь на Юго-Западном углу, - предложил я. - Он дорогой, и там сейчас вряд ли много постояльцев. А от него мы можем пройтись по Парку к Музею и по дороге отдохнуть и поговорить где-нибудь в приятном месте.

- Давайте попробуем, – согласился Глен, и начал «снижение» в Юго-Западный угол Парка.

Вот уже стали видны огромные вентиляторы аэрокондиционеров на крышах высотных зданий, обступивших угол Центрального Парка, и среди них зелёная, старомодная крыша отеля Плаза.

Глен увеличил масштаб изображения, совсем замедлил «спуск» и продолжал его короткими порциями. Теперь весь экран занимала только крыша отеля. Ещё небольшое снижение, и мы уже под потолком верхнего этажа отеля. Но здесь всё разделено на какие-то небольшие помещения, каморки и комнатки, и похоже, что сюда нет выхода из шахт лифтов, которые отчётливо видны на экране. Глен «снизился» ещё на десять футов, и на этот раз мы видим довольно длинный коридор, по одну сторону которого видны номера отеля, а по другую, шахты лифтов и всевозможные подсобные помещения. Мы видим, как горничная медленно катит по коридору нагруженную свежим бельём тележку. Наконец, она заворачивает в номер в дальнем конце коридора. Глен даёт команду своему инвариатору ввести координаты места, затем складывает планшет, придвигается вплотную ко мне и говорит: - Ну, а теперь в Нью-Йорк!

В следующий момент наша комната растворилась в тумане, свет слегка померк, превратившись в люминесцентный электрический, и мы оказались в белом коридоре отеля перед двумя дверьми лифтов, забранными светлыми ажурными металлическими решётками старинного вида.

В коридоре никого нет, и мы торопливо вызываем лифт, чтобы успеть уехать до того, как горничная выйдет из номера. Наконец, лифт прибыл, и лифтёр, одетый в зелёную униформу стиля, вероятно, начала двадцатого столетия, распахнул перед нами дверь просторной кабины, отделанной полированным деревом и цветным стеклом. Он взглянул на нас, как мне показалось, немного удивлённо – очевидно, мы были одеты не совсем так, как ожидалось от постояльцев этого шикарного отеля, - но спросил только, желаем ли мы выйти в главный холл или куда-то ещё.

- Main lobby, - подтвердил Глен, и мы поехали вниз. Остановившись лишь раз по пути с шестнадцатого этажа, чтобы подобрать двух джентльменов делового вида, мы благополучно прибыли к месту назначения. Лифтёр распахнул дверь кабины и объявил: - Main lobby, gentlemen!

Мы вышли в просторный проход главного холла отеля Плаза, где архитектура и всё убранство напоминало старые, дорогие Европейские отели начала двадцатого века. Сюда же в проход выходили витрины нескольких дорогих «внутренних» магазинов, заполненных модной одеждой, ювелирными изделиями, дорогой электроникой и всевозможными сувенирами.

Мы двинулись мимо них по направлению к главному выходу из отеля. Обогнув элегантное кафе, расположенное в передней части холла, прямо перед выходом к главному подъезду отеля и отделённое от остального холла изящной, невысокой загородкой с

мраморными статуэтками и стилизованными светиль-
никами, мы, наконец, оказались у парадных дверей и
вышли через них на площадь перед отелем.

...И вот я снова в Нью-Йорке, после почти трёхлетнего отсутствия...

Когда я впервые попал в Нью-Йорк почти тридцать
лет назад, Манхэттен, с его башнями Ворлд Трэйд
Центра, с Импайр Стэйт Билдингом, с небоскрёбами
Мидтауна и огромным Центральным Парком почти в
центре города, воспринимался мною скорее не как
город, а как некое явление природы.

Постепенно я привык к нему и по-своему полюбил.
Особенно некоторые его места, среди которых Центральный Парк всегда занимал первое место.

В каких бы городах мира и их парках мне ни
пришлось побывать за время моей жизни на Западе, я
всегда невольно сравнивал их с Манхэттеном и его
Центральным Парком, и чаще всего сравнение было в
пользу последних.

Когда мы переехали во Флориду, мне казалось, что я
вполне могу обходиться без Нью-Йоркского шума и
суеты, и только попав сюда снова, я почувствовал, как
мне всё это время нехватало и Манхэттена и Центрального Парка. И сейчас, после почти трёх лет раз-
луки, свидание с Нью-Йорком ощущалось как возвра-
щение в родные края.

Мы стояли на площади с фонтаном, расположенной
между Пятой авеню и отелем Плаза. На противоположной стороне Пятой авеню возвышалась громада
небоскрёба Дженерал Моторс. Высоко над верхушкой
Плазы устремились к небу стеклянно-бетонные стены
другого «мамонта» современной архитектуры.

- Глен, - спросил я своего инопланетного спутника,
кивнув на небоскрёбы, - у вас в городах тоже такие
громадины существуют?

- По две – три на город, - ответил он. – Сохранившиеся со старых времён башни для трансляции голографических передач на пригородные районы городов. Теперь эти передачи давно транслируются через спутники, постоянно «висящие» на стационарных орбитах над всеми населёнными местами, но башни сохраняют как памятники нашей ранней архитектуры. Что касается городских построек, то поскольку у нас нет такого ажиотажа с жилплощадью, как у вас, а цены довольно стабильны, то нет смысла возводить всё более высокие здания, так как они, в конце концов, начинают загораживать обзоры и ухудшать виды.

Центры наших городов спроектированы и построены сотни лет тому назад, и мы стараемся сохранять их такими, какими они были. Остальное городское строительство основывается на индивидуальном проектировании каждого здания с предварительной проверкой инвариаторами, как оно будет вписываться в уже существующую структуру города с его архитектурой.

- Разумно, как и всё у вас, - одобрил я. - Да здравствуют инвариаторы!

Глен только улыбнулся в ответ.

Мы двинулись по направлению углового входа, а вернее, въезда в Центральный Парк, так как через него попадали в парк редкие коляски извозчиков с седоками. В то же время бесконечная вереница свободных экипажей, ожидающих клиентов, как и в прежние времена растянулась на километр у тротуара вдоль Южной ограды парка.

Перейдя всегда полную движущихся машин и колясок улицу Сентрал Парк Саус, мы спустились в Парк по пологой дорожке для конных экипажей, и дальше вниз по широкой и пологой лестнице к озерцу с живописным каменным мостиком, переброшенным через него. Оттуда мы вышли на извилистую пешеходную дорожку, которая поднималась от озерца к более возвышенной части парка.

Мы медленно брели мимо огромных, покатых и гладких базальтовых скал, тут и там выступавших прямо из земли и напоминавших гигантских морских животных, показывающих из воды свои обтекаемые бока. Здесь и там на базальте сидели или лежали немногочисленные в это время дня посетители парка, подставляя осеннему, негорячему Солнцу свои обнажённые животы и спины.

Хотя в этой части парка было сранительно немного деревьев, всё же она была отделена от города высокими и густыми платанами, росшими по её сторонам, и высокие дома на улицах, окружавших парк, живописно возвышались над осенними, красно-золотыми кронами деревьев. Особенно хорош был вид на Юго-Восточный угол парка, откуда мы только что пришли. Там, на фоне озерца с вычурным каменным мостиком под старину и старых высоких платанов, растущих по периметру парка, в окружении современных стеклянных небоскрёбов, живописно выделялся своей строгой английской архитектурой и зелёной металлической крышей старый элегантный дэнди – отель Плаза.

- Чудесный парк, - похвалил Глен. - Удивительно, как он выжил в самом сердце такого мегаполиса как Нью-Йорк с его сумасшедшими ценами на землю и недвижимость. И как вообще удалось сохранить этот кусочек природы в почти нетронутом виде?

- В последнем вы ошибаетесь, - возразил я. - Нью-Йоркский Центральный Парк - не естественный кусочек природы. Он был специально спроектирован и создан на практически пустом и заболоченном месте, купленном городом в середине девятнадцатого века у жителей нескольких посёлков, располагавшихся в ту пору на этом месте - тогда далёкой, Северной окраине Нью-Йорка, – пересказал я по памяти когда-то прочитанное из истории города. - Понадобилось почти двадцать лет работы двадцати тысяч рабочих и садовников, чтобы превратить пустыри и болота в то, что мы видим теперь, - продолжал я по памяти. - Большинство водоёмов парка было выкопано людьми, согласно проекту. Строителями было привезено и посажено несколько десятков тысяч деревьев. Все эти «старинные» мостики, фонтаны и другое архитектурное убранство парка было построено из привозного камня. Нетронутыми остались только базальтовые глыбы, которые мы видим здесь и там поднимающимися из земли, - закончил я свой затянувшийся монолог.

- Это очень, очень впечатляет, - сказал Глен. - Я не ожидал, что в вашем обществе в то время могли быть реализованы такие проекты. И я не думаю, что в нынешнее время у вас возможно что-либо подобное. Ведь если оценивать это в масштабе существовавших тогда цен, это всё равно, что израсходовать сейчас на общественные нужды несколько биллионов долларов! Кто сейчас на такое пойдёт?

- Сейчас у нас даже на поддержание этого уникального парка не выделяется достаточно средств, - невесело добавил я. - Я слышал, или читал где-то, что было уже несколько попыток так называемых «Developers»* начать коммерческое строительство на территории парка, но пока, слава Богу, безуспешных. Как долго парк продержится, можно только гадать...

- Да, - согласился Глен, - будет очень, очень жаль, если такой парк когда-нибудь застроят...

Пройдя с полкилометра вверх по дорожке, мы пересекли кольцевую дорогу, идущую по всему периметру огромного парка и служащую, в основном, для передвижения велосипедистов и извозчичьих колясок. После этого мы сразу же оказались в начале главной аллеи парка, с обеих сторон обсаженной старыми могучими деревьями, кроны которых сходились высоко над головой, образуя сплошной зелёно-оранжевый свод. Асфальт аллеи был почти невидим под жёлто-ко-

---

* Предприниматели, скупающие землю под коммерческое строительство.

ричневым ковром опавших листьев, которые хрустели и шуршали под ногами при каждом шаге. С обеих сторон аллеи на довольно большом расстоянии друг от друга стояли каменные скульптуры великих людей разных времён и народов. Между скульптурами стояли по две - три добротных парковых скамейки. На нескольких из них сидели люди.

На самой аллее народу почти не было, очевидно потому, что это был рабочий день и относительно раннее время. Звуки городского трафика* сюда почти не доносились, но тишина постоянно нарушалась отдалённым гулом турбин самолётов, пролетающих над парком к аэропорту Ла Гвардиа. Мы прошли всю центральную аллею и вышли к ажурной каменной балюстраде террасы Бетесда, как бы нависшей над видневшимися внизу озером и фонтаном в стиле Ренессанса, увенчанным расправляющим крылья ангелом. К площадке фонтана вниз вела широченная каменная лестница в несколько маршей. Справа над озером нависали тяжёлые ветви нескольких громадных плакучих ив. Слева, над далёкими кронами деревьев, маячили башенки какого-то старого здания на улице за парком, хорошо гармонирующие с «античным» пейзажем фонтана.

Мне всегда импонировала эта «античность» здешних парковых сооружений. Какая мне разница, что на самом деле это только «псевдо». Всё это было задумано и осуществлено, без сомнения, очень талантливыми и одарёнными людьми, понимавшими толк в старинной парковой архитектуре и умело использовавшими рельеф местности.

Глену тоже всё это нравилось. Он долго стоял у балюстрады, потом сделал несколько снимков сверху и снизу от фонтана, после чего мы двинулись вниз по дорожке, огибающей озеро справа. Пройдя ещё немного вдоль берега озера, мы спустились вниз по дорож-

* Движение транспорта .

ке, ведущей к туннелю, под кольцевой дорогой, и пройдя под ней, вскоре вышли к Консерватори Понд - небольшому мелкому озерцу, окружённому симпатичной аллейкой с тенистыми деревьями и низким каменным парапетом, отделявшим её от воды.

В озерце красиво отражались кроны деревьев, росших вдоль Пятой Авеню, и верхушки зданий, расположенных на её противоположной стороне. По озерцу, как и в прошлые годы, плавали модели всевозможных парусных яхт и других судёнышек разных видов и размеров, управляемых по радио их владельцами. Их «шкиперы» сидели и стояли на парапете, размахивая «удочками» своих антенн, стараясь поймать почти отсутствующий ветер в паруса своих посудин. Когда им это удавалось, они с гордым видом, но вместе с тем как бы непринуждённо, шагали вслед за своими убегающими корабликами.

Мы побрели неспеша по аллейке вокруг озера, чтобы взглянуть на бронзовые скульптуры, которые мне хотелось снова увидеть и показать Глену. Сначала мы подошли к большой бронзовой фигуре сказочника Андерсена, хорошо схваченного скульптором в непринуждённой позе во время разговора с маленькой уточкой из одной из его сказок. Уточка тянет к нему свой полураскрытый клювик, как будто хочет то ли на что-то пожаловаться, то ли раскрыть какую-то свою тайну…

- Кто это? - спросил Глен. - Мне кажется, этот человек обладал даром разговаривать с животными.

- Вероятно, вы правы, - ответил я. - Это знаменитый датский сказочник Ганс Христиан Андерсен. Я не знаю поколения детей в любой стране на нашей планете, которое бы выросло без его сказок.

- Он мне чем-то очень симпатичен, - сказал Глен.

- Мне тоже, – ответил я.

Пройдя ещё полсотни шагов, мы оказались перед целой бронзовой группой, изображавшей главных персонажей известной сатирико-мистической истории, написанной в середине девятнадцатого века английским преподавателем математики Чарльзом Додгсоном под псевдонимом Льюис Кэролл и называющейся «Алиса в стране чудес».

- Странные персонажи, - сказал Глен, глядя на бронзовую девочку, сидящую на шляпке бронзового гриба, и на непропорционально большого, одетого в костюм, бронзового кролика, стоящего справа от неё на задних лапах. Бронзовый человечек в цилиндре, расположившийся слева от Алисы, чем-то определённо смахивал на сказочника Андерсена.

- Эта история, вероятно, была навеяна автору при его раздумьях о параллельных мирах и других измерениях, - предположил я, - и написана с большим юмором и сарказмом. Ею и сейчас у нас зачитываются и дети, и взрослые.

- Обязательно прочту, – пообещал Глен.

Мы обогнули озеро и оказались в тени высоких деревьев, росших вдоль Пятой Авеню. С противоположного от воды края дорожки стояло несколько свободных скамеек.

- Хотите присесть передохнуть и продолжить беседу о Ланире? - предложил Глен. - Мы можем потратить на это около получаса сейчас, а потом продолжить где-нибудь в парке после музея. Мне кажется, мы уже почти рядом с ним.

Конечно же, я всегда был готов слушать сколько возможно о его планете и её обитателях, поэтому сразу же согласился с его предложением.

Мы уселись на ближайшей скамейке по соседству с бронзовыми скульптурами Алисы и её друзей, и Глен приготовился отвечать на мои нескончаемые вопросы о жизни на его далёкой Ланире.

- Глен, - начал я, - расскажите мне что-нибудь о ваших сопланетянах. Например, что можно сказать о среднем жителе Ланиры? Как он живёт, как одет, чем занимается, как развлекается?

- Ну что ж, давайте попробую, - согласился он.

- Только будем говорить не о среднем жителе, так как неизвестно по чему осреднять, а скажем, о жителе среднего активного возраста и среднего достатка.

- Хорошо, - согласился я. - Пусть будет среднего достатка.

- Итак, - начал Глен, - наш средне-обеспеченный планетянин средне-активного возраста представляет собой человека примерно лет от ста до двухсот пятидесяти по земному летоисчислению, который по физическому и психическому состоянию соответствует здоровому Землянину, примерно, лет тридцати пяти – пятидесяти.   Он примерно лет на сто пятьдесят - двести опережает своего земного «однолетку» по уровню знаний, что, в целом, вполне соответствует разнице в уровнях развития наших цивилизаций.

Одет он может быть весьма разнообразно, так как люди у нас после первых ста лет обзаводятся, как правило, очень индивидуальными вкусами, а одежда у нас, в основном, изготовляется во всевозможных ателье и торговых галереях прямо в присутствии заказчика по выбранным или нарисованным им моделям.

- Так быстро? – удивился я.

- Да, потому что она не шьётся, а напыляется на матрицу, за минуту перед этим снятую с покупателя скеннером инвариатора.   При этом модель, структура, расцветка и текстура материала выполняются по выбранному покупателем образцу.

Наш средне-планетянин, - продолжал Глен, - как правило, занят какой-либо приносящей доход профессиональной работой, предпринимательской деятельностью или каким-либо созидательным искусством примерно три - четыре часа своего времени в день от двух до четырёх дней в восьмидневную неделю.

- Немного, - прокомментировал я.

- Я уже упоминал, что именно такая занятость требуется от него по расчётам инфовариаторов нашей управляющей системы, – заметил Глен.

- Он обитает в собственном доме или в трёх - четырёхэтажной квартире из десяти - двенадцати просторных комнат, оснащённых всеми предлагаемыми нашей технологией домашними благами и удобствами. Его дом или квартира, обычно, имеет несколько балконов на верхних этажах и бассейн с раздвижным прозрачным перекрытием на крыше дома или на веранде. Там же имеется взлётно-посадочная площадка для его основных транспортных средств. При доме или квартире обычно имеется довольно большая веранда с декоративными или экзотическими растениями или примыкающий к дому обширный сад. Под домом у него находится гараж на несколько транспортных машин с подъёмником на крышу или выездом на веранду или в сад. Гараж оборудован всем необходимым, включая портативный фьюжн-генератор, на случай маловероятного перебоя в доставке аккумуляторов энергии. Там же в гараже обычно расположены компоненты системы для физико-химической переработки и очистки биологических отходов из кухни и туалетов, а также специальная камера, из которой твёрдые хозяйственные и технические отходы по мере их накопления автоматически телепортируется городом вглубь планеты.

Наш планетянин, как правило, имеет семью - жену и двух–трёх детей, но часто с ним живут и несколько внуков, которые до двадцатипятилетнего возраста считаются несовершенолетними. Но при этом института брака, как такового, у нас нет.

- А почему у вас нет института брака? – спросил я.

- Потому что организованной Церкви у нас не существует, а бюрократическое оформление брака в наших условиях ничего бы не изменило, но добавило бы забот по хранению массы бесполезной информации.

Люди просто встречаются, любят, привязываются друг к другу, заводят детей и живут вместе, пока живётся. Но это не означает, что они часто меняют свои жизненные привязанности. Большинство живут вместе всю свою жизнь и очень дорожат своим союзом. Часто в доме нашего планетянина живут не только дети, но и его внуки и даже правнуки. Если супруги почему-либо расходятся, дом или квартира, половина индивидуальных капиталов, нажитых за время совместной жизни, а также малолетние дети   по традиции   переходят к жене. Дети старше десяти лет выбирают сами с кем они предпочитают жить дальше.

Глен продолжал: - У каждого взрослого члена семьи есть своё транспортное средство, - от четырёхместного антигравилёта с векторной* антигравитационной тягой до персонального космолёта околопланетного радиуса действия.

- Ого! - Вырвалось у меня.

Глен улыбнулся: - Вероятно, также прореагировал бы ваш соотечественник семнадцатого века, услышав о персональном автомобиле или самолёте.

- Да, пожалуй, - чуть подумав, согласился я. - А что собой представляют такие персональные космолёты?

- Это сравнительно небольшие герметизирующиеся аппараты обтекаемой формы, обеспечивающей аэродинамический взлёт в атмосфере и выход в космос под действием антигравитационной тяги и центробежной силы. В космосе они также используют миниатюрные реактивные двигатели на основе фьюжн-реакторов. В качестве источников энергии в этих космолётах используются небольшие фьюжн-генераторы. Кислород для дыхания генерируется с помощью холодных фьюжн-реакторов. В качестве топлива используется изотоп воды – дейтерий.

- Скажите, Глен, а аэродинамические аппараты типа наших самолётов у вас совсем не применяются?

- Только в спортивных и любительских конструкциях. Больше всего из них у нас распространены планеры с компактными аккумуляторами и электровинтовой тягой для взлёта.

* Горизонтальная составляющая невертикального антигравитационного поля.

Возвращаясь к нашей теме, – продолжал он. - Почти все наши планетяне любят проводить свои выходные дни на море, и потому средние и более зажиточные из них держат на пригородных маринах всевозможные яхты самых разнообразных видов и размеров, обычно тоже снабжённые векторно-антигравитационной тягой.

Глен продолжал: - Чтобы постоянно быть в курсе текущих событий и поддерживать связь с разными базами данных, у нашего планетянина, как правило, есть несколько приёмников связи с Планетарными Системами Видения и другими сетями, а также терминал включения в инфосети типа вашего Интернэта. Эта же аппаратура используется им также для вечерних развлечений. При этом мониторами для видеопрограмм служат практически все свободные стены комнат, покрытые пластиком, в который встроены видео-экраны.

У большинства жителей Ланиры имеется хоть одна установка приёма, записи и воспроизведения голографических* программ глобальной и местной трансляций. Эта установка иммитирует присутствие актёров и их окружения прямо в комнате, где она размещена.

В доме или квартире у нашего планетянина, - продолжал Глен, - «обитают», как минимум, два мобильных, то есть, самостоятельно передвигающихся робота. Один, обычно, занимается приготовлением и сервировкой пищи из искусственно произведённых полуфабрикатов или из натуральных гурманских продуктов, которые он же заказывает в каком-нибудь магазине со специального кухонного пульта. Продукты примерно минут через пятнадцать доставляются оттуда в кухню по магнитно-волновым трубопроводам. Второй робот производит уборку комнат, всевозможные работы по дому и на участке, а также ухаживает за растениями и транспортными средства-

* Программы, видимые в пространстве в трёхмерном цветном изображении.

ми. Многие у нас держат отдельного робота в качестве референта, репетитора или компаньона.

- Извините, Глен, прервал его я, - расскажите поподробнее о роботах. Как они выглядят, насколько они самостоятельны, и насколько развит их «интеллект»?

- Извольте, - согласился Глен.

- Роботы ипользуются у нас практически везде, где когда-то использовался физический, а во многих областях, и умственный труд людей.

Мобильные роботы у нас составляют девяносто девять процентов «служащих» в ресторанах, отелях, интерес-клубах, на круизных кораблях и везде, где требуется персональное обслуживание людей. Разумеется, такие роботы имеются и почти во всех домах жителей нашей планеты.

Роботы, управляемые в своих действиях современными инвариаторами, могут делать практически всё, что может делать тренированный в своей области деятельности человек, но при этом гораздо быстрее и аккуратнее.

- Но я не думаю, что там, где нужен серьёзный интеллект, роботы могут полностью заменить человека, - прервал я Глена.

- В смысле интеллекта и быстродействия памяти - роботы также могут тягаться с человеком, несмотря на то, что большинство интеллигенции у нас пользуется биополярно-телепатическими усилителями и ускорителями памяти, - ответил он.

- Что же это за усилители? - поинтересовался я - Они - что, вживляются прямо в мозг человека?

- Вовсе нет. Они могут находиться где угодно - в доме, в комнате, или в кармане владельца.

Мозг каждого человека излучает телепатические сигналы, несущие информацию о его мозговой деятельности в каждый момент. Эти сигналы присутствуют в его биополе, распространяющемся на сравнительно небольшое расстояние от человека, но вполне достаточ-

ное для надёжной связи с усилителями его инфовариатора. Здесь сигналы соответственно модифициру-
ются, усиливаются, нагружаются нужной информацией, как из собственного мозга хозяина, так, при
необходимости, и из внешних источников, и также телепатически передаются назад в мозг.

- Вы имеете в виду, что таким образом у человека,
использующего эти усилители, как бы возрастает ко-
эффициет умственного развития, - то, что у нас принято называть IQ ?

- Да, нечто вроде этого, но при этом у человека намного увеличивается объём и быстродействие самой
памяти, так как он практически становится гибридом
человека и инвариатора, то есть «киборгом», как это
описывается в вашей научной фантастике.

- Это действительно больше похоже на фантастику, -
заметил я.

- Между прочим, именно это устройство превращает
нас в полиглотов, если в памяти инвариатора имеются
хорошие идиоматические и другие трансляторы и программы для синхронного перевода.

- Вы хотите сказать, что и вы пользуетесь такой
системой? – спросил я.

- Пользуюсь, когда это бывает необходимо, но я и так
хорошо знаю несколько Земных языков, так как зани-
маюсь этим давно. Я ведь на Земле уже третий раз.

- А когда же вы побывали здесь впервые? - полюбопытствовал я.

- Первый раз я попал на Землю ещё совсем молодым
в составе экспедиции из четырёх человек, из которых
только один уже был здесь раньше. Это было по вашему летосчислению в самом конце девятнадцатого века,
а точнее в 1898 году.

- Так давно! – вырвалось у меня.

- Это по вашим масштабам, - парировал Глен.

- Сколько же вам сейчас наших лет, если не секрет? - спросил я.

- Где-то около ста семидесяти - ответил он. - У нас никто не делает секрета из своего возраста.

- Фантастика, да и только! - повторил я.

- Глен, если вы не против, давайте пока вернёмся к роботам, к их «отношениям» с людьми, - попросил я.

- Хорошо, - согласился Глен. — Я расскажу и об этом, но пока я хочу закончить об их возможностях. Роботы у нас могут делать почти всё. Человек пока побивает их только там, где нужны воображение, интуиция, изобретательность, вкус, чувство элегантности и другие чисто человеческие качества. Во всём остальном их возможности, как правило, превосходят человеческие, и потому у нас закон запрещает проектировать и создавать самовоспроизводящихся роботов.

- А как насчёт разработки новых моделей роботов, улучшения и ремонта устаревших? – спросил я.

- Разработкой новых идей и начальным проектированием всегда заняты люди. В проектировании же узлов, сборке прототипов, всевозможном ремонте и модернизации, - в основном, роботы.

- Какие типы мобильных роботов у вас наиболее распространены? – задал я следующий вопрос.

- У нас используется великое множество их, - продолжал Глен, - самых разнообразных видов и типов, включая «двуногих», в основных чертах копирующих человека, и главным образом, используемых в личном обслуживании людей, а также «четвероногих», напоминающих каких-нибудь популярных животных. Последние чаще всего обитают в богатых домах и на фермах наряду с «двуногими» и используются для оказания мелких услуг, для развлечения семьи, а кое-где и для отпугивания диких зверей.

- Простите, Глен, - перебил я его, - а почему вы говорите, что роботы только копируют внешность человека в основных чертах? Разве при вашем развитии технологий нельзя создать роботов, практически неотличимых от человека?

- Конечно, можно, - ответил он. – Но это как раз и запрещено нашим законом, с одной стороны по этическим соображениям, с другой, и главной, - из соображений общественной безопасности.

- Неужели вы опасаетесь, что роботы могут поднять мятеж или попытаться захватить власть на планете? Я думал, что такое возможно только в нашей земной научной фантастике.

- Нет, этого мы не опасаемся. В структуру материала каждого робота, выпускаемого промышленностью, всегда встроена микросхема, которая отключает все механизмы движения робота при попытке исполнить запретные действия. Опасность заключается в другом: достаточно умелый и образованный человек с ненормально направленными амбициями может сам спроектировать и построить робота, слишком похожего на человека, и снабдить его программой с запретными действиями. Такой андроид, неопознанный окружающими людьми как робот, может натворить много бед.

- И такие очеловеченные роботы у вас создаются несмотря на запрет? – поинтересовался я

- Относительно даже довольно много, - ответил Глен, - но в подавляющем большинстве случаев никакие запретные программы в них не вводятся. Чаще всего их используют как интимных партнёров или просто для скрашивания одиночества, когда не находят живого партнёра по своему вкусу. Обычно, наличие в доме такого робота не афишируется, но и не очень преследуется.

- А о чём можно разговаривать с такими домашними роботами, помимо поручений сделать то или другое? - спросил я.

- Это зависит от степени интеллекта хозяина и сложности соответствующей программы, введённой в память робота. Многие люди не очень любят, чтоб их домашний робот был интеллектуальнее или образованнее, чем его хозяева.

- Ого! - воскликнул я. - И такое бывает?

- Бывает, - подтвердил Глен. - Но обычно хозяева роботов сами подбирают устраивающую их программу и разговаривают с роботами на любые интересующие их темы. Современные домашние роботы с введёнными дорогими программами высокого класса могут вести беседу или отвечать практически на любые вопросы на очень высоком культурном или научно-техническом уровне.

- Но ведь невозможно ввести в память робота все знания, накопленные вашей цивилизацией за всё время её существования? – удивился я.

- А этого и не требуется, - ответил Глен.

- Услышав специфический вопрос или предложение поговорить на специфическую тему, информация о которых отсутствует в его памяти, такой робот моментально связывается с базами данных соответствующих хранилищ и получает от них нужную информацию, которую и использует в разговоре. Всё это происходит моментально, на основе многоканальной связи, и поэтому разговор с роботом происходит вполне по-человечески, без всяких сбоев и перерывов. В домах, где есть дети или студенты, специальные роботы занимаются предварительным обучением детей или домашней подготовкой студентов к экзаменам.

- Великолепно! Когда-то ещё у нас станет возможно такое! - мечтательно произнес я...

- Обычно люди очень привыкают к своим роботам, - продолжал свой рассказ Глен, - и через какое-то время начинают относиться к ним, как к членам семьи.

Доходит до курьёзов: когда на рынке появляется новая модель, и реклама предлагает заменить старую на новую по льготной цене, многие владельцы не хотят расставаться со своим старым роботом и тратят гораздо больше кредитов, чем стоит новая модель, на модернизацию старой. У нас даже существуют клубы собирателей античных роботов. И настоящий антик стоит немалых кредитов.

- Скажите, а до какой степени домашние роботы обладают человеческими чертами – мимикой, эмоциональными движениями, выразительностью глаз и т.п., – продолжал расспрашивать я.

- Это всё зависит от современности модели и от вкусов хозяина.

Все современные модели домашних роботов имеют самообучающиеся программы, накапливающие не только практические знания о среде обитания робота – доме, квартире и их окрестностях, - но и о привычках членов семьи, их манере разговора, мимике, эмоциональности, так что через короткое время робот приобретает свой персональный характер, схожий со «средним» характером всех остальных членов семьи.

- А как они выглядят внешне? – не унимался я. – Хотя, вероятно, они очень разные, судя по тому, что вы рассказали об их хозяевах.

- Да, это так, - подтвердил Глен. - Но в общем и целом, дизайнеры стараются сделать их привлекательными и симпатичными, а часто и элегантными на вид. Нередко им придают слегка гротескный или просто стилизованный человеческий облик, но такой, чтобы их невозможно было принять за настоящего человека.

- А из какого материала обычно делается внешнее покрытие домашних роботов?

- Они обычно покрыты упругим мягким пластиком, всегда тёплым наощупь, а лица, чаще всего, делают слегка схематичными, но с сохранением подобия человеческому с хорошо развитой мимикой. Иногда их лица делают подобными мордочке какого-нибудь популярного животного. По желанию владельца роботы могут быть одеты в любые выдуманные для них костюмы.

Глен немного помолчал, потом сказал:

- Я думаю, на этом мы пока остановимся и попрощаемся с роботами, хотя конечно вспомним о них не раз, когда будем говорить о разных других аспектах жизни на Ланире. А пока, вернёмся к разговору о её средне-обеспеченном обитателе.

- Конечно! – поспешил согласиться я.

- Чтобы не отстать от постоянно развивающихся науки, техники и культуры, - продолжал Глен, - наш средне-обеспеченный планетянин должен поглощать массу информации. Выбирает для него эту информацию, обычно, один из роботов, исполняющий, часто по совместительству, обязанности референта.

Информация поступает к хозяину, в основном, с экранов и из спикеров, которые имеются во всех комнатах и могут быть связаны с любым каналом объёмного видеовещания и с любым хранилищем информации планеты. Вся техника связи с видео и инвариаторными сетями в доме может управляться как вручную, так и голосом, а часто и телепатически, как моя аппаратура на станции.

Наш планетянин также интересуется новинками литературы и искусства, - продолжал Глен, - либо по собственной склонности к этому, либо, чтобы быть на соответствующем уровне со своими друзьями и собеседниками в своих интерес-клубах. Разумеется, он также читает статьи и книги по интересующей его тематике.

- Вы хотите сказать, что у вас при вашей технике всё ещё издаются обычные книги со страницами и переплётами? - удивился я.

- Не совсем так, - ответил он.

- Вместо бумажных газет, журналов и книг у нас используются лёгкие, переносные экраны инвариаторов, наподобие моего походного планшета, которые можно держать в руках как книгу, читать, рассматривать объёмные иллюстрации, смотреть видеоклипы, текущую информацию или кино, а также писать, рисовать, или что-либо проектировать. Но это, вероятно, вас особенно не удивит. Такое уже сейчас начинает появляться и у вас.

- Значит, бумажных книг у вас нет вообще? – старался уточнить я.

- Есть, - ответил Глен, - только не бумажные, а из тонкого и гибкого пластика, не портящегося со временем. Это, в основном, музейные копии очень старых книг или, например, копии привезённых факсимиле графических материалов и видеоснимки с планеты наших предков, а также с других посещаемых нами планет, в том числе, и с вашей Земли.

Помимо профессионалов-историков и просто интересующихся, многие у нас приобретают их, как сувениры, или предметы декора. Тщеславия достаточно и среди нашей публики. Например, на Ланире печатаются на пластике несколько дорогих, специализированных журналов «для посвящённых».

Глен снова помолчал, собираясь с мыслями, и затем сказал: - Ну, что еще можно рассказать о нашем среднепланетянине? Пожалуй, что он любит развлекаться.

- А спортом он тоже интересуется? – спросил я.

- Спорт, как я уже говорил, у нас тоже относится больше к развлечениям.

Из его видов у нас наиболее популярны парусные регаты, игры, типа вашего гольфа, тенниса и волейбола, всевозможные водные и подводные игры, планерные соревнования, а также верховая езда на различных, подходящих для этого видах животных.

Но всё это происходит, в основном, в интерес-клубах для удовольствия самих участников, без сколько-нибудь значительного количества зрителей и при почти полном отсутствии «болельщиков», за исключением друзей и родственников спортсменов. Кстати, поощрять состязающихся криками или свистом у нас не принято и считается неприличным.

Соревнований на скорость у нас практически не бывает, так как транспортных средств типа ваших автомобилей у нас нет со времени переселения. Сети междугородных дорог не существует, а соревноваться на антигравитационных машинах нет смысла, так как технические возможности у каждого их вида одинаковы, а управление полностью автоматическое.

- А игры типа европейского футбола или американского бейсбола у вас тоже существуют?

- Существуют, но только на любительской основе при интерес-клубах, и без всякого ажиотажа вокруг них.

- Вообще, наши планетяне не любят больших сборищ и толпу, - они больше индивидуалисты по складу характера и, в основном, предпочитают интеллектуальную деятельность спортивной.

- А какие не спортивные развлечения предпочитает ваш средне-планетянин? – спросил я, возвращаясь к теме.

- Здесь усреднять очень трудно, так как люди у нас очень индивидуальны по вкусам и интересам. Возможно, это происходит из-за длительности их жизни. Общность интересов больше свойственна молодости, а к двумстам годам человек обычно приобретает свое, индивидуальное отношение ко всему на свете, свои индивидуальные интересы, вкусы и привычки. Поэтому ответить на ваш вопрос однозначно я затрудняюсь, но могу упомянуть кое-какие виды развлечений, помимо спортивных, которые привлекают почти всех жителей Ланиры.

- Вот именно это мне и хочется услышать, - сказал я.

- Это, прежде всего, каналы планетарного и местного голографического вещания, - продолжал Глен. - На этих каналах всегда можно найти что-нибудь почти на любой вкус – от приключений и путешествий на другие планеты и Галактики, в которых зритель как бы участвует, - до старинных классических спектаклей и выступлений известных и малоизвестных деятелей искусства прошлого и настоящего. Популярны также каналы объёмного кино, транслирующие картины по выбору зрителя, примерно так, как у вас по кабельному телевидению транслируются фильмы по требованию. Они также включают в себя познавательные программы в любых областях знаний, которые привлекают немало зрителей. Никаких коммерческих перерывов, которые так раздражают и мешают смотреть программы у вас в Америке, у нас не существует. Реклама у нас передается по специальным каналам Единого Каталога в форме видео-клипов, а также демонстрируется на уличных рекламных экранах.

- Скажите, Глен, за все эти программы взимается какая-то плата? И если да, то каким образом? – прервал я его очередным практическим вопросом.

- Да, конечно. Когда вы выбираете программу вещания, вы можете это делать разными способами, например, просто просматривая «меню» и называя вслух название канала, программы, фильма и т. д., - при этом на экране высвечивается название того, что вы выбрали, и количиство кредитов, которое будет изъято с вашего счёта за просмотр. Фактически плата берётся только после того, как просмотрено более половины фильма или программы, так что если она вам не нравится, вы можете выключить её без потерь. Вообще же, плата за общие каналы вещания очень невысока, и это может позволить себе каждый.

Все новые фильмы и концертные программы можно смотреть также в объёмно-панорамных кинотеатрах, что производит большее впечатление, а плата ненамного выше.

Затем, в списке развлечений идёт театр, - продолжал Глен, - но это уже для более интеллектуального и зажиточного слоя населения, хотя любители, живущие на спец-кредиты, тоже могут себе это позволить раз-другой в месяц, не тратя целевых накоплений. При этом некоторые вполне обеспеченные люди ходят в театр лишь для поддержания престижа. Как я уже говорил, наши горожане тоже не лишены тщеславия. Театр у нас сравнительно дорогое удовольствие, так как в спектаклях заняты люди – актёры.

Глен продолжал: - Посещение выставок, музеев и просто прогулки по променадам и в парках, где постоянно выступают со своим искусством все кому не лень, тоже представляет собой весьма распространённый тип развлечений наших горожан.

У нас также существуют красивые рестораны с ассортиментами блюд, которые устроили бы любого гурмана, и с постоянно меняющимися эстрадными программами и танцами для посетителей. Разумеется, в качестве официантов в них используются соответственно одетые и «обученные» роботы. Шефами же, готовящими гурманские блюда, по традиции являются люди, - чаще всего, сами владельцы ресторанов. Весь остальной персонал – обычно, роботы.

- Глен, а как в основном, ваша публика проводит свои длинные отпуска? – перешёл я на новый аспект темы.

- Все по-разному, конечно. Многое зависит от количества свободных кредитов на счету. Кто отправляется на фешенебельные курорты на экваториальных островах или на античный космолёт наших предков, который вращается вокруг Ланиры на высоте в сорок тысяч километров, кто летает по окрестному космосу, кто посещает «Парк будущего» со всякими экзотическими аттракционами, кто сидит дома и занимается своим любимым хобби.

Большой популярностью у нас пользуются отпускные круизы, - продолжал свой рассказ Глен. - Семьи и одиночки проводят своё свободное время на огромных кораблях, способных как плавать по океанам, так и передвигаться над поверностью планеты на антигравитационной поддержке. Люди проводят свои отпуска, путешествуя таким образом по всей планете, совершая всевозможные сафари в самых диких её местах. Я уже упоминал, что у нас кое-где всё ещё можно встретить и динозавров.

Многие из тех, кто может себе это позволить, развлекаются путешествуя семьями или с друзьями на собственных яхтах или на оборудовнных для жизни на природе антигравилётах как в окрестностях своих городов, так и по всей планете.

- Глен, - спросил я, - вы говорите, что жители Ланиры более склонны к индивидуальным и семейным развлечениям, чем к общественным. Где же, в основном, происходит общение и знакомство людей?

- О, это происходит повсюду.

Например, у нас очень популярны так называемые интерес-клубы.

- Расскажите! Я давно уже собирался расспросить о них.

- Это частные организации, - начал объяснять Глен, - существующие на членские взносы. Иногда это очень незамысловатые заведения, посвящённые популярным играм или спорту. Иногда такие клубы бывают весьма изысканными. В некоторых таких клубах есть специально спроектированные помещения с конференц-залами, с помещениями для отдыха и занятий, с лабораториями и мастерскими. Иногда они располагают фешенебельными гостинными, обеденными и зрительными залами, музыкальными салонами, спортивными помещениями и бассейнами, напоминающими древнеримские бани. Всё зависит от интересов, вкусов и возможностей членов клуба. Люди с общими интересами постоянно встречаются там и проводят вместе много времени, занимаясь тем, что их на самом деле интересует и привлекает.

Интерес-клубы у нас неофициально делят по профилю на интеллектуальные, научно-технические, спортивные, а также клубы путешествий и исследований.

Из интеллектуальных, например, сейчас наиболее популярны на Ланире клубы философии мироздания и самосовершенствования человека; клубы любителей живописи, скульптуры, архитектуры и прикладного искусства; клубы любителей литературы, поэзии и музыки, в том числе, и инопланетной.

Среди научно-технических клубов всегда популярны клубы любителей – изобретателей и конструкторов самых различных направлений; клубы любителей античной и инопланетной техники, а также клубы любителей античных роботов.

Некоторые клубы становятся очень престижными, и получить членство в них не так-то легко, так как это зависит не только от материальных возможностей, но и от числа желающих, а также и от интеллектуально–психологического профиля кандидата.

Часто члены клубов и их гости и обедают, и отдыхают, и даже ночуют в своих клубах. Многие развлекаются там играми типа ваших шахмат и карт, правда, немного сложнее. Иногда устраиваются встречи и конференции с параллельными клубами из других городов Ланиры. Словом, люди проводят время в своё удовольствие.

- Это у вас неплохо устроено, - сказал я с некоторой долей зависти. - И все эти интерес-клубы с римскими банями и обеденными залами тоже обслуживаются роботами?

- Думаю, что это вам ясно и без моего ответа.

С минуту мы молчали, глядя на изящные паруса скользящих по озеру миниатюрных корабликов и на отражения красно-оранжевых крон деревьев.

Потом я перешёл к новой теме. - Глен, - попросил я, - возвращаясь к жизни вашего общества, расскажите пожалуйста, как у вас устроены научные учреждения, и каким образом оценивается и оплачивается труд учёных, писателей, журналистов?

- Ну что ж, попробую, - согласился он.

- Давайте начнём с науки.

- Я уже упоминал, что на Ланире существует планетарный координирующий науку орган, по структуре напоминающий вашу Российскую Академию Наук. Он включает в себя десятка три институтов, занимающихся различными проблемами науки. Помещения, оборудование и основная зарплата учёных и персонала институтов финансируется, как вы вероятно догадываетесь, из Планетарного Резерва. Из него же финансируются все научные экспедиции, предпринимаемые учёными институтов, а также все другие экстраординарные мероприятия, связанные с наукой.

Но помимо академических институтов, у нас много и частных научных организаций, создаваемых группами учёных и научных исследователей вокруг новых научных идей или теорий. Нередко они возникают на основе научно-технических интерес-клубов. Большинство этих научных учреждений обычно недолговечны, так как они существуют в основном на частные средства, и если плоды их работы в течение долгого времени не приносят ощутимых результатов, то они постепенно разваливаются. Но те, которые чего-то добиваются и вносят ощутимый вклад в науку или технологию, получают щедрые гранты и дотации от «Академии», а также премии за изобретения и открытия от Планетного Общества.

Как я уже говорил, у нас на Ланире не существует

патентной системы на изобретения. Люди, сделавшие изобретение, открытие или создавшие новую перспективную теорию, получают единичное щедрое вознаграждение от Планетного Общества и приобретают престиж в научных кругах и прессе.

Кроме частных научных институтов, у нас существует небольшая сеть частных университетов, где тоже ведётся научно-исследовательская работа. Частные институты и университеты сравнительно невелики, хотя некоторые из них очень престижны. Работают они на принципе самоокупаемости, хотя время от времени могут получать дотации от «Академии» на развитие перспективных тем в науке.

Все учёные и исследователи научных учреждений, а также и индивидуумы, занимающиеся научными исследованиями, могут предлагать свои труды «Академии».

Материалы, принятые инвариаторами «Академии», публикуются в научных или университетских инфосетях, после чего эти работы и рецензии на них поступают в базы доступной всем научной информации.

За опубликованные труды учёные и исследователи получают хорошие кредиты от «Академии» и известность в научной среде.

- Мне такая организация научной деятельности представляется вполне разумной, - заметил я. - И всё это благодаря вездесущим инвариаторам, решающим всё за человека!

- И здравому смыслу наших предков, - добавил Глен, - сумевших понять, что можно перепоручить разумным машинам ту деятельность, где человек не может обойтись без эмоций, пристрастий и предвзятостей в силу своего менталитета...

- Теперь о журналистах, - продолжал Глен.

- Журнализм у нас, в основном, заключается в создании материалов для инфосистем, видео- и голографических сетей, а также для видео-текстовых журналов. Эти журналы кодируются на инфокарточках. Информация с этих карточек считывается любым инвариатором или видеопланшетом, которые есть практически у каждого. Такие журналы продаются в любом киоске в городах, а также рассылаются по подписке. Но, как я уже говорил, у нас существует и небольшое количество «старомодных» дорогих журналов, печатающихся на пластике с встроенными в страницы видеоклипами. Эти журналы продаются только по подписке и в специализированных магазинах.

Я уже упоминал, что за все кино- и видео- материалы, попадающие в общепланетные и местные видеосети, у нас платят сами зрители. По их согласию при просмотре передачи на счета сетей переводится объявленное количество кредитов, которое в конечном итоге попадает на счета авторов, журналистов, режиссёров, артистов и всех других людей, занятых в производстве этих видеоматериалов.

- Глен, а все эти видеосети тоже в какой-то мере управляются вашей Системой Экономического регулирования? – спросил я.

- Нет. Все видеосети, за исключением официальной Общепланетарной и Университетской инфосетей, принадлежат у нас частным компаниям и работают на принципе свободного рынка, но с обычными лимитами, существующими в нашей экономике.

Официальная и Университетская сети принадлежат Планетному Обществу и финансируются из Планетарного Резерва.

- А как у вас обстоит дело с литературой, авторами и издательствами? - напомнил я о последней части моего вопроса.

- Здесь дело обстоит сравнительно просто, – ответил Глен. - Любой автор может предложить свою рукопись в одно из подходящих по тематике издательств. Если книга, согласно анализу и оценке хотя бы одного из 3-х несвязанных друг с другом редакционных инвариаторов, представляет хоть какой-то интерес или новизну в своей области, она автоматически издаётся и помещается в центральную базу информации и соответствующие библиотеки. При этом автору выплачивается издательством минимальный предварительный гонорар. Дальнейшее зависит от читателей и покупателей издания. Полученные от них кредиты делятся между автором, издательством и администрацией публикующей сети.

- А если это, например, книга стихов неизвестного в читательских кругах автора? – поинтересовался я.

- Я уже говорил вам, - ответил Глен, - что в смысле интеллекта инфовариаторы не уступают людям. Но в случае, если оценки всех трёх инвариаторов отдела поэзии издательства оказываются отрицательными, автор может апеллировать к группе специалистов – людей, при условии оплаты затрачиваемого ими на экспертизу времени.

- Честно и удобно, - согласился я.

- И рационально, - добавил Глен.

- Разумеется, каждый волен публиковать на своём или арендованном сайте одной из частных сетей всё что угодно, кроме запрещённых законом вредоносных программ, а также экстремистско-религиозной и криминальной пропаганды, – закончил он.

- На нашем Интернэте, - заметил я, - к сожалению, не действуют никакие ограничения, и поэтому в него изливается так много рекламного мусора, демагогии и всевозможной пропаганды, что им становится трудно пользоваться, хотя вначале он воспринимался как окно в большой мир и глоток свежего воздуха в устоявшейся атмосфере газетно-журнальной прессы.

- Тем не менее, я думаю, создание Интернэта у вас - это второй самый большой шаг в сторону прогресса вашего общества после создания компьютера, - сказал Глен. - Но к сожалению, - добавил он, - если ваш Интернэт оставить в таком виде, в каком он находится сейчас, то он очень скоро захлебнётся в потоке мусорной информации и всевозможных вирусов и станет практически непригодным к использованию.

- Боюсь, что это так. Но как же можно в наших условиях предохранить его от всего этого? – задал я риторический вопрос Глену, не рассчитывая, что он при всём желании сможет дать какой-либо практический совет по этому поводу.

Но Глен ответил довольно конкретно:

- Самая большая проблема вашего Интернэта в том, что он практически анонимен. На него может выйти кто угодно и где угодно, и, оставаясь анонимным, делать любые пакости, например, такие, как массовое заражение компьютеров вирусами, забивание электронной почты «спамом» или блокирование банковских и корпоративных сайтов массовыми обращениями туда манипулируемых «хэкером» компьютеров с целью вымогательства или политических интриг. То же относится к невозможности контролировать террористическую и религиозно-экстремистскую пропаганду на Интернэте.

- Для того, чтобы успешно противостоять этому, нужно прежде всего уничтожить анонимность Интернэта. Идентификация каждого включающегося в Интернэт и реальное местонахождение его компьютера должны автоматически вводиться в сеть вместе с его персональным кодом и идентифицирующим изображением.

- Пожалуй, это помогло бы сохранить Интернэт, - согласился я, - но, во-первых, такое уничтожение приватности на Интернэте будет встречено в штыки либеральной частью нашей публики и всеми теми, кому это невыгодно, а во-вторых, это трудно осуществимо технически на основе существующих у нас технологий.

- По поводу вашего первого предположения, - ответил Глен, - я могу только высказать точку зрения на всевозможные гражданские свободы, которой придер-

живаются у нас на Ланире. А вашим землянам придётся решать самим, что для вас важнее приватность
или Интернэт.

- Я слушаю вас очень внимательно, - отозвался я.

- В нашем обществе понятие полной свободы личности считается абсурдом, – продолжал Глен. - Её просто
не может быть, так как человек почти во всём зависит
от общества и не может существовать вне общества.
Поэтому разумно-необходимые ограничения свободы
личности у нас воспринимаются как должное и не
вызывают никаких проблем. Такие ограничения ого-
ворены нашей Конституцией и являются законом.
Они выработаны на основе логического анализа нашей
истории, глубокого изучения психологии людей и
принципа выбора наименьшего вреда для всего общества при необходимости такого выбора.

У вас на Земле с гражданскими свободами сейчас
процветает явный экстремизм. В одних странах они
почти полностью подавляются, в других - из них
делают почти культ. Например, у вас в Америке
закон о свободе слова, в нынешней его интерпретации, не позволяет ввести практически никакие ограничения на распространение религиозно-экстре-
мистской или террористической информации и пропаганды на Интернэте, не говоря уже о порногра-
фии во всех её видах.

- Обьясняют это обычно тем, – пояснил я, - что если начать хоть в чём-то ограничивать гражданские
свободы, то это грозит их полной потерей в будущем…

- Я не думаю, что это так, - возразил Глен.

- Ведь даже при несовершенстве вашей демократической системы можно принимать такие ограничения путём референдумов. Тогда решения будут зависеть от здравого смысла подавляющего большинства населения. Если, конечно, это большинство не
заинтересовано в сокрытии безобразий и преступле-

ний, - добавил он. - По поводу беспокойства о соблюдении права на приватность для законопослушных граждан на Интернэте, – продолжал Глен, - можно сделать так, что идентифицирующая их информация будет оставаться в системе и использоваться только в том случае, если пользующийся Интернэтом будет уличён в криминальной активности.

- Не берусь спорить с вами о первой части проблемы, - сказал я, - хотя и не уверен, что у нас откажутся от анонимности даже ради спасения Интернэта. Но остаётся вторая её часть, – сможем ли мы осуществить это технически, не влезая в нереальные расходы и не вовлекая в них более бедные страны?

- Ваша Америка - богатая страна, - ответил Глен, - и, если она позволяет себе тратить сотни биллионов на, мягко говоря, проблематичные войны типа Вьетнамской, или нынешней Иракской, то вероятно, может потратиться и на реконструкцию Интернэта. Европейские страны также в состоянии пойти на такие расходы, чтобы сохранить преимущества, которые даёт интернэт. Что касается других стран, желающих пользоваться Интернэтом, то им придётся тянуться за лидерами, так как у них просто не будет выбора.

Возможно, богатые страны захотят им чем-то помочь, руководствуясь своими же интересами.

- Возможно, - согласился я, - но как это может быть решено технически?

- Я не могу предлагать никаких конкретных решений, - сказал Глен, - над этим должны подумать ваши специалисты в соответствующих областях. Я только могу рассказать в общих чертах, как решалась подобная проблема у наших предков на материнской планете примерно тысячу ваших лет назад.

- Это очень интересно, - заметил я.

- Конечно, у них были для этого немного иные технологические возможности, но в принципе и то, что у вас уже есть, при рациональном использовании, я думаю, может решить проблему.

Защита информационной сети у наших предков основывалась на трёх принципах: быстрое обнаружение абнормальной деятельности в инвариаторах, опознание инвариатора и лица, инициирующего эту деятельность, и автоматическое отключение его от сети.

- Но как это делалось у них практически? – продолжал я допрашивать Глена.

- Практически это начиналось с введения в конструкцию инвариаторов (и всех перерабатывающих информацию компонентов инфосетей) микросхем с независимыми процессорами и программами, которые постоянно сканируя активную память устройств, могли обнаруживать в ней необычные и подозрительные действия и, анализируя их, распознавать и останавливать даже никогда ранее не встречавшиеся вирусы и другие вредоносные коды,

Я видел в ваших журналах заметки о том, что и у вас тоже уже работают над такими программами, – заметил Глен.

- Когда эта программа обнаруживала в инвариаторе вредоносные коды, система быстро устанавливала их источник, прослеживая всю цепь адресов к первоисточнику заражённой информации. Такие цепи автоматически записывались системой с момента включения каждого инвариатора в сеть.

Обнаружив источник заражения, система посылала специальный сигнал на сетевые серверы *, после чего «провинившийся» инвариатор, немедленно терял возможность поддерживать связь с информационной сетью.

- А как же идентифицировались люди, вводившие вредоносную информацию в инфосеть? – поинтересовался я.

- Для идентификации клиентов, включающихся в инфосеть, - ответил Глен, - наши предки использова -

---

* Многоканальные узловые компьюторы, связующие пользователей с Интернэтом.

ли встроенные в инвариаторы видеокамеры, которые посылали изображения оператора в единые идентификационные базы данных в самой инфосети, проверявшие личность и регистрацию клиентов, включающихся в сеть. Это же устройство периодически идентифицировало человека, работающего с инвариатором в каждый данный момент. Кроме того, во все инвариаторы у них встраивались автоматичкские приёмники его местонахождения, работавшие с сателлитами, вроде вашей GPS - Global Positioning Service*. Координаты инвариатора автоматически передавались в сеть вместе с его неизменным кодом.

Все инвариаторы у них регистрировались владельцами примерно так, как у вас сейчас регистрируют автомобили, после чего владелец нёс ответственность за деятельность, ведущуюся с его инвариатора. Для включения в инфосеть с любого инвариатора человек должен был ввести в систему свой уникальный пароль и дать машине просканировать своё лицо.

- А каким образом они предотвращали манипуляцию инфовариаторов «хэкерами» через инфосеть? – спросил я.

- Каждый «хэкер» быстро обнаруживался системой как только начинал без разрешения владельца манипулировать чужим инвариатором, что было запрещено законом. Разрешения же для управления инвариатором через инфосеть автоматически истекали через короткое время и при необходимости должны были каждый раз продлеваться лично владельцами или их доверенными. Это пресекало возможность анонимной оптовой манипуляции инвариаторами.

- Да, - вздохнул я, - думаю, что и у нас это могло бы быть сделано, если бы не дебаты о приватности и не колоссальная стоимость разработки новой структуры Интернэта, а также замены на новые почти всех существующих компьютеров.

* Глобальная Спутниковая Служба определения координат местоположения.

Мы сидели уже довольно долго на берегу этого симпатичного озерца с моделями судёнышек, медленно двигающихся по его глади во всех направлениях, и я чувствовал, что пора уже отправляться в Метрополитэн Музей. Глен, очевидно, невольно читая мои мысли, тут же предложил двигаться дальше по направлению к музею, который был уже совсем недалеко. Мы поднялись немного вверх по дорожке, идущей по парку среди высоких тенистых деревьев, и вышли на Пятую Авеню всего в одном квартале от Музея.

Оказавшись вновь в огромном входном вестибюле любимого мною музея после трёхлетнего перерыва, я снова почувствовал то радостно-праздничное настроение, которое неизменно сопровождало меня в мои прежние его посещения. Невольно в памяти начали возникать любимые залы, картины, скульптуры... Захотелось сейчас же всё снова увидеть, как бывает хочется увидеть родных или друзей, оказавшись проездом в их городе и имея на это очень мало времени. Глен опять, очевидно прочитав мои мысли, спросил, не хочу ли я, пока он будет детально осматривать Египетский храм, пробежаться по залам и навестить свои любимые экспонаты в музее.

Разумеется, мне очень хотелось этого, но, вместе с тем, мне очень не хотелось разлучаться с Гленом даже ненадолго, так как я подсознательно всё время боялся: - вдруг случится что-нибудь непредвиденное, и он вдруг исчезнет!... Я всё ещё не мог привыкнуть к мысли, что в принципе он такой же человек, как и я и другие, только... с другой планеты!

Кроме того, мне очень хотелось не только навестить «мои» картины, но и показать их Глену. Я знал, что чувство наслаждения прекрасным у него сильно развито и что во многом наши вкусы совпадают. Вероятно, они совпадут и в искусстве. Ведь самое большое наслаждение от искусства получаешь тогда, когда его разделяет тот, кто рядом с тобой.

Поняв моё состояние ещё до того, как я собрался ответить ему, он сказал: - Может быть, нам лучше вместе совершить коротенькую экскурсию по вашим любимым залам, а потом вместе осмотрим и поснимаем храм Дендур. Я с радостью согласился на его предложение, и мы двинулись вперёд в обход широченной мраморной лестницы, ведущей на верхние этажи музея.

Я хорошо помнил ещё с прошлых времён дорогу к Американскому крылу Музея, и потому уверенно вёл Глена за собой. Пройдя через анфиладу темноватых и торжественных парадных входных зал, ведущих в разные тематические отделы музея, мы свернули направо в обширный коридор в её конце. Войдя в открытый проём в левой стене коридора, мы оказались в огромном зале с застеклённым потолком и широкими антресолями, охватывающими его с трёх сторон.

Зал был не меньше четырёх этажей в высоту, и четвёртая его сторона представляла собой натуральный каменный фасад старинного трёхэтажного американского особняка начала девятнадцатого века. Во дворике перед фасадом было несколько мраморных водоёмов с фонтанчиками и без, а также несколько очень выразительных скульптур, из которых моими любимыми были фигурка индейского подростка, занозившего ногу, и небольшая мраморная скульптура спящих детей. Я подвёл к ним Глена и получил от него понимающий и признательный взгляд.

Мы вошли в парадную дверь особняка, входной зал которого был обставлен соответствующей ему по возрасту старинной мебелью. Коллекция такой мебели, как я знал по моим прежним посещениям музея, демонстрировалась в задних и боковых комнатах особняка. Мы не пошли в задние комнаты, а поднялись по боковой лестнице на третий этаж, где начиналась картинная галерея Американского крыла музея.

Я начал было рассказывать Глену об Американской школе живописи Гудзонской долины, возникшей и процветавшей в конце девятнадцатого века. Но он мягко остановил меня, сказав, что хорошо знает это течение, потому что прослушал курс по истории Американского искусства, однако картины художников этой школы видел только в репродукциях из книг и потому с удовольствием ожидает встречу с ними.

Мы вошли в анфиладу зал, в которых были собраны картины Американских художников, главным образом, восемнадцатого и девятнадцатого веков, среди которых работы последователей школы Гудзонской долины занимали значительную часть.

Моей самой любимой картиной в этой галерее было огромное полотно Альберта Берстадта, висевшее на Западной стене центрального зала галереи Американских мастеров. На нём художник изобразил затерянное между крутыми горными склонами и громоздящимися к небу велчественными скалами, окутанными туманом и облаками, - небольшое, спокойное и чистое, как стекло, озеро, в котором отражаются горы, небо и окружающая природа.

Мы вошли в зал, и сразу увидели её.

Как и раньше, от уникальной и своеобразной красоты и величественности запечатлённого места у меня слегка захватило дух, и я смотрел на произведение мастера не в силах оторвать глаз от картины. Глен тоже стоял молча, и казалось, впитывал в себя увиденное. Я чувствовал, что картина нравится и ему.

Мы простояли перед картиной, наверно, минут пятнадцать. Потом Глен сказал: - Этот мастер останется в памяти людей навсегда.

Я полностью разделял его мнение о Берстадте…

Глен вынул свой планшет и, глядя на экран, продиктовал в него что-то непонятное.

- Что вы собираетесь делать? – испугался я.

- Не волнуйтесь, Стив, я не собираюсь что-либо делать с вашей картиной. Она как была, так и останется на прежнем месте. Я только ввёл её координаты, чтобы просканировать её позже со станции телескеннером и иметь возможность сделать на Ланире её идентичную копию. Разумеется, экспонироваться эта копия будет именно как копия, хотя от подлинника её не сможет отличить ни один эксперт, даже произведя какие угодно анализы.

- Ну и ну! – только и мог сказать я.

Мы осмотрели ещё несколько чудесных пейзажей мастеров Гудзонской школы, и спустившись по задней лестнице на второй этаж, прошли по галерее поздних Американских художников, после чего покинули Американское крыло.

Мне хотелось также навестить отдел импрессионистов в Южной части музея. Глен понимающе кивнул мне и уверенно двинулся к намеченной цели через сложный лабиринт музейных зал и переходов. Очевидно, он знал куда идти. Я с трудом поспевал за ним, но нам надо было спешить, чтобы успеть выполнить всю намеченную на сегодня программу.

В залах импрессионистов мы не стали методически осматривать всю экспозицию, а сразу прошли к картинам старых, любимых мной мастеров - Клода Моне, с его туманными стогами и летними пейзажами, полными изумительной игры красок и светотеней, Огюста Ренуара с его девушками, с такими лучистыми и живыми глазами, что от них было не оторвать взор, к игре красочных мазков Поля Синьяка, из-под которых высвечиваются паруса лодок, спокойная гладь воды или освещённые Солнцем громады зданий на берегу, к моей любимой «Каштановой аллее» Альфреда Сислея, к видам Прованса Поля Сезанна и к жанровым работам Эдгара Дэга.

К сожалению, у нас не было времени задерживаться в залах перед картинами, поэтому мы, постояв немного перед самыми выразительными из них по нашему общему мнению, и перекинувшись несколькими фразами о написавших их художниках, снова двинулись почти через весь музей к Египетскому отделу, расположенному на первом этаже в Северной его части.

Когда мы наконец вошли в огромный зал, с трёх сторон отделанный камнем, а с северной стороны отделённый от Центрального Парка стеклянной стеной во всю его высоту, мне снова, как когда-то при первом его посещении, на минуту показалось, что мы на самом деле в Египте перед древним храмом с таинственными письменами на его обветренных и обожжённых солнцем жёлто-оранжевых стенах, который стоит здесь со времён построивших его фараонов. Перед храмом возвышались высокие и массивные каменные ворота прямоугольной формы, вероятно когда-то служившие ритуальным входом в храм.

Глен сказал, что у них на Ланире в музее Земли имеется большой отдел, посвящённый древним цивилизациям нашей планеты, и в нём уже есть несколько копий древне-египетских сооружений, но Дендур оказался уже разобранным, когда миссионеры с Ланиры хотели его просканировать, и поэтому он собирается сделать это теперь.

- Вы хотите сказать, что после сканирования весь храм будет воспроизведён в его нынешнем виде в вашем музее? – спросил я.

- Да, это возможно, - ответил Глен, если научный совет музея решит, что копия этого храма в чём-то обогатит их коллекцию. Моё же дело дать им снимки и координаты экспоната.

Глен сделал с десяток снимков храма с разных сторон и в разных ракурсах, затем вынул планшет и начал вводить в него космические координаты храма.

В этот момент музейный служащий, который до этого, казалось, спокойно дремал, прислонившись к стене неподалёку от Восточного входа в зал, вдруг неожиданно резво бросился к нам, на ходу вытаскивая из кармана переговорное устройство.

- Что это у вас? – почти закричал он, подбежав к Глену. – Вы не имеете права пользоваться никакими электронными приборами в музее без специального разрешения дирекции!

- Это всего лишь мой «ноут-бук» компьютер, с которым я никогда не расстаюсь, и я только ввёл в него кое-какой материал об этом храме, - спокойно обьяснил Глен, не выказывая ни малейшего волнения, в то время как у меня на минуту перехватило дыхание, и я ощутил внезапную сухость во рту, а сердце учащённо забилось.

Ну, всё! - подумал я. - Мы кажется попали-таки в переплёт. Сейчас они начнут выяснять, кто мы такие, откуда, и что за компьютер в руках у Глена...

Тем временем служащий связался по своему переговорному устройству с охраной музея и потребовал, чтоб мы оставались на месте до прибытия его старшего по смене и коллег из охраны музея.

Нам ничего не оставалось, как согласиться.

Через пару минут прибыла подмога, и нас отконвоировали в служебное помещение музейной охраны, расположенное где-то этажом ниже Египетского отдела в конце какого-то длиннющего коридора.

В довольно большой комнате, кроме приведших нас охранников, было ещё несколько человек в музейной униформе, а также человек в штатском, по всей видимости их начальник, сидевший за столом в правом углу комнаты и разговаривавший с кем-то по телефону.

Приведший нас старший охранник явно ждал, пока начальник окончит свой телефонный разговор, чтобы представить ему нас.

Хотя у стены стояло несколько стульев, нам почему-то забыли предложить сесть, и мы стояли молча посреди комнаты, переминаясь с ноги на ногу. Глен подошёл ко мне ближе и тихо сказал по-русски: - Стив, во время допроса, что бы ни происходило, держитесь всё время немного позади меня. Договорились?

- О'Кей, - также тихо ответил я.

Наконец начальник закончил свой разговор, положил трубку, встал из-за стола и двинулся по направлению к нам.

- Так что там у вас за электронный прибор, и что вы с его помощью делали около «Дендура», - строго спросил он у Глена. - Дайте-ка его сюда.

К моему изумлению, Глен покорно протянул ему свой планшет, после чего отступил немного назад, так что мы с ним оказались в противоположной от других людей части комнаты, и сказал, обращаясь к начальнику:

- Извините, я иностранец, - специалист по древним цивилизациям и, кроме того, - гипнолог. Мне хотелось запечатлеть этот храм в моём компьютере, чтобы показать его коллегам и знакомым. Никакого вреда этим вашему экспонату я не причинил.

В подтверждение моих слов я продемонстрирую небольшой гипнотический опыт. С этими словами Глен поднял вверх левую руку с надетыми на запястье большими, как мне казалось, электронными, часами. Он сделал рукой круговой пасс, как бы показывая их циферблат всем присутствующим в комнате.

В следующий момент люди в комнате, отчаянно зевая и бормоча что-то невнятное, начали оседать на пол, ложиться поудобнее и даже всхрапывать понемногу. Через несколько секунд все находящиеся в комнате спали глубоким безмятежным сном.

Глен осторожно вынул свой планшет из рук начальника и, обращаясь ко мне, сказал: - А теперь, быстро к выходу. Они будут спать ещё с полчаса, и мы должны уйти отсюда подальше, прежде чем начнётся переполох.

Мы вышли в коридор и, к счастью никого не встретив, вернулись в Египетский отдел, чтобы не блуждать в поисках другого выхода. Оттуда через залы мы вышли в центральный вестибюль к выходу из музея.

- Ну, вот и все, – сказал Глен. - Мы свободны, и можем продолжить нашу прогулку… Сейчас около пяти, значит, у нас в запасе немного более двух часов светлого времени. Планируйте, как его провести.

- Давайте вернёмся в Парк, – сказал я. - Я хочу показать вам ещё одно место. Кстати, там недалеко есть неплохое кафе, где мы сможем перекусить. Не знаю, как вы, а я уже давно не против.

- Пошли, – сказал Глен.

Мы вышли на Пятую Авеню и, пройдя чуть-чуть на Юг, снова вошли в парк сразу за 89-ой стрит, в том же месте, где покинули его полтора часа назад.

Но на этот раз мы не пошли назад к пруду, где мы сидели на пути в музей, а двинулись по дорожке, ведущей на Запад в центральную часть Парка. Мне хотелось показать Глену одно приятное и памятное для меня место, где мы любили бродить с женой в самое романтическое время наших отношений. Речь идет о миниатюрном, но вполне настоящем замке Бельведер, построенном в начале 20-го века по всем правилам сооружения средневековых замков.

Построен он был из привозного гранита, на естественных скалах, окаймляющих Западную сторону небольшого, заросшего тростником и кувшинками водоёма Центрального Парка.

В своё время этот мини-замок очень приглянулся нам с женой, и мы, ещё не зная его официального названия, окрестили его «Эльсинором», очевидно потому, что почти рядом с ним, на соседних скалах над тем же водоёмом расположился открытый амфитеатр, где каждое лето шли Шекспировские спектакли. Так он и остался для нас «Эльсинором».

Мы вновь вышли на парковую Кольцевую дорогу и по её широкому оверпассу* вновь перешли 89-ю стрит, пересекавшую парк с Востока на Запад по дну «мини» - ущелья, пробитого для неё в его скалистом грунте. На этот раз мы двигались в Северо-Западном направлении и вскоре, пройдя мимо конной скульптуры Польского короля Ягайло, вышли к водоёму с множеством обитающих в нём диких уток.

- Кстати, Глен, - вспомнил я то, что хотел спросить ещё по выходе из музея, - скажите, вы усыпили их настоящим гипнозом или с помощью этих ваших часов?

- Я мог бы сделать это и с помощью настоящего гипноза, - ответил он, - но на это ушло бы значительно больше времени, и не все уснули бы одновременно. С часами же всё происходит моментально и без сбоев. Это моя первая линия обороны в случае вот таких непредвиденных обстоятельств. Наши правоохранные команды на Ланире пользуются таким же «оружием», когда надо задержать подозреваемых в преступлениях.

- Безопасно и эффективно, - согласился я.

Обогнув водоём с Южной стороны по аллее, обсаженной могучими деревьями с кронами, смыкающимися высоко над головой, мы неожиданно вынырнули из неё прямо перед уходящей вверх зубчатой башней Бельведера. Глен остановился и, задрав голову, долго изучал каменную кладку башни, дважды зафиксировав её своей камерой, прежде чем двинуться дальше к каменным лестницам, ведущим ко входу в замок.

Осмотрев Бельведер снаружи и внутри, благо в нём и было всего четыре комнаты, мы спустились вниз на выступающие к воде скалы и устроились на них прямо перед Шекспировским театром, отделённым от нас Западной частью водоёма.

*Широкий мост на пересечении двух магистральных дорог.

- Может быть, не пойдём в кафе и ограничимся опять моим походным ланчем, – предложил Глен. - Уж очень не хочется в такой хороший вечер забираться в полное людей помещение только ради утоления голода.

Хотя мне было немного неудобно злоупотреблять его гостеприимством, я не заставил себя уговаривать, так как мне и самому не хотелось уходить отсюда, и кроме того, как всегда, у меня в голове роились вопросы, на которые я надеялся получить ответ у Глена.

Глен снова вытащил свою походную кофеварку и, установив её прямо на камнях, быстро приготовил два стаканчика того же ароматного горячего напитка, который мы пили два дня назад в Рио на вершине «Сахарной головы». После этого он вынул из кармана куртки несколько таких же плиток, как мы ели в Бразилии, с разными картинками на этикетках и предложил мне на выбор.

- Они все немного различны на вкус, - обьяснил он, - попробуйте несколько, пока не подберёте ту, которая вам больше понравится.

- Спасибо, - поблагодарил я, и взял пару плиток.

Все они были упакованы в открывающиеся с торца небольшие пластиковые пеналы, причём при легком нажатии на противоположный конец, содержимое пенала выдвигалось наружу, и его можно было откусывать как шоколадку. Первая же плитка оказалась довольно вкусной, хотя немного сладковатой, но мне хотелось попробовать и вторую, поэтому я, закрыв пенал с оставшимся содержимым, положил его на скалу рядом с собой и открыл второй пенал. Эта плитка оказалась на редкость приятной на вкус, напоминая что-то среднее между жаренными креветками и тихоокеанскими крабами, которых мне приходилось пробовать на Дальнем Востоке много лет назад.

- Эта очень недурна на вкус, - похвалил я, продолжая трапезу.

- Она из морской серии, - сказал Глен. – Я тоже люблю морскую пищу.

Ещё не доев свою плитку, я почувствовал, как и в прошлый раз в Рио, что совершенно сыт и уже не хочу доканчивать первую плитку.

- Придется прихватить в «догги-бэг»* на ужин, – засмеялся Глен. – Кладите её в карман, не стесняйтесь.

Мы посидели немного молча, глядя на воду раскинувшегося перед нами водоёма. Я чувствовал, что Глен ожидает моих вопросов и старался сосредоточиться на чём-то значительном и интересном.

Я вспомнил, что давно хотел спросить Глена о том, - что известно на Ланире об обитаемых мирах и о предполагаемом количестве разумных цивилизаций в Галактике.

- Скажите, Глен, - начал я, - что ваша наука думает о количестве обитаемых планет и возможных разумных цивилизаций в нашей Галактике?

- Как вы вероятно догадываетесь, Стив, - начал Глен, - достаточно определённого ответа на первый вопрос я дать не могу, потому что этого не знает и наша наука. Это можно только предполагать с какой-то долей определённости, и цифра, предполагающая то или иное количество обитаемых планет, может меняться в широких пределах, в зависимости от алгоритма, выбранного для расчётов. По средней оценке, в нашей Галактике несколько биллионов звёзд, и почти четверть из них имеет планетные системы. Даже если пригодные к поддержанию биологической жизни составляют где-то около одной сотой процента всех планет в Галактике, как полагают некоторые учёные, то их количество выразится где-то числом с пятью нулями.

Но если говорить о разумных цивилизациях, то здесь возможность их существования в Галактике очень сильно уменьшается.

Вопрос о *первичном* появлении интеллекта в био-

*Так в шутку называют пакет с остатками еды - мешочек для собачьего ужина.

логическом мире *нашей* Галактики всё ещё дебатируется учёными. Некоторые из них считают, что интеллект, привнесенный в неё давно существующими где-то в глубинах Вселенной разумными цивилизациями около четырех миллионов лет назад, является уникальным случаем. Наши исследования Галактики в какой-то мере подтверждают их мнение.

За исключением известных нам девяти цивилизаций, завезенных в Галактику извне, мы пока не столкнулись больше ни с одной, хотя много путешествуем в пределах Галактики и просканировали тысячи подходящих для жизни планет...

- У нас тоже пытаются обнаружить внеземные цивилизации, - подхватил я начатую тему, - только не активным сканированием, а направленным поиском в разных направлениях на множестве радиочастот возможных электромагнитных сигналов, которые могут исходить от какой-либо разумной цивилизации в Галактике. Но пока всё это безрезультатно...

Странно, - добавил я, - почему наши наблюдатели не обнаружили ни вашу, ни вашу материнскую цивилизации?

- Как раз в этом ничего странного нет, - сказал Глен.

- До нас немного более сотни световых лет от вашей Земли. Электромагнитные сигналы, которые могли бы быть вами обнаружены, должны были быть излучены примерно между ста и ста пятидесятью ваших лет назад. В то время ни у нас, ни в нашей материнской цивилизации высокочастотная электроника в том виде, как вы её знаете, уже давно не использовалась; а та, что использовалась, была надёжно заэкранирована от всего, и электромагнитная связь на планете осуществлялась только узкими электромагнитными лучами через систему спутников, так что «шум», излучавшийся нами, был даже в ту пору минимальным, и обнаружить его при вашей технике было очень маловероятно.

Мы знаем о вашем существовании от высшей цивилизации уже более одиннадцати ваших веков, но обмен информацией с вами на электромагнитной основе мог бы осуществиться только, если бы мы начали его где-то тоже около ста пятидесяти лет назад. Сам такой обмен потребовал бы более двухсот ваших лет. Ко времени получения ответной информации у вас сменилось бы не менее четырёх поколений, и неузнаваемо изменился бы уклад жизни. Но сто пятьдесят лет назад мы уже могли свободно и мгновенно перемещаться в Галактике, и такой обмен терял всякий смысл. Мы предпочитаем очень постепенно устанавливать контакт непосредственно с обитателями других планет, - например так, как получилось у нас с вами.

Что касается вероятности получить радиосигнал от какой-то неизвестной нам цивилизации, то она исчезающе мала. Причина в том, что, во-первых, по сравнению с количеством пригодных к обитанию планет, как я уже упоминал, количество разумных цивилизаций должно быть очень мало, и во-вторых, они могут быть разбросаны по Вселенной на такие расстояния, что электромагнитные сигналы от них могут идти к Земле тысячи, если не миллионы, лет.

Для того, чтобы электромагнитный сигнал мог быть принят Земными средствами, способная излучить его цивилизация должна была быть примерно на вашем научно-техническом уровне точно столько же тысяч, или миллионов лет назад, на сколько световых лет их планета удалена от Земли.

В протином случае, у них либо ещё не было требуемой для этого электроники, либо они уже заменили её чем-либо более совершенным, не излучающим электромагнитных сигналов в космос. Это условие, в конечном итоге, и делает надежду поймать сигнал от иной цивилизации, скорее всего, несбыточной. Кроме того, радиообмен с такой цивилизацией теряет всякий смысл из-за того, что требуемое для него время несоизмеримо с продолжительностью жизни людей.

Да, - подумал я, - пожалуй, это близко к истине...

- Глен, а что вам известно о возможности небиологической жизни во Вселенной? - спросил я.

- Пока ничего определённого, - ответил он.

- Сравнительно недавно наши телескеннеры обнаружили планету на расстоянии примерно две тысячи световых лет от нас, где в прошлом обитала странная цивилизация. По косвенным данным, единственными обитателями этой планеты, обладавшими интеллектом, были электронно-механические роботы, не сложнее наших – нынешнего уровня, но способные к самовоспроизводству. Никаких следов биологической жизни ни в настоящем, ни в прошлом на планете пока не обнаружено. Вся планета сильно заражена радиоактивностью довольно высокого уровня, поэтому посылка экспедиции на поверхность планеты пока не планируется.

Тем временем Солнце окрасило Восточную часть неба в закатные тона и готовилось скрыться за фасадами зданий, вытянувшихся за парком вдоль Пятой Авеню. Водоём с утками у наших ног превратился в сплошное золотое марево, на которое было больно смотреть без затемнённых очков.

Посидев ещё минут двадцать на камнях у Бельведера, пока Солнце окончательно не скрылось за дальними громадами домов, мы решили, что пора возвращаться восвояси. Поскольку к этому времени в парке почти не осталось людей, можно было телепортироваться незамеченными с любой боковой дорожки парка.

Мы обогнули Бельведер и двинулись в Юго-Восточном направлении по дорожке, вьющейся между густыми зарослями отцветших кустов боярышника.

Вскоре мы оказались совершенно одни в вечерней полутьме между двумя поворотами дорожки.

- Ну, в путь, - сказал Глен, приблизившись ко мне, и в следующий момент мы поплыли в невесомости его космической станции.

Там мы просидели с ним ещё около двух часов, пока Глен, по его настоянию, угощал меня инопланетными напитками и деликатесами. В то же время мы смотрели и комментировали утреннюю программу известий Би-Би-Си из Лондона.

Перед тем, как отправить меня домой, Глен сказал, что на следующий день он хочет заняться своими накопившимися делами, и обещал позвонить мне по сотовому телефону в конце дня.

Наконец, около десяти вечера, я оказался дома.

V.   ПРОГУЛКА ПЯТАЯ

Весь следующий день прошёл для меня без осо-бых событий, если не считать лёгкой сердечной арит-мии, иногда случающейся у меня безо всякой к тому причины. Я к этому давно привык и почти не обра-щал на неё внимания, несмотря на предупреждения врачей, что во время таких приступов следует по-меньше двигаться и побольше лежать.

Завтра я надеялся на новую прогулку с Гленом и не намеревался её пропустить из-за аритмии, даже если она не пройдёт к тому времени.

Мой сэллфон заиграл свою мелодию ровно в восемь вечера. Я уже знал, что Глен любит целые числа и пунктуальность в выполнении обещаний.

- Как насчёт того, чтобы переночевать у меня на станции и часов в пять утра по вашему времени от-правиться со мной в Рим? - прозвучал в сэллфоне знакомый голос.

- В Рим!? - обрадовался я. - Я буду счастлив соста-вить вам компанию.

С Римом у меня были связаны самые тёплые и при-ятные воспоминания. Я прожил там почти год сразу после эмиграции из Союза и полюбил его с тех пор на всю жизнь... Неожиданное свидание с городом, где прошли самые интересные и памятные месяцы моей жизни было бы для меня огромной радостью.

Я больше не думал ни об аритмии, ни о чём другом, только о свидании с Римом, которое станет для меня неожиданным, очень приятным подарком...

- Я получил задание от кураторов нашего музея Истории Инопланетных Цивилизаций, - объяснил Глен, – сделать снимки и получить координаты некоторых известных работ итальянского скульптора 17-го века Джиованни Лоренцо Бернини, которые сохранились в современном Риме, и которых пока нет в нашем музее. Вероятно, это связано с тем, что у нас следят за Земными бестселлерами, и недавние триллеры Дэна Брауна заинтересовали нашу публику.

Я думаю, это не займёт много времени и будет приятной и интересной прогулкой для нас обоих. Если всё же придётся задержаться, я смогу по вашему желанию телепортировать вас домой оттуда, или мы сможем переночевать в каком-либо отеле и вернуться на следующий день вместе.

- Меня устраивает любой вариант, - не раздумывая ответил я.

- Тогда собирайтесь. Я перезвоню вам через пятнадцать минут, - пообещал Глен.

- Можете даже раньше, - весело ответил я и отправился насыпать кошке побольше сухой пищи, чтобы в случае моей задержки её хватило бы на оба дня.

Я положил в пластиковый пенал зубную щётку, пасту и таблетки от аритмии, которые, впрочем, всё равно не помогали, и на этом мои сборы были закончены. Через десять минут я был полностью готов к телепортации и ждал только звонка Глена.

Глен позвонил, как обещал, ровно через пятнадцать минут.

- Готовы? – спросил он.

- Yes, Sir! - ответил я по-военному, и приготовился к отбытию.

- Положите ваш селлфон и не двигайтесь с места, - приказал Глен, - я ввожу ваши координаты.

Я сделал так, как он сказал, и замер по стойке «смирно».

В следующий момент моя комната растаяла в лёгком тумане, и я оказался стоящим в той же позе посреди полукруглой рабочей кабины станции Глена.

- Добро пожаловать на орбиту, - приветствовал меня он. - Хотите подкрепиться на ночь?

- Нет, спасибо, я уже поужинал, разве что чашечку чего-либо похожего на чай.

- Сейчас соорудим, - сказал он, открывая пульт на подлокотнике дивана. - Присаживайтесь сюда.

Вскоре на столике перед диваном появились чашечки с горячим, ароматным напитком светло-янтарного цвета. «Чай» оказался приятным на вкус и имел явный привкус и запах лимона, хотя в чашках ничего, кроме этого чая, видно не было.

Мы начали было разговор о событиях на Земле в свете взглядов на них цивилизации Глена, но через короткое время он прервал его неожиданным вопросом:

- Мне кажется, Стив, что у вас сегодня что-то не совсем в порядке с сердцем?

- Почему вы так думаете? - задал я встречный вопрос, опасаясь, что если он узнает о моей аритмии, наша Римская прогулка может не состояться. Но Глен, как всегда читая мои мысли, сразу же успокоил меня, сказав: - Не волнуйтесь, Стив, с Римом всё будет в порядке. Я хочу только предложить вам небольшую профилактическую процедуру, которая прекратит ваши приступы аритмии, во всяком случае, на ближайшее будущее.

- Такое возможно даже здесь, на станции?! – удивился и, в тоже время, обрадовался я.

- Да, здесь есть кое-какое медико-профилактическое оборудование на случай экстренной необходимости. Я, конечно, не смогу заменить вам ваше сердце на искусственное без хирургического робота, но помочь ему справляться со своей работой, как минимум, на ближайшие несколько лет – это в пределах моих возможностей.

- Вы хотите сказать, что такие сложные операции,

как пересадка сердца, у вас тоже производят роботы? – удивился я.

- Да, это так, - ответил Глен. - У нас все операции, за исключением экспериментальных, производят специализированные хирургические роботы, которыми управляют инфовариаторы с соответствующим программным обеспечением. Для пересадки и модификации внутренних органов они используют всё те же методы, основанные на транспозиции.

- Глен, а вы уверены, что ваши медикаменты с Ланиры совместимы с нашими Земными организмами? - спросил я, как бы между прочим, стараясь не показать и тени беспокойства по этому поводу.

- Думаю, что да, - ответил он, - так как большинство наших медикаментов действует на генетическом уровне, а остальные влияют на организм через его биополе. Но с вашей аритмией я не собираюсь предлагать вам какие - либо пилюли или уколы. Для начала я просканирую вас специальным прибором, чтобы выявить все ваши физиологические непорядки на молекулярном и энергетическом уровнях. Затем на основании результатов я запрограммирую миниатюрный карманный монитор, который будет постоянно контролировать ваше состояние, анализируя информацию из вашего биополя. При возникновении ненормальностей в сердцебиении он будет корректировать их, воздействуя непосредственно на мозговые центры, управляющие электроимпульсами сердца.

Источник питания монитора рассчитан примерно на пять – шесть ваших лет. Кроме того, в его оболочке имеется собирающая свет линза и весма эффективный фотоэлемент для подзарядки его аккумулятора. Так что практически жизни монитора может хватить довольно надолго. Только, пожалуйста, не пытайтесь открыть его оболочку, так как при этом прибор самоуничтожится.

- Можете быть уверены, что я этого не сделаю! – пообещал я.

- Ну что ж, тогда начнём процедуру. Ложитесь сюда, – Глен указал мне жестом на диван.

Пока я устраивался на нём, крайняя от подлокотника подушка слегка приподнялась и перевернулась; при этом на ней появилась белоснежная пахнущая свежестью наволочка. Я положил на неё голову и почувствовал мягкое прикосновение упругого, слегка сминающегося материала, принимающего форму моего затылка. Сам диван был довольно мягким, так что лежать было удобно.

В это же время верхняя часть стены над диваном откинулась внутрь кабины, словно верхняя полка в вагоне поезда, образовав надо мной панель, светящуюся изнутри слабым зеленоватым светом.

Глен устроился за столом в своём пилотском кресле. Он тронул какой-то знак на светящемся пульте на краю стола, и сейчас же на большом экране над столом появилось схематическое изображение человеческого тела со светящимися в разных местах точками и линиями, идущими от них к боковым полям экрана. С дивана мне была хорошо видна левая половина главного экрана за пультом Глена. Он тронул другой знак, и по светящейся панели надо мной медленно поползла более яркая поперечная полоска света. Это продолжалось минуту или две, пока полоска света, двигаясь с переменной скоростью, добралась до противоположного конца панели.

- Ну вот и всё, - сказал Глен, - приготовьтесь слушать приговор инвариатора в переводе на ваш язык и вашу медицинскую терминологию. Садитесь поудобнее и расслабьтесь.

Я сел.

Он снова дотронулся до каких-то знаков на пульте, и в тот же момент в кабине зазвучала правильная русская речь. Приятный баритон говорил:

- «Согласно результатам сканирования у данного индивидуума мужского пола в возрасте от шестидесяти до семилесяти лет по местному летоисчислению, обитателя планеты с русским названием Земля, входящей в систему звезды Н 4061 7805109 с русским названием Солнце, обнаружены следующие физиологические и энергетические отклонения от средних данных здоровой сердечно-сосудистой системы :

Первое. Декомпенсированная сердечная недостаточность. Как следствие из первого, - периодические нарушения сердечного ритма – мерцательные аритмии с наложением преждевременных вентрикулярных сокращений сердечной мышцы.

Второе. - Продолжал голос инвариатора. - Ишемическая закупорка существенных сосудов системы на тридцать семь процентов, вызывающая недостаточное кровоснабжение сердечной мышцы. Как следствие из второго – нарушение энергетического баланса сердечной мышцы и уменьшение сердечной производительности. Подробная информация выведена на экран.

Рекомендации: - продолжал инфовариатор, - замена сердца и основных кровеносных сосудов искусственными. Как временная мера: - использование следяще-корректирующего монитора одной из последних моделей. Конец рапорта.»

Я молчал, переваривая услышанное…

Наши Земные врачи всегда пытались лечить меня только от самой аритмии с помощью всевозможных антиаритмических таблеток, от которых, практически, не было почти никакого прока. Никто из них не упоминал о сердечной недостаточности, хотя я несколько раз проходил всевозможные стрессовые и ультразвуковые тесты. Насчёт сосудов, я подозревал и сам, что они порядком забиты, но тридцать семь процентов - было для меня невесёлой новостью.

Вероятно прочитав мои мысли, Глен сказал: - Я не удивляюсь, что ваши врачи не сумели или не смогли установить точный диагноз вашего заболевания и выбрать наименее вредное и сколько-нибудь эффективное лечение. Дело в том, что его у вас пока практически не существует. Все эти патентованные средства, разрабатываемые вашими крупными фармакологическими фирмами, ежегодно дюжинами поступающие на рынок и назойливо рекламируемые телевидением, в основном, лечат не сами болезни, а их симптомы, при этом зачастую ухудшая состояние других органов и вызывая немало побочных проблем, в свою очередь, требующих медицинских забот. Они мало чем отличаются от уже давно существующих у вас медикаментов тех же групп и разрабатываются больше для того, чтобы получить патент и установить завышенную цену на мало что дающее пациентам новое средство той же группы...

- Откуда вы всё это знаете? – удивлённо спросил я Глена.

- В основном, из вашей же телевизионной и газетной критики, а также, конечно, из вашего Интернэта, - ответил он. - Кроме того, мы иногда анализируем публикуемый состав ваших новых пилюль.

Ваша практическая медицина, даже в Америке, где она считается передовой, за исключением хирургии и некоторых диагностических устройств, – продолжал Глен, - всё ещё находится в зачаточном состоянии и топчется на месте. Она является у вас скорее искусством врачевания, а не точной наукой. Кроме того, и медицинское обслуживание, и фармацевтическая промышленность у вас слишком коммерциализированы. В погоне за прибылью новые препараты поступают на рынок и рекомендуются врачам часто без достаточного тестирования и длительного опробования на волонтёрах. В результате возникают бесчисленные суды, финансовые урегулирования, а также всё больший рост цен на медикаменты и врачебные страховки. В результате, страдают и пациенты и врачи.

- К сожалению, всё обстоит именно так, - подтвердил я. - Стоимость лекарств у нас в Америке вышла за пределы возможностей населения, и непохоже, что при нашей системе лоббирования в конгрессе с этим можно что-то поделать. То же происходит и со стоимостью медицинского обслуживания, особенно для небогатого населения, которое не может покупать медицинские страховки по цене, равной его полугодовому заработку. Америка остаётся единственной из экономически развитых стран нашей планеты, которая не имеет государственной системы медицинского страхования, а по эффективности медицинского обслуживания населения мы находимся позади большинства Европейских стран…

Пока я говорил, Глен внимательно, и как мне казалось - сочувственно, слушал не прерывая меня. Потом сказал: - Да, к сожалению, всё это у вас в Америке обстоит не очень рационально, и при вашей социальной системе изменить что-то к лучшему очень нелегко. Медицина не должна быть товаром свободного рынка, так как она слишком важна для благополучного существования человека и для его уверенности в своём будущем.

Ваша нынешняя медицинская страховая индустрия, в том виде в котором она существует сейчас, только мешает процветанию общества, потому что она ничего не добавляет к благосостоянию людей и только отнимает у них значительную долю зароботка, просто увеличивая богатство владельцев и акционеров великого множества страховых компаний.

Наши далёкие предки на материнской планете тоже были когда-то в подобной ситуации и смогли изменить её только после серьёзных публичных выступлений и последовавшего запрещения всякого лоббирования в управляющих органах планеты.

Глен повернулся вполоборота на своём кресле и пригласил меня подойти.

Я встал с дивана и подошёл к столу.

- Ну что ж, - сказал он, - давайте приведём приговор инвариатора в исполнение. С этими словами Глен извлёк из ящика стола миниатюрную обтекаемую плоскую коробочку, верх которой представлял собой сплошную четырёхугольную линзу. Никаких кнопок или отверстий для включения проводов на ней не было. К плоской нижней её поверхности была приклеена какая-то тонкая плёнка.

Глен вложил коробочку в выдвинувшийся над пультом небольшой лоток, который тут же задвинулся вместе со своим содержимым.

- Сейчас мы запрограммируем ваш монитор согласно информации, собранной сканированием, - сказал он. - Со временем, при постепенном изменении вашего состояния, монитор будет сам корректировать свою программу.

Глен тронул поочерёдно несколько знаков на пульте и, взглянув на экран, сказал: - Всё готово, Стив. Проверьте ваш пульс. Но я и так уже почувствовал, что мне стало легче дышать, и прошла неприятная слабость в ногах, досаждавшая мне с момента, когда началась аритмия. Я нащупал пульс, - он был ровным и полным, каким редко бывал в последнее время.

Лоток с моим монитором над пультом Глена снова выдвинулся, и Глен осторожно вынул его оттуда. Не отлепляя нижней плёнки от монитора, он протянул его мне со словами: - Когда будете выходить из дома, снимите плёнку и приклейте его куда-нибудь к своему телу. Удобнее всего, к верхней части бедра спереди. Он будет держаться очень прочно. Можете даже купаться с ним. Когда захотите его снять, он это сам почувствует, и легко снимется. Не выбрасывайте плёнку. Дома держите монитор на ней. Она будет предохранять от загрязнения его контактирующую с телом поверхность.

- Спасибо, Глен, - не знаю, как вас и благодарить за такой подарок, ведь для меня это ещё несколько лет полноценной жизни без постоянных недомоганий от аритмий.

- Не за что, Стив. Я рад, что хоть чем-то могу вам помочь. Это мне только приятно. На Ланире вам смогли бы помочь много больше...

- Скажите, Глен, - как всегда не мог я удержаться от приходящих в голову новых вопросов, - а как у вас на Ланире проходит ординарный прием у врача? Ведь вы говорили, что роль врачей у вас выполняют инфовариаторы?

- Да, это так. Но на приёме, пациентов прежде всего встречает человек. Обычно, это медицинский технолог, имеющий общее медицинское и техническое образование, а также доскональное знакомство с устройством и управлением медицинскими приборами общего, не хирургического назначения.

Я уже говорил вам, что наши организмы с рождения, ещё в инкубаторах, подвергаются процедуре, делающей нас иммунными ко всевозможным инфекционным, бактериальным и вирусным, заболеваниям.

Генетически мы здоровы с рождения, так как в клетку, отобранную для клонирования, пересаживаются только здоровые гены от обоих родителей. Необходимость в лечении возникает практически только при травматических повреждениях, перегреве или переохлаждении организма, сосудисто-мозговых нарушениях и ментальных отклонениях от нормы. Ну, и разумеется, после хирургических и восстановительных операций.

Медицинский технолог производит общее сканирование пациента примерно так же, как я только что просканировал вас. При этом прибор сканирует каждую точку тела больного на физиологическом, молекулярном, электронном и генетическом уровнях.

Одновременно он анализирует его биополе, отмечая все отклонения от средних данных.

Как только заканчивается общее сканирование пациента, на экране врача – инфовариатора появляется объёмное изображение лица человека, - всегда одного и того же для данного инфовариатора, который ведёт разговор от имени врача. Он обсуждает с больным диагноз, методы лечения и последствия оставления болезни без внимания. В случае необходимости он рекомендует больному хирургическое лечение.

Больной может задавать ему любые вопросы, высказывать свои сомнения и опасения, причём «врач» всегда будет оставаться внимательным, сочувствующим и обьективным в своих суждениях. Он предложит пациенту выбор, если таковой возможен, из самых эффективных и наименее утомляющих методов лечения. Он же снабдит пациента всеми необходимыми медикаментами, медицинскими приборами и устройствами, которые понадобятся ему дома.

Вся информация о методах лечения и медикаментах берётся из Медицинских и Фармакологических баз данных. Она сразу же корректируется в соответствии с последними данными медицинской науки и согласно специфическим данным пациента, полученных сканированием. Наши пациенты хорошо знают это и вполне доверяют суждениям и рекомендациям врача - инфовариатора, - закончил Глен.

- Это у вас неплохо устроено! – похвалил я инопланетную медицину. Нам пока до этого так далеко, как до самой Ланиры!...

- Вам, вероятно, не помешает немного отдохнуть перед путешествием в Рим, - предложил Глен и вопросительно взглянул на меня.

- Сейчас по Флоридскому времени десять часов пятнадцать минут, - продолжал он взглянув на небольшой экран с цифрами, только что засветившийся над его столом голубоватым светом. - До начала нашей экскурсии в Рим остается шесть часов и сорок пять минут. Я устрою вас в каюте моего коллеги.

Идёмте, я покажу вам, как пользоваться душевой. Он подошёл к углублению, обозначавшему дверь в плоской стене, отделяющей примерно половину помещения станции, и дверь тут же бесшумно ушла в стену.

Глен вошёл, я последовал за ним. Мы оказались в коротком, но довольно широком коридоре, заканчивающимся зеркалом во всю его поперечную стену. По обеим боковым стенам коридора, покрытым каким-то светлым материалом, напоминающим полированное дерево, виднелось по два углубления, очевидно, тоже обозначающие двери. Дневной свет чуть голубоватого оттенка здесь шёл прямо от всего потолка. Глен подошёл к зеркалу, и оно сейчас же ушло куда-то вниз, открыв глазам пару дверок и несколько рядов плоских крышек. Крышки были разной величины и конфигурации, с небольшими картинками и символами, скорее всего, обозначавшими содержание закрытых ими контейнеров. Одна из дверок развернулась в своей нише на 180 градусов, и на её обратной стороне оказался свежий банный халат, прижатый к дверке какой-то неизвестной силой.

Протянув его мне, Глен шагнул к одной из дверей в стенах коридора, которая так же бесшумно отворилась перед ним, и сказал: - Вот ваша душевая. Располагайтесь. Ваша каюта за соседней дверью. Вы сможете уменьшать или увеличивать гравитацию в спальне и душевой мысленными приказами. После сканирования, я уверен, мой инфовариатор способен распознавать и ваши телепатические сигналы.

Мы вошли. Душевая состояла из двух помещений, разделённых прозрачной дверью, которая при нашем появлении тоже сразу ушла в стену. В первом отделении душевой, которое я про себя назвал по аналогии предбанником, имелся диванчик, на котором можно было растянуться во всю длину, отгородка с раковиной умывальника под большим зеркалом и какой-то пульт с кнопками, высвеченными на небольшом экране в ногах диванчика. На противоположной диванчику стороне предбанника, в стене, рядом с углублением двери, тоже видны были рельефные очертания, очевидно, обозначавшие какие-то дверки или что-то ещё. Справа от них в углублении в стене видна была ещё одна закрытая дверь.

- Эта дверь прямо в вашу каюту, - объяснил Глен. Открывается при прикосновении или по мысленному приказу. - А это всё - наша бытовая автоматика, - продолжал он, показывая на углубления и выступы на стене. Он тронул кнопку на светящемся экране, и тотчас же из одного из рельефных выступов в стене предбанника откинулась наружу крышка с сегментными боковинами, образовав довольно вместительный приёмник.

- Переоденьтесь в халат и бросьте в приёмник свою одежду. Пока вы примете душ, она будет продезинфицирована, вычищена, приведена в полный порядок, и почти никогда больше не будет нуждаться в чистке.

- Почему? - сразу же заинтересовался я.

- Она будет покрыта атомарным слоем специального вещества пропускающего воздух, но отталкивающего все остальные субстанции, – объяснил Глен.

- Если понадобится туалет, - продолжал он, тронув первую дверь справа, - это здесь. Дверь открылась, и я увидел небольшую кабинку с белой плоской скамьёй у одной из её стенок с какими-то непонятными захватами по обе стороны. Посредине скамьи был виден чуть заметный грушеобразный в плане выступ, самой узкой частью слегка выходящий за переднюю вертикальную стенку скамьи. – Вероятно, крышка туалета, – решил я. Сама стенка изгибалась под ней, образуя что-то вроде прямого носика кофейника.

- Эти захваты, – пояснил Глен, – служат для удержания на месте сидящего при отключённой искусственной гравитации. Глен сделал шаг внутрь, и сразу же из стены за скамьёй на неё откинулся четырёхугольник с вырезом по форме крышки, покрытый сверху толстым, с плавно закруглёнными краями, блестящим, упругим на вид материалом. Крышка при этом ушла чуть вниз и сдвинулась в сторону под скамью.

- Это сидение автоматически моется и дезинфицируется каждый раз после пользования туалетом. Сам туалет очищается с помощью частичного вакуума, создаваемого в его нижней части во время пользования, а также струями моющей и дезинфицирующей жидкости, поступающей из инжекторов моющей консоли.

Когда пользующийся туалетом заканчивает своё дело, он нажимает вот эту кнопку, - он показал на одну из кнопок на небольшой панели на правой стене туалета, светившуюся зелёным светом. - После этого внутрь унитаза вдвигается плоская горизонтальная консоль с несколькими специфически направленными инжекторами, из которых под большим давлением распыляется специальная моющая жидкость. Она растворяет и смывает всё, что осталось на слизистых оболочках и коже после пользования туалетом, и кроме того промывает сам туалет. Кнопка на пульте при этом светится красным. По окончании моющего цикла, новое нажатие на кнопку включает осушение. При этом из тех же сопел консоли вырываются струи тёплого сухого воздуха, быстро осушающего кожу и все интимные места пользующегося туалетом.

- Удобно устроено, - одобрил я.

- На Ланире все туалеты устроены примерно таким же образом, сказал Глен, выходя назад в предбанник. Все биологические отходы в туалетах перерабатываются в их системах в стерильные ничем не пахнущие растворы нитратов, уходящие в канализацию.

- Скажите, Глен, а где я могу взять губку и мыло, -

спросил я, боясь что он выйдет, и я не буду знать, как их добыть.

- Они вам не понадобятся, - ответил Глен, улыбнувшись. Они у нас используются только для вылазок на природу и в экстраординарных ситуациях. Наш бытовой душ устроен несколько иначе, чем ваши нынешние. Для начальной стадии в воду добавляется моющее вещество, абсолютно не раздражающее глаза. Оно вызывает коагуляцию жира, пота и частичек грязи на коже и затем вместе с ними смывается водой. Смесь воды и коагулянта под большим давлением распыляется до микроскопических частиц, которые подаются сразу из множества инжекторов, расположенных со всех сторон душевой кабины. Они легко проникают во все морщинки и складки кожи тела. Вы будете купаться как бы в струях тёплого тумана. В конечной стадии распыляется только очищенная вода. Эта фаза будет продолжаться, пока вы мысленно не захотите её остановить.

- Глен, но ведь такое купание, это огромный расход воды в условиях станции…

- Об этом не беспокойтесь. Вся вода немедленно очищается, стерилизуется, охлаждается и используется вновь и вновь.

- Вы можете, если захотите, выключить локальную гравитацию только в душевой кабине, - просто умственно пожелав этого, и принимать душ плавая в воздухе. Это довольно приятно, - добавил Глен, покидая предбанник.

Я разделся, сунул в приёмник свою одежду, повертел в руках свежий мягкий халат и повесил его на выступающий из стены над диваном круглый стержень с шариком на конце. Потом вошёл в душевую кабинку.

Прозрачная дверь в предбанник закрылась.

Стены душевой представляли собой незамкнутый цилиндр, около трёх метров в диаметре. Цилиндр переходил в две прямые непараллельные стенки, которые замыкались входной дверью. В центре цилиндрической части душевой на полу был виден голубой круг, не меньше метра в диаметре. Я шагнул в самый центр круга, обозначенного более тёмным цветом на светлом, как будто резиновом полу кабинки, покрытом выпуклыми узорами. Через секунду со всех сторон в меня ударили упругие, теплые струи пара, или скорее, влажного тумана. Они приятно освежали и ласкали тело. В первый момент я по привычке зажмурил глаза, но когда попробовал приоткрыть их, не почувствовал никакого раздражения слизистой оболочки глаз. Было хорошо и приятно.

Хочу попробовать невесомость, произнес я мысленно, - и в тот же момент почувствовал необыкновенную лёгкость во всём теле. Чуть оттолкнувшись ногой от пола, я начал медленно переворачиваться, плавая в струях тёплого тумана в центре душевой кабинки. Как только я начинал уплывать из её центра, действие струй тумана возвращало меня назад в центр. Это, действительно, было очень приятно. Хотелось, продолжать плавать в струях тёплого тумана ещё и ещё...

Минут через пять такого купания я мысленно выключил невесомость, и в следующий момент, не успев принять вертикальное положение, плавно сел на пол кабины. Встав на ноги, я подумал что пора выходить, и душ сразу же прекратился, но струи сухого, чуть тёплого воздуха продолжали интенсивно обдавать меня со всех сторон так, что через минуту я стал совершенно сухим.

Выйдя в предбанник, первое что я увидел был стакан, наполненный каким-то напитком бледнорозового цвета, стоявший на откинувшемся от стены маленьком столике у дивана. Я с удовольствием сделал несколько глотков. Напиток оказался очень приятным на вкус и в меру холодным. Потом я увидел свою одежду, аккуратно сложенную на откуда-то взявшейся полочке у двери в каюту. Она выглядела, как будто только что пришла из химчистки, и от неё чуть заметно пахло чем-то приятным.

Набросив на себя свежий, тоже приятно пахнувший халат, сделаный из какого-то мягкого ворсистого на-ощупь материала, и взяв подмышку свою одежду, я шагнул к двери в каюту, на которую мне перед душем указал Глен. При моём прикосновении к ней дверь бесшумно отворилась, пропустив меня внутрь.

Каюта оказалась небольшим, но довольно уютным помещением сегментной формы с двумя сходящимися под прямым углом стенами длиной около четырёх и пяти метров и соединяющей их изогнутой по окруж-ности стеной станции, в верхней её части переходящей в слегка покатый потолок.

Справа от меня, вдоль плоской стены располагалась довольно широкая, типа корабельной, койка, в ногах отгороженная до самого потолка от остальной каюты толстой переборкой, с обратной стороны представля-ющей собой открытый шкаф с вертикальными отделе-ниями и короткими полками по сторонам. В голо-вах койки приютился небольшой столик-тумбочка, примыкающий к изогнутой стене каюты. На боко-вой его стенке виднелись какие-то выступы и углуб-ления, по всей вероятности тоже означавшие какую-то бытовую технику.

Слева, там где изогнутая стена смыкалась с плоской, располагался рабочий стол с удобным креслом перед ним и большим экраном на стене над столом. В левом углу над столом возвышался во всю высоту каюты скошенный в сторону стола шкафчик, тоже с какими-то экранами и пультами. Справа от стола, у примыка-ющего к изогнутой стенке станции узкого «подо-конника», протянувшегося на всю её длину, помещался точно такой же диван, как и в рабочем отделении станции. Стену над ним украшала довольно большая картина, на первый взгляд, тоже вполне земного содержания. К левой плоской стене, между столом и дверью в коридор, прислонилось что-то похожее на книжный шкаф, в котором было несколько застеклённых горизонтальных полок с какими-то приборами, устройствами и планшетами. Вот, пожалуй, и всё.

Отделана каюта была просто, но краски на стенах, мебели и потолке были подобраны со вкусом и ласкали глаз. Освещалась каюта такими же светящимися полосами и сегментами, как и в основном рабочем помещении станции, прикрытыми, как и там, декоративными карнизами.

Я положил свою одежду на диванчик и подошёл к койке. На ней не было ни подушки, ни одеяла, но она целиком была закрыта уходящей под матрац простынёй из какого-то очень тонкого и приятного наощупь материала. В головах койки вместо подушки было небольшое плавное возвышение.

Я попробовал лечь на койку, и подстилка подо мной тут же слегка вогнулась внутрь, приняв очертания моего тела. Лежать было хорошо и удобно. Я перевернулся на спину, и она сейчас же приняла очертания моей спины. Надо попробовать убавить гравитацию, - подумал я, - и тут же почувствовал, что взлетаю с постели. - Не так много! - машинально произнёс я вслух и сейчас же немного опустился назад на койку. Хорошо бы погасить свет, – подумал я, - и свет медленно угас, оставив включённым маленький голубой ночничок.

Поиграв немного с искусственной гравитацией, я в конце концов внезапно уснул в почти полной невесомости, чуть касаясь халатом покрытия койки.

Проснулся я от мелодичных звуков какой-то незнакомой музыки. Свет в каюте был включён, и первое, что я увидел на переборке в ногах, были два светящих-

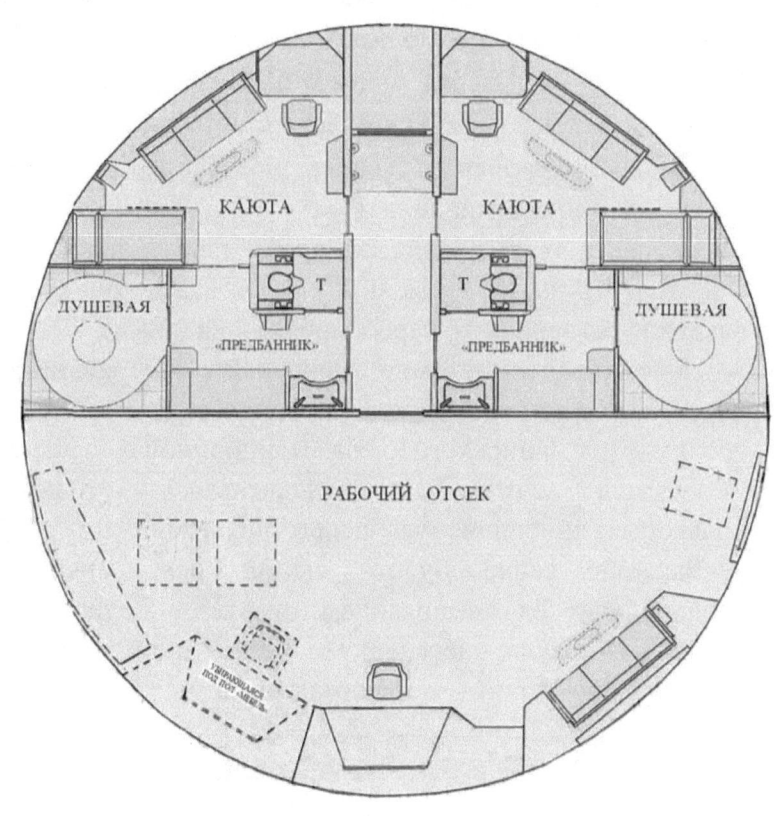

Схематический план орбитальной станции планеты Ланира.

ся циферблата часов земного формата, на одном из которых было 4: 15 АМ, а на другом 10: 15, тоже АМ.

Я быстро схватил свою одежду и вышел в душевую, тронув послушно открывшуюся передо мной дверь. На этот раз я принял душ не задерживаясь ни на минуту, побрился, почистил зубы перед зеркалом у умывальника в «предбаннике», прилепил высоко над правой коленкой мой монитор, оделся и вышел через распахнувшуюся перед моим носом дверь в коридорчик и оттуда в рабочую часть станции. Там Глен уже включил основной скеннер, подыскивая удобное место для телепортации в Рим.

- У нас есть ещё полчаса, чтобы перекусить дома и не тратить на это времени в Риме, - сказал он, оторвавшись от экрана и пересаживаясь на диван.

- Подсаживайтесь ко мне и выбирайте себе меню по вкусу. Как насчёт Эзорского омлета с сыром и кофе с гренками из Ланирского хлеба станционной выпечки?

- Годится, - согласился я, присаживаясь к столику, только что поднявшемуся перед диваном.

- Заказано, сейчас будет - сказал Глен, тронув несколько значков на диванном пульте. – Я уже проделал кое-какую «домашнюю» работу перед нашей Римской прогулкой, - продолжал он, взяв в руки свой планшет.

- Вот мой предварительный план. Он развернул планшет на столе, и на его экране сразу же высветилась центральная часть Рима, охватывающая наверху часть парка Виллы Боргезе.

- Мы телепортируемся вот сюда, - он ткнул своей палочкой в сплошную кущу древесных крон в Юго-Восточной части парка, недалеко от единственного большого здания, расположенного в этом районе.

- Это, как я полагаю, Галерея Боргезе, - сказал Глен, передвинув «указку» на крышу здания в парке.

- Здесь, согласно видеокопии последнего итальянского издания Истории Искусств, среди других художественных шедевров хранятся три известные работы Бернини: Давид, Аполлон и Дафни, и Похищение Прозерпины. С них мы, я думаю, и начнём выполнение официальной части нашей прогулки. Попутно введём координаты и ещё чего-нибудь интересного, чего нет в каталогах нашего музея. После этого совершим небольшую пешеходную прогулку по центральной части города, где находятся ещё несколько работ этого мастера.

Мы пройдёмся немного по парку до одних из ворот в античной стене Аврелия, некогда окружавшей древний Рим, и спустимся по улицам города к Фонтану Тритона - тоже работы Бернини. Это вот здесь, - он тронул палочкой маленькую треугольную площадь в Юго-Западном конце Виа Витторио Венето.

- О, я хорошо помню это место, - сказал я. - Это рядом с дворцом Барберини, что на улице Четырёх Фонтанов. Я много раз проходил мимо Фонтана Тритона в мою бытность в Риме, поднимаясь по Виа Венето к зданию Американского посольства.

- Значит, будете моим гидом - улыбнулся Глен. - Затем, - продолжал он, - тут совсем близко, по Виа Барберини выйдем на её перекрёсток с виа Венти Сеттембро, где должна находиться церковь Санта Мариа делла Витторио. Там мы сможем увидеть и ввести координаты знаменитой скульптуры Бернини - «Экстаз Святой Терезы». Согласно Истории Искусств, это один из самых известных его шедевров.

- Эту церковь я тоже знаю, - заметил я.

- Вот и хорошо, - отозвался Глен. - Оттуда совсем близко до площади Пьяцца Република с Фонтаном Наяд. А от фонтана, в конце отходящей от площади зелёной аллеи - видите, вот она, - Глен провёл по ней своей указкой, - в полукилометре расположен главный Римский железнодорожный вокзал, - Стационэ Термини, где и закончится наша пешеходная прогулка.

- А дальше? – спросил я.

- Дальше, где-то на прокатной стоянке у вокзала, нас должна ждать уже арендованная мной машина, на которой мы и продолжим нашу прогулку по Риму.

- По-моему, вы всё спланировали замечательноно, - похвалил я работу Глена.

- Надеюсь, - ответил он, - хотя в этом плане много неизвестных. Мы не знаем, открыты ли сегодня Галерея Богргезе и церковь Санта Мариа делла Витториа, - я не успел выяснить это по Интернэту, - и приготовят ли нам, в действительности, машину к условленному времени. Будем надеяться…

К этому времени наш инопланетный завтрак давно уже появился на столе, и мы не мешкая приступили к его уничтожению.

После завтрака Глен опустил в один карман куртки свой неразлучный планшет и ещё какой-то приборчик, похожий на миниатюрную цифровую камеру, в другой - походную кофеварку, и подошёл к центральному пульту. Он включил экран, где сразу же появился музей Виллы Боргезе и соседний с ним участок парка. Глен вывел скеннер на участок перед музеем и «спустился» ниже почти сплошных крон деревьев, чтобы видеть, что делается на Земле вокруг. Стволы деревьев теперь превратились в круглые срезы вроде пеньков, и между ними стали отчётливо видны дорожки и трава. Глен максимально увеличил площадь сканирования, которая теперь охватывала квадрат со сторонами до двухсот метров. В нижней части квадрата, на дорожке, ведущей от музея на Запад была видна группка идущих людей. Глен перевёл зону сканирования немного севернее, но и здесь, в самом Северо-Восточном её углу, были видны люди.

Осмотрев таким образом значительную часть парка,

мы не смогли найти достаточно безлюдного места и поняли, что нам нужно найти какое-то укрытие в стороне от музея.

В конце концов, мы нашли небольшое здание около средневекового ипподрома в центре Юго-Восточной части парка, поименованного на карте Пьяцца Сиенна.

- Это вероятно Клок Билдинг, - вспомнил я название этого домика с башенкой и часами.

Поместив его в самую левую часть квадрата сканирования, мы убедились, что в просматриваемой зоне никого нет.

Глен ввёл координаты места сразу у Северо-Западной стены строения, подошёл вплотную ко мне и сделал прощальный жест рукой.

В следующий момент свет потолочного кольца сменился на яркий солнечный, и мы оказались стоящими у тёмнооранжевой, недавно выкрашенной стены небольшого четырёхугольного каменного строения, чуть в стороне от продолговатого, поросшего свежепосеянной травой поля ипподрома, которое было окружено неширокой дорожкой и обсажено по периметру невысокими кипарисами.

Было солнечное, безоблачное утро. Прямо над нами шумели на довольно сильном ветру кроны Римских «каменных» сосен, пиний и дубов парка Виллы Боргезе. Я снова был в Риме!...

С Римом меня связывали особые «отношения». Когда я эмигрировал из ещё не начавшего «перестраиваться» бывшего Советского Союза, судьба занесла меня в Рим, как и многих других тогдашних эмигрантов, пока не имевших визы в вожделенную Америку, но надеявшихся получить её довольно быстро, потому что в те времена все, кому удавалось вырваться из Союза, считались на Западе политическими эмигрантами.

Большинство советских эмигрантов того времени, не

планировавших обосновываться в Израиле, приезжали в Рим из Вены, где находился распределительный пункт эмигрантской организации Джойнт, которая оформляла для них каким - то образом бездокументный переезд в Рим и дальнейшее пребывание там в ожидании получения визы в Америку, или другую страну, которая согласилась бы принять эмигранта без паспорта, но с советской выездной визой… в Израиль.

Привезли нас в Рим поздно вечером, в темноте, и сказали, что гостиница оплачена только на двое суток, и нам за это время надлежит связаться с одной из благотворительных организаций и дальше устраиваться с жильём самим.

Моя мама и брат выехали в Вену из Москвы немного раньше. Я уезжал из Одессы на три месяца позже, в связи с задержкой в получении выездной визы, и теперь мама дожидалась моего приезда в Риме, живя в дешёвом пансионе, и пока не спешила подавать прошение о визе в Америку, хотя брат к этому времени уже улетел туда и даже успел найти работу почти по своей специальности.

Когда я наутро впервые увидел Римские улицы, направляясь разыскивать мамин пансион, расположенный где-то в районе городского вокзала - Стационэ Термини, они показались мне немного тусклыми и запущенными по сравнению с блестящей Веной, в которой я провёл последние две недели. Но это оказалось только первым впечатлением от второстепенных жилых кварталов огромного старинного города, не имеющего себе равных по архитектурному разнообразию и своей особой, притягательной античной красоте.

Большинство старых жилых домов в Риме похожи друг на друга. Они выкрашены, как правило, в выцветшие терракотовые тона разных оттенков. Их прямоугольные окна вытянуты в высоту и снаружи снабжены деревянными или железными щелевыми ставнями всех цветов и оттенков. Архитектура этих домов выражена в основном в надоконных портиках, подоконниках и нависающих карнизах крыш. Но, как я убедился в дальнейшем, старые Римские дома каким-то образом хорошо гармонируют как с древними развалинами, так и со средневековыми храмами, фонтанами и скульптурами города, выполненными в стиле Ренессансного барокко, вместе придавая городу какое-то очарование и старинное благородство.

Я разыскал маму в небольшом пансионе синьоры Маравильи, состоявшем из одной огромной квартиры на четвёртом этаже старинного, тоже тёмно-терракотового жилого дома на Виа Наполеоне III. Квартира была разделена на десяток крошечных комнатушек, заселённых, в основном, русскими эмигрантами, ожидающими виз для отъезда в Америку.

До моего приезда мама, в прошлом детская писательница, уже прожила в Риме почти три месяца. За это время она осмотрелась, обжилась, обзавелась знакомыми и даже подрабатывала немного в университете, тренируя в произношении аспирантов, изучающих русский язык.

Обычно, с момента подачи документов в Американское посольство и до получения визы проходило около месяца, иногда немного дольше. Это время люди жили на попечениии различных благотворительных организаций типа Хиаса, Совета Церквей, и других, поскольку у большинства политэмигрантов за душой не было ни гроша. В то время из Союза нельзя было вывезти ни денег, ни сколько-нибудь ценных вещей, ни даже документов об образовании, которые приходилось переправлять через Голландское посольство.

Мы с мамой оказались на попечении Римского отделения Толстовского Фонда, который помогал нам приготовлять прошения в посольства и выдавал по пятьдесят тысяч итальянских лир в месяц на поддержание жизни. Тогда, в переводе на американские деньги, это составляло примерно сорок пять долларов. Но для нас и это было неплохо!

С первых же дней жизни в пансионе, в маминой комнатушке, куда я вселился, поскольку свободных комнат у синьоры Маравильи пока не было, я начал совершать пешеходные и автобусные вылазки в город.

Что я знал о Риме перед приездом туда?

Почти ничего. Только самое общее, известное наверное, всем окончившим школу и умеющим читать.

Я знал довольно поверхностно из школьных учебников и литературы - о Республике и Сенате, о Римских Императорах и их завоеваниях, о Колизее и гладиаторах, о семи холмах, на которых построен Рим, о Палатине и Капитолии, о Ватикане, о Соборе Святого Петра и о зарождении Христианства...

Вот, пожалуй, и всё.

Теперь я понемногу узнавал реальный нынешний Рим, живой город – музей, с его сумашной жизнью, толпами туристов, с вездесущими переполненными зелёными автобусами, на которых при желании можно было добраться куда угодно в городе и даже в пригородах. Я сразу же купил, кажется, всего за три тысячи лир, что составляло меньше трёх долларов, месячный проездной билет, годный на все автобусные маршруты, и вооружившись туристской картой города, начал совершать паломничество к известным, и не очень известным местам и уголкам Рима.

К моему приезду мама уже была полностью влюблена в Рим и жила ежедневно пополняющимися впечатлениями от Вечного города. Постепенно и я всё больше подпадал под его очарование.

Наш пансион находился в десяти минутах ходьбы от Пьяцца Република – круглой площади с Фонтаном Наяд посредине, том самом, где прикорнула поспать принцесса /Одри Хепбёрн/ в кинофильме «Римские Каникулы». С двух сторон площадь была охвачена полукруглыми аркадами, под которыми скрывались витрины дорогих магазинов и небольшое кафе со столиками на панели и самодельной эстрадой прямо под арками, слева от проезда на Виа Национале.

По вечерам на эстраде музыканты играли популярные итальянские мелодии, под которые танцевали пары туристов, а местные певцы неплохо исполняли тогдашние шлягеры, знакомые всем неаполитанские песни, а иногда и арии из опер, главным образом, из Тоски, - Пучини, и из Паяцев, - Леонковалло.

Мы приходили под аркаду Пьяцца Република по вечерам послушать музыку и просто подышать вечерним римским воздухом.

Под арками висели большие шарообразные застеклённые фонари, почти не дававшие света и игравшие больше декоративную роль. На столиках горели свечи в стаканчиках, а эстрада освещалась небольшими прожекторами со сменными цветными стёклами, закреплёнными прямо под арками. Всё это, совместно с мелодичными звуками музыки, создавало настроение, и оттуда не хотелось уходить.

Денег на сидячие места у столиков кафе у нас, конечно, не было, и мы подбирались где-нибудь сбоку поближе к эстраде и стояли так иногда целыми часами, наслаждаясь итальянской музыкой, вечерним воздухом и непринуждённой обстановкой этого места.

Ещё ближе от нашего пансиона находилась знаменитая римская католическая церковь Санта Мариа Маджоре, похожая на дворец в стиле римского барокко. Пологие ступени с трёх сторон вели к огромной приподнятой паперти, выложенной простым узором из тёмных и светлых плиток перед пятью гигантскими входными дверьми в храм. Перед фасадом церкви, в центре площади, возвышалась каннелюрная колонна метров в сорок высотой, увенчанная скульптурой Марии с Младенцем.

Внутри церковь состояла из огромного, великолепно отделанного зала – базилики, по обеим сторонам которой выстроились две величественные мраморные колоннады, отделяющие её от боковых нефов.

В притворах у самого входа были деревянные скамьи, где было удобно назначать встречи вне пансиона, если в этом возникала необходимость. Церковь Марии Маджоре все в Риме хорошо знали, потому найти её не составляло труда. Я часто встречал там маму на пути из университета, когда мы планировали какую-нибудь совместную поездку во второй половине дня.

Разумеется, в первый же месяц по приезде в Рим я побывал во всех его известных из истории и литературы местах, в том числе, в загородных Вилле D'Este в Тиволи и на красивейшем озере Албано, окружённом горами, на которых возвышаются постройки и купола летней папской резиденции Кастельгандолфо.

Когда я впервые оказался на площади перед Собором Святого Петра, то был заворожён величием и совершенством всего его архитектурного ансамбля, и, в особенности, четырёхрядной колоннадой Бернини, как бы заключающей в объятия всю площадь с обелиском и двумя великолепными фонтанами, один из которых был его же работы.

Светлый купол собора, видимый с любого возвышенного места в городе, отсюда с площади казался грандиозным и как бы парящим в воздухе над храмом. Сам собор поразил меня своей величиной и совершенством архитектуры, а также великолепием внутренней отделки и обилием скульптурных шедевров. Побывав в нём, хотелось возвращаться к нему вновь и вновь, чтобы открывать для себя каждый раз всё новые и новые его детали и подробности, которых не заметил прежде.

Я бродил по Римскому Форуму между камнями древних развалин и немногими всё ещё стоявшими колоннами и арками, большинство которых были возведены ещё до рождения Христа. Я гладил руками шершавые их бока и старался представить себе, как всё это выглядело двадцать с лишним веков назад…

Сам факт, что древние колонны всё ещё стояли, заставлял проникаться мыслью о связи времён, о реальной вечности этого города.

Природа Рима тоже в какой-то степени способствовала этому чувству вечности. Гордые, «античные» римские сосны и пинии со своими голыми, искривлёнными стволами и как бы стелющимися в ширину кронами, здесь и там оживлявшие развалины, подчеркивали их реальность и постоянство.

Время шло, и Рим нам нравился всё больше и больше, и не хотелось расставаться с ним. И уже не так тянуло в Америку, где ждала полная неопределённость. Очень хотелось остаться в Риме навсегда. Но мы оба понимали, что без документов и ходовой специальности это практически невозможно, да и все наши бумаги должны придти из Голландского посольства в Америку…

Тем не менее, мы старались оттянуть наш отъезд как только могли. Мы подавали прошения поочерёдно в посольства разных стран, - в Канадское, Французское, в Австралийское, в Ново-Зеландское и даже в Южно - Африканское, зная заранее, что нам откажут, принимая во внимание мамин возраст и моё морское образование, которое нигде в то время не пользовалось спросом. Но каждый очередной отказ приходил через полтора - два месяца, и до получения следующего отказа нас не торопили с отъездом.

Примерно через месяц после моего приезда в Рим я тоже начал немного подрабатывать, обучая правильному произношению студентов, изучающих русский язык, которых через университет находила мама.

Вскоре мы нашли, тоже по знакомству, маленькую, но удобную квартирку в Трастевере*, хозяева которой уехали куда-то на несколько месяцев и которую нам сдали за символическую плату в двадцать тысяч лир в месяц. Мы переехали туда из «курятника» синьоры Ма-

*Район Рима с Западной стороны реки Тибр.

равильи со всем нашим немудрёным скарбом, состоящим из четырёх чемоданов с одеждой, книгами, и накопившейся за последнее время справочной литературой по Риму и Италии.

Квартира была недалеко от чудесного, соснового парка Виллы Дориа Памфили, в котором мы после переезда часто гуляли по вечерам.

Немного позже брат прислал нам из Америки немного денег из своих первых заработков, и мы расширили маршруты своих поездок на всю Италию.

Купив недорогие тогда железнодорожные билеты, годные для проезда на определённое расстояние, кажется, на две тысячи километров, мы с мамой сумели объездить почти всю Италию, - увидеть её неповторимую живописную красоту и влюбиться в неё на всю оставшуюся жизнь.

Я увидел Венецию, Флоренцию, Неаполь, остров Капри и озеро Комо. Мы побывали в предгорьях Итальянских Альп, в Генуе и Милане. Мне всё здесь нравилось, всё привлекало и звало остаться...

Разумеется, за время наших «Римских каникул» я не раз побывал во всех достопримечательных местах Рима: и в Пантеоне, и в Колизее, и в Ватикане, и на Английском кладбище у Пирамиды, где похоронены два друга, английские поэты Китс и Шелли, и в других дворцах, храмах и галереях, куда только был доступен вход простым смертным.

Но самыми «Римскими» моими воспоминаниями остались те вечера на круглой Площади Республика, и ещё опера «Аида» в Термах Каракаллы, на которую мне посчастливилось однажды попасть.

Когда-то Термы Каракаллы были самыми большими и роскошными общественными банями древнего, ещё императорского Рима. Как описывают справочники, в их ваннах и бассейнах могло купаться одновременно до шестисот человек. Они были не только банями с подогреваемыми полами и бассейнами, но и местом, где собирались и общались как римляне, занимавшие сравнительно высокое социальное положение в тогдашнем обществе, так и свободные граждане более низких сословий.

Теперь от Терм остались почти бесформенные развалины, среди которых между двух опор когда-то рухнувших гигантских арок была сооружена театральная сцена, а на примыкающем к Термам пустыре сооружены трибуны для зрителей. Так появился самый большой в мире оперный театр под открытым небом.

Американские туристы, побывавшие в этом оперном театре, шутя отзывались о постановках на его сцене: «Это что-то вроде грандиозного пения в ванной».

Может быть, это и не самый респектабельный путь сохранять реликвии далёкого прошлого, но опера на открытом воздухе в таком антураже, да еще с всадниками на настоящих конях на сцене, произвела на меня незабываемое впечатление.

В конце концов, нам всё же пришлось улететь в Америку. Однако же наши «Римские Каникулы» растянулись более чем на одиннадцать месяцев, и это были самые лучшие и интересные месяцы моей жизни.

Я настолько тогда привык, прикипел к Риму, к его старинным домам, к его Собору Св. Петра, к полуразрушенному его Колизею, к круглой площади Репаблика, к Римским фонтанам, статуям и дворцам, к паркам Боргезе и Дориа Памфили, что первое время в Америке мне очень нехватало их. Мне было тоскливо и немного грустно без них, несмотря на нескончаемые хлопоты по устройству жизни на новом месте и новые сильные впечатления от Америки и Нью-Йорка.

Я испытывал настоящую ностальгию по Риму и Италии ещё очень, очень долго. В какой-то мере это продолжается даже теперь...

И вот неожиданно и совершенно невероятным путём - я снова в Риме.

Мы с Гленом идём по дорожке под смыкающимися над головой кронами деревьев парка Виллы Боргезе. В конце дорожки, в отдалении между стволами, виднеется светлокоричневое здание Галереи.

К нашей радости, Галерея открыта, и дебетная карточка Глена годится для платы за вход.

Я помнил ещё со времён наших «римских каникул», где в Галерее Боргезе находятся интересующие Глена работы Бернини, и потому сразу повёл его на второй этаж, в роскошный парадный Зал императоров, названный так, потому что в нём действительно были собраны бюсты всех, или почти всех римских императоров. Бюсты были установлены на пьедесталах в виде невысоких срезанных колонн по всему периметру строгого высокого зала с мраморным, орнаментированным полом, с выпуклым, расписанным античными фигурами, потолком и стенами с лепными панелями и полукруглыми нишами со скульптурами в них.

В этом зале экспонировалась известная работа Бернини «Похищение Прозерпины». Скульптура находилась в центре зала на средней его линиии. Она отделялась от других экспозиций каменными чашами, стоящими на таких же срезанных колоннах. За ними на той же линии выстроились на полированных гранитных крышках стилизованных столов небольшие скульптуры из чёрного мрамора. Столы были укреплены на белых мраморных основаниях, украшенных фигурами крылатых венецианских львов.

Всё вместе это производило впечатление законченного совершенства и удивительной гармонии форм и красок мрамора. Сама скульптура, как и другие работы Бернини, привлекала своей эмоциональностью, передачей напряжённости схваченного мастером момента, выразительностью лиц Плутона и Прозерпины.

Свет из высоких окон, выходящих на открытую террасу музея, подчёркивал белизну мрамора скульптуры и игру светотеней на ней.

Очевидно, памятуя наши приключения в Метрополитен Музее в Нью-Йорке, Глен не стал извлекать из кармана свой всемогущий планшет, а вместо этого вынул что-то вроде миниатюрной фотокамеры и несколько раз «сфотографировал» скульптуру Бернини.

- Это другой способ ввода координат объекта, - пояснил он, - несколько менее удобный, потому что видимое изображение на экране этого прибора очень невелико. Тем не менее, этот способ вполне надёжен при достаточно аккуратной наводке.

Был будний день, и людей в залах Галереи было немного, так как туристский сезон шёл к концу. Глен подождал, пока разрозненная группка туристов покинет зал, и зафиксировал своей «камерой» общую его перспективу и некоторые детали экспозиции.

Мы двинулись дальше через анфиладу небольших зал со скульптурами периодов Ренессанса и до Ренессанса по направлению к двум остальным работам Бернини, хранящимся в Галерее Боргезе. Сначала мы направились к его знаменитой скульптуре «Давид с пращой». Она помещалась в небольшом зале с темноватыми стенами, украшенными античной лепкой и трёхмерными изображениями архитектурных деталей.

Из всех трёх скульптур Бернини в этой галерее «Давид» мне наиболее импонировал. Скульптор с большим чувством сопереживания изобразил юношу Давида, поставившего на кон свою жизнь и готовящегося в единственном оставшемся ему шансе точно метнуть камень из пращи в уверенного в своей победе Голиафа. Динамизм фигуры Давида, выражение воли и решимости на его лице почти гипнотизируют зрителя. Тёплые тона мрамора оттенков слоновой кости оживляют скульптуру, отвергая холод камня.

Я видел скульптуры Давида других мастеров, в том

числе, Давида Микельанджело во Флоренции. При всём совершенстве изображения мужского тела в мраморе, это произведение великого мастера не вызывает такого понимания и сопереживания библейскому герою, как работа Бернини.

Глен долго молча стоял перед скульптурой, прежде чем ввести её координаты в свой инфовариатор. Потом тихо сказал: - Это шедевр. Я знаю историю Давида и Голиафа...

После Давида скульптура Аполлона и Дафни казалась немного легковесной, но красота форм молодых тел, изваянных из мрамора хорошо подобранных тонов, и ощущение движения, переданное в скульптуре, всё равно восхищали своим совершенством.

Глен зафиксировал координаты этой работы Бернини - последней из намеченных им в Галерее Боргезе, и мы, в принципе, могли уходить. Но мне хотелось показать ему мою самую любимую скульптуру из здешней коллекции, и я повёл его на первый этаж, к скульптуре полуобнажённой Паолины Боргезе работы Кановы начала 19-го века, выполненной из светлосерого с желтизной мрамора, похожего на слоновую кость.

Паолина возлежит в задумчивой позе на кушетке с золотистым орнаментом, опираясь правым плечом на мраморные подушки и поддерживая этой же рукой свою удивительно грациозную головку со связанными в пучок мраморными волосами. В левой руке она держит яблоко, изображая по замыслу скульптора, Венеру – победительницу в Суде Париса.

Скульптура была удивительно хороша. Чувства раздумья и покоя как бы струились на смотрящего и передавали ему этот покой. Лицо женщины было одухотворено и полно жизни. Оно продолжало жить в мраморе.

Мы постояли некоторое время молча перед скульптурой. Потом Глен сказал: - Я не буду сейчас проверять, есть ли эта работа в каталогах нашего музея, а введу её координаты так или иначе, пусть даже окажется дубль. Мне она тоже очень, очень нравится.

Мы вышли из Галереи на дорожку парка, ведущую в западном направлении, и зашагали по ней к «Porto Pinciano» – воротам в древней Аврелиевой стене, от которых теперь спускается плавной извилиной вниз в город, к Пьяцца Барберини, широкая, зелёная и нарядная улица дорогих отелей и посольств Виа Витторио Венето.

- Скажите, Глен, - спросил я, - в оценке произведений искусства у вас на Ланире тоже используются инфовариаторы или этим все-таки занимаются люди?

- И то, и другое, - ответил он, - хотя люди вовлечены в это только косвенно, - статистически, а инфовариаторы – только на предварительном этапе.

Инфовариаторы включены только в процесс первичного отбора всех, хотя бы потенциально интересных произведений, из всего вновь создаваемого в искусстве. Хотя, как я уже говорил, их интеллект ничуть не ниже интеллекта людей, но и они не оценивают у нас произведения искусства с точки зрения талантливости художника или его эмоционального воздействия на зрителя. Зато они прекрасно отличают искусство от профанации или просто неумелости. Кроме того, они незаменимы там, где нужна быстрая экспертиза. Например, когда надо предварительно определить, какой школе или какому художнику из старых мастеров принадлежит та или иная картина, инвариаторы делают это точнее и быстрее, чем эксперты – люди, если в соответствующих базах информации имеется достаточно копий картин этого художника и материалов о нём из истории искусств.

- А почему же только предварительно? – спросил я.

- Потому что существует много более современных,

очень талантливых и точных подделок. Распознать их можно только путём анализа красок и материала, на котором они написаны.

Со скульптурой дело обстоит ещё сложнее, так как окончательный результат экспертизы зависит, в основном, от химического состава патины на её поверхности и от каких-либо особых знаков, оставленных мастером на своих работах.

- Так как же у вас происходит оценка новых произведений? - поинтересовался я.

- Чтобы ответить на этот вопрос, сначала надо сказать о наших взглядах на искусство.

- Расскажите, Глен. Мне это особенно интересно.

- Хорошо. Начну с того, что у нас на Ланире декоративное, орнаментальное и абстрактное искусство издавна считаются скорее ремеслом, чем искусством, так как наши инвариаторы способны создавать бесчисленные его образцы на любые заданные темы почти без затраты времени. Человеку остаётся только выбрать то, что соответствует его задумке и вкусу.

Что касается всего остального, так сказать, осмысленного искусства, выражающего какие-то образы, предметы или идеи, то оно у нас оценивается временем и интересом, проявляемым к нему нашей публикой.

- Что значит временем? – не понял я.

- Сейчас объясню, - ответил Глен.

- Любые новые произведения искусства, будь то живопись, скульптура, архитектурные находки, а также уникальные предметы мебели и быта, по желанию их авторов принимаются на отборочные конкурсы, проводимые инфовариаторами Палаты Культуры и Образования. После этого выбранные инфовариаторами работы сканируются, и их идентичные копии поступают в демонстрационные залы Планетарного Музея Изобразительного Искусства, расположенные во всех больших городах планеты.

Такие конкурсы проводятся у нас каждые пять наших лет. Интерес публики к каждому экспонату музея автоматически оценивается в течении последующих пяти лет числом людей, задержавшихся у экспоната больше, чем на двдцать секунд, умноженным на время, проведённое ими у экспоната.

Экспонаты, набравшие меньше трети средней суммы очков, снимаются с экспозиции, и одна копия каждого из них отправляется в долгосрочные хранилища, откуда, при желании, её можно всегда извлечь, или получить её голографический снимок.

Экспонаты, продержавшиеся в музеях более трёх пятилетий, приобретаются ими у авторов по специальной премиальной цене и включаются в Планетарный Фонд Изобразительного Искусства.

Разумеется, авторы вольны продавать авторские и инвариаторные копии своих работ кому угодно и в любых количествах.

- Но по каким критериям ваши инфовариаторы отбирают произведения искусств для участия в конкурсах? – спросил я.

- По тем же, по которым это делал бы человек. Только для инвариатора не имеет значения положение, имя или известность автора. Порог же приемлемости работ установлен не слишком высоко, так что все чего-то стоящие работы попадают в экспозицию.

- Значит, в отборе произведений для конкурсов искусствоведы не участвуют вообще?

- У нас в принципе нет такой категории специалистов, - ответил Глен. - У нас есть либо созидатели предметов искусства, либо историки искусства с подразделением на историков живописи, скульптуры, архитектуры, инопланетного искусства и так далее.

Есть у нас мастера – учителя во всех видах искусства, но не искусствоведы – как ценители и интерпретаторы самих произведений.

- Опять всё решается без участия людей! – подвёл я итог объяснениям Глена

- В данном случае – не совсем, - возразил Глен. - В конечном итоге тут всё решает интерес публики.

У нас заняло немногим более получаса дойти до ворот Пинчиано и спуститься по Виа Венето до треугольной Пьяцца Барберини, в центре которой возвышался Фонтан Тритона - ещё одно знаменитое творение Бернини и цель нашего появления на этой площади.

Фонтан почему-то казался более древним, чем он был на самом деле, очевидно, из-за своей мифологической тематики. Морское Божество - Тритон (сын Посейдона и Амфитриты) изображён скульптором в виде существа с торсом и руками атлетически сложенного человека, но с рыбьими хвостами вместо ног, восседающего на гигантской раскрытой раковине, которую поддерживают четыре стилизованных дельфина, полувыпрыгнувшие из воды бассейна фонтана. Тритон, высоко задрав голову, трубит в большую завитую раковину, из которой вверх бьёт струя фонтана. Весь ансамбль сделан довольно просто и лаконично, по сравнению с другими работами Бернини, очевидно, чтобы подчеркнуть античность сюжета, что скульптору вполне удалось.

Глен обошёл фонтан со всех сторон, после чего вынул свой планшет, и не стесняясь присутствия немногочисленных туристов, ввёл его координаты, глядя на экран планшета. Никто вокруг не обратил на это ни малейшего внимания.

Закончив с фонтаном, мы двинулись вверх по Виа Барберини мимо одноимённого дворца, осмотр которого, как и многого другого, к сожалению, не входил в наши планы.

Вскоре мы вышли к Пьяцце Санта Бернардо, где на её Северо-Восточном углу стояла небольшая средневековая церковь Санта Мариа делла Витторио – следующая цель нашей римской прогулки. Здесь находилась одна из наиболее известных работ Джиовани Лоренцо Бернини – «Экстаз святой Терезы».

Мы поднялись по истёртым веками каменным ступеням и вошли внутрь полутёмного храма. Народу, к нашему удовольствию, там почти не было. Скульптура Бернини помещалась в открытой часовне Корнаро, слева от алтаря, и мы сразу увидели ее, так как прямо над ней в крыше церкви был световой проём, и вся двухфигурная композиция мастера высвечивалась проникавшими через него полуденными лучами яркого римского сонца. Светлый мрамор тёплого, чуть желтоватого оттенка, отполированный скульптором до блеска, играл бликами и светотенями в лучах света, оживляя лицо ангела и полное благоговейной страсти лицо святой Терезы. Правда, страсть эта, в интерпретации Бернини, уж очень походила на эротическую.

В литературе по искусству об этой скульптуре сказано так много, что я, право, затрудняюсь сказать о ней что-нибудь новое. Скажу только, что композиция действительно настолько хороша, что помпезные колонны из многоцветного мрамора вокруг неё, вместе с тяжёлым лепным портиком, не подчёркивают, а скорее уменьшают значимость самой скульптуры.

Глен, как мог, держа свой планшет высоко над головой и глядя на его экран снизу вверх, сначала ввёл координаты всей композиции, а потом отдельно зафиксировал координаты головы святой Терезы и витающего над ней ангела. После этого мы, бегло осмотрев остальную часть храма, вышли из него и зашагали к видневшемуся на Юго-Востоке в одном квартале отсюда Фонтану Наяд на милой моему сердцу круглой Пьяцца Република.

Когда мы проходили мимо фонтана и охвативших его с двух сторон аркад площади, я вдруг опять почувствовал внезапный приступ ностальгии по безвозвратному прошлому, и мне опять, как когда-то, захотелось навсегда остаться в Риме... Увы, это и теперь было невозможно, хоть и по другим причинам.

От Пьяцца Република в полукилометре дальше на Юго-Восток хорошо был виден римский железнодорожный вокзал «Стационэ Термини» – конечная цель нашей пешеходной экскурсии по этой части города.

Но прежде, чем идти на вокзал, мы решили заглянуть хоть на несколько минут, просто ради своего удовольствия, в церковь Санта Мариа дельи Анжели, вход в которую - две арочные двери в вогнутой полуобрушенной кирпичной стене - находился почти напротив Фонтана Наяд на этой же Пьяцца Република.

Когда-то, ещё во времена императорского Рима, примерно через сто лет после сооружения знаменитых терм императором Каракаллой, император Диаклетиан решил переплюнуть его и соорудил грандиозные термы как раз на участке перед нынешним вокзалом, включая и то место, где сейчас находится церковь.

Термы Диаклетиана были огромными и по площади и по высоте. Они не имели себе равных по роскоши отделки помещений. Там были бассейны и ванны с горячей, холодной, тёплой и комнатной водой, масса комнат для переодевания, гимнастические и банкетные залы, театры и помещения для деловых переговоров.

В ту пору эти бани, кроме своего прямого назначения, служили привилегированным социальным клубом и местом встреч для римлян высших сословий.

В ранние средние века термы пришли в упадок и стали постепенно разрушаться. К нынешнему времени от них осталась стоять только небольшая Юго-Западная часть, в которой сейчас и помещается церковь Санта Мариа Дельи Анжели.

Мы вошли в церковь, и нашим глазам открылся огромный, облицованный цветным мрамором зал, этажа в три или четыре высотой. Мраморные полы, выложенные разноцветными узорами, сверкали в свете стилизованных светильников и люстр, свисающих с потолка. Далеко у передней стены был виден просторный и красивый алтарь.

Нас не столько итересовала сама церковь, сколь её помещения, когда-то бывшие интерьером терм Диаклетиана. Если это был только один из их многочисленных залов, трудно себе вообразить всю их грандиозность. И всё это великолепие было построено более семнадцати веков назад!

Мы вышли из церкви и пошли к вокзалу, где как мы надеялись, нас ждала обещанная Глену машина.

Когда мы разыскали стоянку прокатных машин, то оказалось, что заказанной Гленом машины на площадке ещё нет, но нам сказали, что её пригонят сюда с минуты на минуту. Я было приуныл, так как помнил из прошлого опыта, что итальянские «с минуты на минуту» могут растянуться на час и более. Но как раз в это время на стоянку вкатился открытый фиат не очень юного возраста, зато с юной девушкой за рулём.

- Если она собирается сдавать машину, - сказал я Глену, - то мы имеем шанс.

Девушка направилась к оффису, и Глен, не теряя ни секунды, поспешил за ней. Я остался караулить машину, чтобы кто-нибудь не перехватил её из-под нашего носа.

Через несколько минут Глен появился из оффиса вместе с девушкой и служащим прокатного бюро. Он улыбнулся мне и помахал рукой в знак того, что мол, всё в порядке. Служащий, - очевидно, дежурный механик - проверил и записал километраж на спидометре машины, уровень бензина в баке, потом дал Глену подписать какую – то бумажку и пожелал нам buon viaggio - приятного путешествия, - а девушка, приветливо улыбнувшись, помахала нам рукой...

Мы сели в машину и неспеша выехали на площадь перед «Стационэ Термини».

- Мне прочили другую машину, - сказал Глен, - более новую и дорогую, но нам, пожалуй, повезло, что её не оказалось на месте, а ждать я наотрез отказался. Мне понравилась эта открытая колымажка с круговым обзором и свежим воздухом.

Мне она тоже нравилась.

Глен припарковал машину на свободном паркинге напротив вокзала между двумя огромными туристскими автобусами и развернул на коленях свой планшет. На нём сразу же появилась подробная карта Рима с названиями улиц и площадей, а также большинства известных достопримечательностей города.

- Я приготовил маршрут еще вчера на станции, – пояснил он.

- Вы будете нашим штурманом, - продолжал он, передавая мне планшет со светящейся картой города. Ведь вы сказали, что прожили здесь почти год и должны неплохо знать город.

- Что ж, попробую, - согласился я.

- Вот эта голубоватая линия, – показал Глен, - наш предполагаемый маршрут по городу, но если он проходит в стороне от чего-либо, что жаль пропустить, или что вам хотелось бы навестить, не стесняйтесь делать отступления и поправки.

Карта будет постоянно сдвигаться синхронно с нашим передвижением по городу, и наше местоположение будет всегда оставаться в её центре.

- Похоже на наши навигационные системы с G.P.S., – прокомментировал я.

- Только внешне, - парировал Глен. - В ваших системах используются заранее созданные карты, взятые из портативного блока памяти, или, в лучшем случае, изображения участков земли, заранее заснятые со спутников и переданные на Интернэт. В моей системе используется сканируемое изображение окружающего нас района земной поверхности в каждый данный момент, как в радиолокаторе, но передаваемое со станции в объёмном и цветном изображении. Поэтому мы можем видеть все сиюминутные изменения обстановки на нашем пути - заторы в трафике, перегороженные для ремонта улицы, парковки и тому подобное.

Если у вас по дороге возникнут какие-нибудь новые идеи, - продолжал Глен, - пожалуйста, Стив, корректируйте маршрут, как хотите. У нас достаточно времени и не так много запланированной работы. Ведь около половины её мы уже сделали. Кроме того, наша прогулка не обязывает нас придерживаться лишь мест, где находятся работы Бернини. Обязательно нам нужно посетить ещё только Пьяццу Навона и Собор Сан Пьетро.

Я провёл эту линию только ориентировочно, чтобы по пути, хотя бы из машины, ещё раз осмотреть сам город. Я уже был в Риме и в этот, и в позапрошлый визит на Землю, когда в городе ещё не было автотранспорта, и по улицам сновали запряжённые лошадьми повозки и кареты, а большинство улиц было вымощено камнем. Но в целом, с тех пор город, похоже, мало изменился, и мне хочется убедиться в этом.

- Хотел бы и я побывать в Риме тех времён, - заметил я, не скрывая зависти. Но увы, путешествия во времени пока даже у вас в области фантазии...

Глен вырулил с парковки к белому зданию вокзала и затем от него на широкую, начинающуюся прямо от Стационэ Термини виа Кавур с множеством дешёвых привокзальных отелей, сувенирных магазинов и бюро путешествий. Проехав по ней несколько кварталов, мы выскочили на площадь Пьяцца Эсквилина, на которую выходит задний фасад Храма Санта Мариа Маджоре.

Хотя посещение церкви не входило в наши планы, мне всё же хотелось снова взглянуть на неё, хотя бы снаружи, и я сказал об этом Глену. Он, конечно, согласился. Мы объехали церковь слева и остановились у обочины на площади Санта Мариа Маджоре, прямо под огромной колонной перед таким знакомым мне храмом – дворцом.

Глен сделал несколько снимков церкви и площади с колонной прямо из машины. Мы ещё немного полюбовались на шедевр средневековой архитектуры из нашей открытой машины, и помянув добрым словом вовремя пригнавшую её девушку, обогнули церковь с другой стороны и вернулись на Пьяцца Эсквилино, откуда двинулись дальше на запад по той же широкой, не забитой машинами Виа Кавур.

По карте Глена через несколько кварталов слева должна была быть церковь Сан Пьетро ин Винколи. В ней находилась знаменитая скульптура Микельанджело – «Моисей», которую ни я, ни Глен ни за что не хотели пропустить. Скульптура была великолепна и производила незабываемое впечатление. Я помнил её ещё с моих «римских каникул», а Глен, вероятно, ещё с посещения Рима в конце, теперь уже позапрошлого, века... Ориентируясь по карте, мы свернули с Виа Кавур влево на узкую улочку, ведущую к церкви, и проехав под аркой какого-то здания, оказались на площадке перед храмом, где стояли пара туристских автобусов и с полдюжины легковых автомобилей. Мы тоже запарковали наш Фиат напротив церкви среди других машин и вошли внутрь.

Базилика со сводчатым лепным потолком, с колоннадами и золочёными арками по обеим её сторонам выглядела даже как-то свежее, чем семнадцать лет назад, когда мне довелось последний раз навестить Рим. Очевидно, не так давно она подверглась обновлению, - подумал я.

Мраморный Моисей со скрижалями под правой рукой, как и прежде, невозмутимо и гордо восседал в своей мраморной нише в нефе церкви.

Хотя в это время дня в базилике было достаточно светло, - натуральный свет шёл от четырёх больших окон в верхней части левой стены базилики над колоннадой и от двух окон за алтарём, - в нефах свет ещё добавляли светильники над капителями колонн, свет которых отражался золочёными арками, создавая подчёркнуто праздничное впечатление.

Микельанджело изваял своего Моисея из мрамора нескольких близких друг к другу тёплых оттенков, и игра света на полированном камне удивительно оживляла его. Красивое, волевое лицо старца с длинной, густой, вьющейся бородой и устремлённым во что-то, видимое только ему, взглядом, внушало чувство уважения, уверенности и покоя.

Я испытывал это каждый раз, когда возвращался к этой скульптуре. Испытал и теперь. На Глена она тоже явно производила впечатление, хотя и он видел её не раз. Мы постояли перед Моисеем ещё немного, потом вышли из храма.

В машине Глен передал мне планшет с сиюминутной картой, по которой я старался сориентироваться, как отсюда выехать к Колизею, минуя улицы с односторонним движением, но Глен, заглянув в планшет, сказал: - По масштабу карты отсюда до Колизея и развалин Императорского Форума немногим более трехсот метров. Вряд ли мы найдём там парковку значительно ближе. Может, нам лучше оставить машину здесь и спуститься к Колизею пешком.

- Пожалуй, действительно так будет лучше, и будет совсем неплохо ещё прогуляться по Римским улицам, - согласился я.

- Тогда пошли, - сказал Глен, пряча в карман свой неразлучный планшет и снова вылезая из машины.

Мы спустились с холма Эсквилино по опоясывающим его с Запада двум – трём узким уличкам и вышли на широкий участок какой-то улицы на склоне холма, немного выше виа Фори Империали, - широкой магистрали, идущей от Национального монумента Виктора Эммануила к Колизею.

Отсюда и Колизей, и Арка Константина были как на ладони. Дальше за ними виднелись древние развалины на Палатине. Благодаря тому, что мы находились немного выше среднего уровня развалин Римского Форума, с этого места справа вдали частично просматривались и они.

Мы решили не спускаться к самому Колизею, так как времени на детальный его осмотр внутри у нас всё равно не было, да и мы оба видели всё это раньше.

Со стороны крутого склона холма к Колизею, улица, на которой мы оказались, была ограждена каменным парапетом, вдоль которго почти впритык были запаркованы машины. Мы нашли свободный кусочек парапета возле пожарного гидранта и присели на парапет лицом к Колизею и древним остаткам колонн и развалин храма Венеры и Рима на Восточном конце Императорского Форума.

Колизей всегда вызывал у меня двойственное чувство. С одной стороны - восхищение красотой и лаконичностью архитектурных форм, созданных древнеримскими зодчими, делающих огромное, массивное каменное здание арены лёгким и ажурным на вид. С другой стороны, его история, и вид всех этих подвальных камер и коридоров, где обречённые люди и животные ожидали своей страшной смерти на арене, и которые теперь открыты для обозрения сверху для всех желающих, вызывали во мне какой-то подсознательный страх перед необузданной жестокостью людей.

Но независимо от отношения к нему, Колизей, как и столетия назад, и ныне является самым узнаваемым сооружением Рима. И я думаю, что когда вспоминают Рим, или слышат разговор о Вечном городе, то первое, что всплывает в памяти в связи с этим, это Колизей, который стал в сознании многих поколений людей символом самой вечности Рима.

Глядя на развалины храма Венеры и Рима, видневшиеся невдалеке справа от Колизея, я вспомнил рассказ гида, услышанный много лет назад, ещё в первое посещение развалин Форума.

Этот храм, построенный императором Адрианом, был одним из самых больших на Императорском Форуме - более ста метров в длину и пятидесяти в ширину. С Востока и Запада он замыкался круглыми залами — ротондами с куполообразными лепными потолками. Половинка одной из них сохранилась до сих пор и была видна с нашего места.

Гид рассказал тогда, что Адриан посвятил храм двум богиням любви: Венере - по латински, Venus, и Богине Рима, по латински, Roma. Если прочесть последнее имя наоборот, получится amor, что тоже означает любовь. Император велел расположить каждую из Богинь, которые сидели на тронах в своих ротондах, спиной друг к другу. Как объяснил гид, этим он хотел дать понять, что имя Богини Рима надо читать в обратную сторону.

Не знаю, насколько этот рассказ близок к истине, но согласно чертежам реконструкции первоначального вида храма, которые я как-то нашёл на Интернэте, статуи Богинь, действительно, были обращены спиной друг к другу.

- Хотите продолжить разговор об отношении к искусству у нас на Ланире? – предложил Глен, устраиваясь поудобнее на каменном парапете. - Мы можем позволить себе получасовой отдых с видом на Колизей и эти живописные развалины.

- Конечно, хочу, - тут же ответил я и сразу продолжил. - Мы, помнится, остановились на том, что у вас суждения о новых произведениях искусства сначала выносят инфовариаторы, а потом статистика и время.

- Да, всё это так, - подтвердил Глен.

- А как обстоит дело со старыми шедеврами искусства? - спросил я. - Ведь у вас, вероятно, накопилось их никак не меньше, чем на Земле.

- Это зависит от того, идёт ли речь о Ланире, или о нашей Материнской планете. Наше Древнее искусство, а также искусство, эквивалентное вашему Средневековому, целиком остались на Материнской планете, если не считать мизерного количества оригинальных работ древних и старых мастеров, привезённых с собой состоятельными любителями искусства. Эти раритеты сохраняются, в основном, в музеях и частных фамильных коллекциях. Правда, после изобретения телесканирования и транспозитивного копирования, в музеях Ланиры и в известных частных коллекциях появилось некоторое количество современных идентичных копий самых известных шедевров искусства всех эпох как с нашей Материнской планеты, так и из других известных нам цивилизаций.

Своё искусство на новом месте наши предки развивали, в основном, уже используя в качестве инструментов для своего творчества инфовариаторы и роботизированную технику. Конечно, были немногие, которые продолжали традиции старых мастеров, работая с холстами и красками. Но это не значит, что произведения тех, кто работал с инфовариаторами, были менее впечатляющими или требующими меньшего таланта и труда, чем живопись красками на холстах. Напротив, это позволяло художникам достигать таких потрясающих световых эффектов, объёмности, реалистичности и выразительности изображения, какие вряд ли были возможны для холста и красок. При этом эти произведения, в силу техники их создания, сразу же могли воспроизводиться в любом количестве идентичных копий, и поэтому они никогда не становились раритетами и не продавались по таким безумным ценам, как картины знаменитых мастеров у вас на Земле, независимо от истинной талантливости и впечатляющей силы их работ.

- Но у нас ведь безумные цены платят только за оригинальные работы знаменитых и талантливейших мастеров, - уточнил я.

- Кто и как может измерить талант художника или скульптора? Сравнивая с другими? Но такое сравнение, если обе работы технически совершенны, может сказать только о вкусах и предпочтениях ценителя. Остаются известность автора и раритетность произведения. У вас на Земле люди очень склонны к созданию фетишей. В искусстве это ведёт к неадекватному преувеличению ценности некоторых произведений, а затем к спекуляции ими и вздувании цен до несуразных размеров.

- Да, к сожалению, это так, - согласился я. — У нас отбором и оценкой произведений искусства всегда занимались люди. И далеко не всегда истинные, беспристрастные ценители и знатоки искусства. Очень часто одни авторы, примерно одинаковой с другими силы таланта, возносились до небес, благодаря созданной истэблишментом и прессой рекламе, в то время, как другие продолжали оставаться в полной неизвестности. Многие, ныне знаменитые мастера прошлого, приобрели свою известность только через много лет после смерти. Но после того, как имя художника или скульптора становилось знаменитым, каждая закорючка и клякса, оставленная им на чём-либо, каждый автограф становились «великими ценностями».

- Вернёмся к искусству нашей цивилизации, - продолжал свой рассказ Глен. - Ранние скульптурные произведения в мраморе, камне и стекле, прошедшие испытания временем, на Ланире тоже ценились очень высоко. Особенно до начала века транспозиции. Но и тогда цены на них не подходили близко к установленным лимитам персональных капиталов граждан. Это было просто нереально при нашей системе кредитных расчётов и ограниченных богатств. То же относится и к ценам на оригинальные работы старых и древних мастеров, привезённых с Материнской планеты.

- А какие темы преобладали в вашем раннем искусстве на Ланире? - поинтересовался я.

- Самые разнообразные. В первые десятилетия по прибытии переселенцев на планету – профессиональных художников и скульпторов среди них было едва ли несколько десятков. Но и они сумели оставить после себя заметное художественное наследство. Некоторые из них стали нашими знаменитостями. Темы их ранних работ отражают ностальгию по оставленной родине, её пейзажи, сцены отлёта, перелёта и прибытия кораблей на Ланиру, жанровые картины первых шагов переселенцев на новой планете, начало строительства первых городов, портреты известных людей той эпохи.

К концу первого столетия после прибытия переселенцев на планету на Ланире была создана Художественная Академия для подготовки профессиональных художников и скульпторов, из которой вышло много талантливых мастеров, создавших немало известных ныне произведений искусства.

Отличает искусство Ланиры от соответствующего ему по возрасту искусства Земли то, что в нём почти полностью отсутствует религиозная тема, так как у нас никогда не было религиозной мифологии, подобной вашим. Хотя тема Бога - Создателя Вселенной - в искусстве всегда присутствовала, но она никогда не доминировала в нём.

- Но разве культура на вашей Материнской планете развивалась не таким же путём, как у нас на Земле, -

главным образом, вдохновляясь религиозными мифами и церковными идеями? - спросил я.

- Да, древнее искусство там тоже начало развиваться на основе религиозных поверий, подобных тем, что существовали в вашей Древней Греции и Риме, со множеством всевозможных Богов, «курирующих» разные области человеческой жизни и занимающих различные положения в своей иерархии. Но в силу некоторых планетологических особенностей нашей Материнской планеты, там никогда не существовало множества антагонистических религий, как у вас на Земле. Дело в том, что все её материки, в эпоху возникновения цивилизации на ней, были связаны цепями близко расположеных друг к другу островов в субтропических и умеренных широтах, так что даже первобытные люди легко могли мигрировать между её континентами.

Когда увеличившиеся племена начали объединяться во всё более крупные общины и бороться за доминирование над другими, через какое-то историческое время одна из общин, значительно обогнавшая другие в знаниях, культуре и военном деле, начала подчинять себе менее развитые общины. Разумеется, это сопровождалось жестокой борьбой за власть, всевозможными интригами и войнами. В результате, со временем, образовалось огромное федеративное, по нынешним понятиям, государство, - нечто вроде вашей Римской Империи, - которое сумело подчинить себе весь остальной мир и распространить на него свою государственную религию.

Правители этой Империи не относились к религии слишком серьёзно и не придавали очень большого значения ни ей, ни её деятелям, крепко удерживая в руках светскую власть. Они больше ценили практические достижения науки, ремёсел, мастерства и искусства. Когда религия вступала в конфликт с наукой, они, чаще, поддерживали науку, так как наука и мастерство давали им военное преимущество и помогали удерживать власть. Когда знания подошли к осмыслению Космоса и мироздания, Империя приняла единобожие, как основу государственной религии, директивно ввело его на всей планете, силой преодолев сопротивление несогласных.

Искусство времён, соответствующих вашему Средневековью, носило у них более светский характер, чем у вас, хотя и религии в нём уделялось достаточное место.

Ко времени отделения нашей цивилизации искусство на нашей Материнской планете было столь разнообразно по своей тематике и стилям, что коротко рассказать о нём практически невозможно; во всяком случае, оно включало в себя все те течения, которые существуют в вашем искусстве сейчас, а также всё то новое, что внесло в него исследование космоса и использование инфовариаторов и прочей современной техники для создания новых произведений.

Мы сидели, любуясь Колизеем и развалинами Римского Форума, уже более получаса, и время приближалось к трём. Чтобы засветло закончить запланированную работу и при этом успеть посетить все намеченные места, нам следовало поторапливаться.

Я поднялся с парапета и собрался сказать об этом Глену, но он налету понял мои мысли и тоже вслед за мной встал на ноги. Помахав рукой Колизею, он сказал: - Надеюсь, мы ещё увидимся.

Я мысленно повторил его фразу, и мы зашагали прежним путём вверх по холму к оставленной у Сан Пьетро Ин Винколи машине.

Машина оказалась на месте, и мы без приключений снова выехали на Виа Кавур и спустились по ней к просторной Виа Фори Империали. Проехав мимо развалин Форумов, возвышающихся по обеим сторонам улицы и миновав сорокаметровую троянскую колонну, мы выехали на площадь Венеции, с её белым, как снег, и огромным, как храм, Национальным Памятником последнему итальянскому королю – Виктору Эммануилу.

Это вполне совершенное по своим архитектурным формам сооружение со своими белоснежными колоннадами и величественными широкими террасами, само по себе прекрасно, но возведённое посредине древних развалин и античных строений Вечного Города, оно диссонирует с его перспективой и смотрится как экспонат - нечто не принадлежащее городу.

Мы решили не задерживаться у памятника, хотя Глен всё же сделал пару «снимков» прямо из машины, и, проехав по площади, нырнули в прямую, как стрела, но узкую в этом месте, Виа дел Корсо. Голубая линия на светящейся карте Глена шла сначала по ней, но через несколько кварталов отклонялась вправо к Фонтану Треви и затем по переулкам к Пьяцца Испаниа.

Приближаясь к повороту в сторону Фонтана, я собрался спросить у Глена, как увеличить изображение на планшете, чтобы заранее наметить, где запарковать машину. Но он, очевидно, уже прочёл мои мысли, и изображение фонтана и прилежащих к нему улиц быстро выросло до размеров, при которых можно было видеть не только машины, но и пешеходов. Я тут же заметил маленькую парковку на шесть – восемь машин между двумя зданиями слева от площади фонтана, на которой в этот момент были видны два свободных места, что было большой удачей. Я сказал об этом Глену, и он погнал машину по Виа дель Корсо как заправский Римский таксист, обгоняя другие машины, оправдывая поздне-средневековое название улицы - дель Корсо - что означает по итальянски Гоночная или Беговая. Мы вынырнули к стоянке как раз вовремя, так как к нашему появлению только одно место оставалось незанятым. Глен запарковал машину, и мы вышли к фонтану.

Древнее поверье оправдывалось для меня самым невероятным и неожиданным образом. Я хорошо помнил, как в последний приезд, прощаясь с Римом перед отлётом в Америку, я специально добирался сюда двумя автобусами, чтобы бросить заветную монетку в Фонтан Треви. Я никогда не был суеверным, но в тот раз почему-то чувствовал, что это надо сделать. До отъезда в аэропорт Фьюмичино оставалось менее часа, но я не хотел уезжать, не выполнив ритуала...

И вот я снова в Риме, перед этим Фонтаном!

За все эти годы на вид здесь ничего не изменилось. Передо мною всё так же возвышался светлопалевый фасад дворца Дюков Поли с его светлыми Дорическими полуколоннами. Перед дворцом всё так же плескался обширный водоём фонтана с нагромождением светлых, мраморных «скал», с которых повсюду всё так же стекали и падали в водоём струи и целые потоки кристально чистой воды. Дно водоёма, как и прежде, серебрилось и золотилось россыпью монет, то и дело бросаемых туда туристами. Всё так же из вод фонтана рвались мраморные кони, сдерживаемые мифическими Тритонами, и Океанский Бог всё так же величественно выезжал из портика дворца, стоя на своей раковине-колеснице, влекомой вперёд этими мраморными конями.

Весь ансамбль фонтана со всеми его скульптурами так совершенен и сбалансирован, что несмотря на множество подробностей, воспринимается как единое целое, покоряющее своей немного дикой красотой.

Вообще-то, исторически, Фонтан Треви был посвящён завершению в I-м веке до новой эры первого римского Акведука, сооружённого римским консулом, полководцем и строителем времён Императора Августина - Агриппой. Акведук принес в Рим свежую родниковую воду для общего пользования.

Как гласит предание, солдаты Агриппы долго и безуспешно искали подходящий источник в окрестностях города, пока не встретили молодую девственницу, которая привела их к источнику кристально чистой родниковой воды. После постройки акведука ключевая вода, названная девственной, была выведена в город на перекрёсток трёх городских улиц, как раз в том месте, где позже был сооружён Фонтан Треви, получивший своё имя от перекрёстка трёх дорог.

Проект его был создан архитектором Николо Салви в самом конце семнадцатого века, а закончен фонтан был в середине восемнадцатого. В создании его участвовало несколько талантливейших скульпторов того времени - учеников школы всё того же знаменитого Бернини.

Глен сделал несколько снимков фонтана и, на всякий случай, ввёл в свой планшет его координаты, хотя и был уверен, что уже делал это раньше.

Мы постояли немного у водоёма, бросили в него три десятицентовые монеты, - всё, что оказалось в наших карманах, - и двинулись назад к машине, чтобы продолжать нашу прогулку - миссию.

Следующей нашей остановкой, согласно карте Глена, намечалась Пьяцца Испаниа. На ней тоже был фонтан работы Бернини, но не знаменитого Джиовани Лоренцо, а его отца и первого учителя - Пьетро Бернини.

Остановка была намечена не столько из-за фонтана, сколько из-за желания вновь увидеть всё это место - окрестности площади, улицу Кондотти, с её маленькими, но уютными и нарядными кафе и магазинами, не изменившими адресов чуть не с середины восемнадцатого века, ну и конечно, ради великолепной Испанской Лестницы, ведущей к церкви Тринита дел Монти на крутом склоне холма Пинчио.

Руководствуясь картой на планшете, мы выехали к Площади Испании по окрестным переулкам, сделав несколько крутых поворотов, но запарковаться удалось только в двух кварталах от неё, на улице Бабуина.

Выйдя из машины, мы вернулись на Площадь и подошли вплотную к «Баркачио» - старому фонтану отца Бернини, который почему-то всегда казался мне глубоко античным, намного древнее своего истинного возраста. Мраморная полузатопленная низкобортная ладья с небольшим фонтанчиком посредине «плавала» в мраморном же овальном водоёме. Античность ей придавала, очевидно, простота дизайна и скупость скульптурных деталей.

За Фонтаном – ладьёй, прямо перед нами раскинулась по склону холма Пинчио знаменитая Испанская Лестница. Монументальные пологие ступени из серого мрамора, со множеством маршей и площадок между ними, сбегали широким потоком от Храма Тринита Дел Монти, с его двумя характерными башенками, вниз к ладье на Пьяцца Испаниа. Поток раздваивался на середине Лестницы, образуя внутри что-то вроде острова с поперечной балюстрадой.

Весной этот «остров» был сплошь покрыт ковром зелёно-розовых цветов. Сейчас, в конце сезона, цветов было не так много, и преобладали жёлто-оранжевые тона. Ниже «острова», по обеим сторонам лестницы, местные, и вероятно, приезжие художники, захватив все подходящие для этого места, держали постоянный «вернисаж», - выставку–продажу своих произведений на Римские темы. Публика лениво флонировала между мольбертами. Кое-кто ненадолго останавливался у некоторых из них. На нижних маршах лестницы люди сидели, отдыхая, некоторые даже умудрялись лежать сразу на нескольких ступенях. Тут же с лотков продавалась всякая немудрёная снедь.

Мы прошлись немного по Виа Кондоти просто для удовольствия, и вернувшись, тоже присели на ступеньки Лестницы где-то на середине второго марша, решив, что нам пора подкрепиться своими космическими припасами. Тратить время на посещение каких-либо кафе или ресторанов ни Глен, ни я не были склонны. Времени и так оставалось почти в обрез.

- Я был здесь, - начал Глен, - более ста ваших лет назад, и хорошо помню это место. Оно ещё тогда мне очень приглянулось. И сейчас я с удовольствием вижу, что здесь практически ничего с тех пор не изменилось.

- Да, согласился я, это очень, очень приятно, особенно на фоне того, что происходит в остальном нашем сумасшедшем мире.

В мои Римские Каникулы я очень часто бывал здесь, у Испанской Лестницы, и с проезжими знакомыми, и в одиночку. Здесь я встретил человека из Польши, с которым мы подружились и держим связь до сих пор.

- Это прекрасно, что такое у вас ещё возможно, - отозвался Глен. - Ведь людям с развитием прогресса становится всё труднее неформально общаться друг с другом.

- Я знаю из своих путешествий, - продолжил я свою мысль, - что в почти каждой из столиц нашего мира, и просто в больших городах, пока что есть такие места, к которым по сложившимся традициям тяготеет интеллектуальная, а также лирически-богемная публика, и в особенности, молодёжь, не любящая официальность и всевозможные ограничения. В таких местах встречаются и знакомятся самые разные люди, стремясь найти общие идеи, интересы или увлечения, а также и просто из симпатии друг к другу.

В Риме таким местом издавна были Площадь Испании с окрестными улочками и получившая от неё своё название Испанская Лестница. Правда, с исторической точки зрения, – продолжал я, - её скорее следовало бы назвать Французской, так как построена она была в восемнадцатом веке на земле, принадлежавшей Французскому королю Людовику Двенадцатому, который подарил её французскому же монастырю при «Тринита Дел Монти».

Построена лестница была тоже на деньги монастыря, завещанные ему ещё за век до этого бывшим секретарём Французского посольства в Риме, который прожил здесь больше полвека и очень полюбил Рим. Всё это известно мне из очень интересной и эмоциональной книжки Вейдле о Риме, прочитанной ещё во времена моего первого приезда сюда. Но, как мне кажется, по характеру своему и архитектуре Лестница эта во все времена оставалась и остается самой что ни на есть Итальянской, – закончил я свою затянувшуюся тираду...

- Я думаю, в последнем вы правы, - согласился Глен, протягивая мне овальный стаканчик с горячим инопланетным кофе. - Спасибо за очень интересную информацию, и приятного аппетита.

Наскоро перекусив попрежнему аппетитными плитками с кофе, мы простились с Испанской Лестницей и вернувшись к машине, покатили назад к Корсо, и по ней снова на Юг. Не доехав несколько кварталов до Площади Венеции, мы, следуя нашей путеводной голубой линии, свернули направо и углубились в густую сеть улочек и переулков центральной части Вечного города. Нашей целью на этот раз была Площадь Навона, на которой находилась одна из самых известных работ Бернини - Фонтан Четырёх Рек.

Если бы не подробная светящаяся карта с голубой линией нашего маршрута на планшете Глена, мы бы не раз сбились с пути, стараясь пробраться к площади Навона через кварталы плотно застроенных улиц и переулков центральной части старого Рима. Но карта работала безотказно, и мы вскоре не только выехали прямо к Площади, но при этом опять нашли место для парковки прямо рядом с нею на параллельной улице. Пока нам в этом везло.

Площадь Навона почему-то считается самой Римской из площадей Вечного Города. Я бы её скорее назвал самой Итальянской, потому что в ней соединяется квинтэссенция Итальянского Барокко средних веков в архитектуре и скульптуре с современным итальянским городским стилем жизни, с его многочисленными маленькими кафе со столиками, зонтиками и тентами на улице, с торговцами сувенирами и напитками, расположившимися со своими тележками по всей площади, с множеством голубей, захватывающих каждое хоть на минуту освободившееся место.

Когда впервые попадаешь на эту площадь, первое впечатление от неё, - кажется что домам, окружающим её со всех сторон, слишком тесно. Площадь соединена с остальным городом всего несколькими узенькими проездами – ущельями, и хотя постройки, окружающие её, не очень высоки, тем не менее они образуют стены, создающие впечатление отделённости этой площади от остального Рима.

Площадь Навона сооружена на месте стадиона – ипподрома времён императора Доминициана, и поэтому она близко сохранила размеры и форму этого сооружения - узкий, удлинённый овал. Что касается её названия, то по некоторым источникам оно произошло от латинского «Navone», означающего Большой корабль. Она и вправду чем-то напоминает корабль, с её тремя фонтанами - мачтами, и бортами - стенами окружающих её домов.

Изюминкой площади, вместе с Берниниевским фонтаном четырёх рек, является церковь Святой Агнессы в Агонии - совместное творение архитекторов Райнолди и Барромини.

Фонтан расположен чуть наискосок от великолепного фасада церкви, выполненной в стиле Барокко периода Ренессанса и увенчанной двумя высокими, элегантными башенками с миниатюрными колоннадами и овальным в плане, не менее элегантным, куполом. Фонтан и церковь создают архитектурное лицо и единство всей площади, придавая ей нарядный законченный вид.

Мы вошли на площадь через переулок, впадающий в неё почти в центре, напротив и чуть правее знаменитого Фонтана Бернини, откуда на него и площадь открывался самый выигрышный вид, так как в поле зрения сразу попадали и фонтан, и церковь, на фоне которой он смотрелся на редкость живописно.

Скульптор установил десятиметровый Египетский обелиск с символической голубкой наверху на изваянный им мраморный грот на четырёх опорах, поднимающийся из вод бассейна фонтана. На каждой из четырёх опор он поместил аллегорическую фигуру человека соответствующей расы, олицетворяющего Бога каждой из крупнейших рек четырёх континентов Земли: - Дуная /Европа/, Ганга /Азия/, Нила /Африка/ и Ла Платы /Америка/. Вода струится и стекает практически отовсюду с грота и скульптурных деталей, оживляя мрамор фигур и весь фонтан.

Вся композиция выполнена на редкость экспрессивно и эмоционально и, в целом, производит незабываемое впечатление.

В романе Дэна Брауна «Ангелы и демоны» этот фонтан избран в качестве алтаря воды когда-то существовавшей секты Иллюминатов.

Два другие фонтана на Северной и Южной оконечностях площади дополняют её архитектурный ансамбль и создают впечатление его законченности. Темы обоих фонтанов заимствованы из языческой мифологии дохристианской эпохи, и наиболее поздний из них - Фонтан Нептун - по архитектуре и композиции похож на более ранний - Эль Моро.

Мы дождались, пока очередная группа туристов отхлынула от Фонтана Четырёх Рек, и Глен быстро закончил процедуру введения координат, после чего мы перешли к Фонтану Эль Моро в Южном конце площади.

Фонтан Эль Моро, что означает – Мавр, был спроектирован всё тем же Бернини, и фигура мавра, борющегося с мифическим дельфином в центре внутреннего бассейна фонтана, изваяна им же. По краям бассейна скульптор поместил четырёх мифических

Тритонов, извергающих воду из витых раковин, а также другие мифические фигуры.

Глен выбрал удобный ракурс и ввёл в планшет координаты фонтана. Практически наша работа на площади Навона на этом была закончена, но Глен решил для полноты картины ввести и координаты Нептуна. Не теряя времени, мы зашагали к нему через площадь.

В центре внутреннего бассейна Фонтана «Нептун» его автор - скульптор Джиакомо делла Порта – поместил аллегорическую фигуру Бога морей, сражающегося с гигантским осьминогом. Там же, но ближе к краям бассейна, он разместил фигуры наяд и других мифических существ, имеющих отношение к морю.

Не теряя времени, Глен зафиксировал в своём планшете координаты Нептуна, и теперь мы могли уходить.

В последний раз оглядев эту милую моей душе римскую площадь, мы вышли через тот же узенький переулок на соседнюю улицу, где была запаркована наша машина.

Последней нашей рабочей остановкой в Риме был намечен Собор Святого Петра. Глен включил Карту на планшете и вырулил с парковки.

Наша «голубая линия» вывела нас на широкую магистраль Корсо Витторио Эммануэле, ведущую к мосту через Тибр того же названия. С этого моста открывался великолепный вид на Замок Святого Ангела - круглую, невысокую, но впечатляюще массивную, каменную громаду тёмно-терракотового цвета с чёрным ангелом на верхней надстройке. К замку вёл Античный арочный многопролётный мост с шеренгами Берниниевских скульптурных ангелов по обеим его сторонам. Мост сам по себе представлял законченное произведение средневекового архитектурного искусства.

Не доезжая моста, мы приостановились прямо у обочины тротуара, вероятно нарушая правила движения, чтобы полюбоваться Замком и ведущим к нему мостом и заодно ввести координаты нескольких ближайших к нам скульптур ангелов. Благо, в Риме никто особенно не печётся о строгом соблюдении правил уличного движения, нам это прошло без каких-либо последствий.

Почти сразу за мостом Витторио Эммануэле мы выехали на парадную Виа делла Консилиационе - улицу Примирения, ведущую к площади и собору Святого Петра.

Хотя эта улица, с шеренгами белых четырехгранных столбов по обеим её сторонам и псевдо-старинными фонарями на их верхушках, была проложена и застроена уже в начале двадцатого века, тем не менее её архитектура отдаёт дань классицизму девятнадцатого и не очень конфликтует с античной красотой Собора и Колоннады. Перед колоннадой мы свернули направо и запарковались в одной из прилегающих боковых улочек.

Когда мы вышли на площадь перед Собором, мне вдруг на минуту показалось, что я никуда отсюда не уезжал. Всё было так знакомо! Всё было как и тридцать лет назад... Так же шелестела вода в обоих фонтанах на площади, один из которых тоже был творением гениального Бернини. Всё так же лес Бернииевских каменных колонн охватывал площадь в свои могучие объятия. И как прежде, в центре её возносился к небу двадцатипятиметровый Египетский обелиск, у основания которого белела мраморная эмблема Бернини, символизирующая, согласно Дэну Брауну, Алтарь Воздуха таинственной секты Иллюминатов.

Солнце стояло уже невысоко над холмами Аурелио, чуть возвышавшимися вдали над левым крылом колоннады. Мне было очень хорошо здесь на площади, и не хотелось уходить, но время подпирало - у Глена было ещё много работы внутри Собора, а мы хотели успеть после её окончания засветло подняться на холм Джианиколо, туда, где стоит памятник Гарибальди, и откуда открывается чудесный вид почти на весь Рим. Мне хотелось оттуда ещё раз взглянуть на Вечный Город, перед тем как снова расстаться с ним, на этот раз, может быть, и навсегда…

Немного полюбовавшись великолепной архитектурой фасада Собора, спроектированного архитектором Мадерно в начале семнадцатого века, мы перешли прямоугольную часть площади перед входом в собор и поднялись по пологим мраморным ступеням на обширную паперть. Оттуда через широкий притвор Собора мы прошли внутрь огромной Базилики через одну из её открытых массивных дверей.

После солнечной площади, в Соборе было немного сумрачно, несмотря на яркий свет, идущий от высоко расположенных окон и множества разнообразных постоянно включённых светильников внутри самой Базилики. Людей в этот час было немного, и они разбрелись кучками по всему Собору, осматривая капеллы и скульптуры в разных его местах.

Обширность помещений Храма, блеск его узорчатых мраморных полов и захватывающая дух высота сводов, как и прежде, заставили меня на минуту-другую почувствовать себя очень маленьким и потерянным в окружении всего этого архитектурно-скульптурного великолепия. Но вскоре я сосредоточился на окружающих меня деталях, и чувство потерянности прошло.

Работы Бернини, координаты которых Глену предстояло ввести в память своего инфовариатора, находились в разных местах гигантского Храма. Но Глен провёл прилежную «домашнюю работу» на Интернэте, и у него был отпечатанный план Собора, на котором были отмечены все интересующие его скульптуры Мастера. Главными из них были - сам Алтарь с витыми столбами из потемневшей бронзы и с покоящимся на них тоже бронзовым балдахином работы Бернини; а также его же шедевр - «Престол Святого Петра», великолепно выполненный скульптором в традициях самого неудержимого Барокко.

К ним мы и направились, ненадолго задержавшись по пути у капеллы с «Пьетой» Микельанджело, чтобы просто ещё раз взглянуть на эту чудесную работу великого мастера, а также у монумента графини Матильды Каносской, работы Бернини, которая входила в список Глена. Он решил заняться этой скульптурой сразу, чтоб не возвращаться к ней на обратном пути.

Подойдя к ней на расстояние нескольких метров, Глен быстро ввёл координаты статуи прямо в свой планшет, снова спрятал его в карман, и мы зашагали вперёд по широкому, блестящему, мраморному полу Базилики с рисунком, тоже созданным многогранным талантом Бернини.

Большинство Католических и Православных соборов с куполами в плане представляют собой симметричный греческий крест с перекладиной в середине и алтарём, размещённом в Западной оконечности креста.

В отличие от них, Римский Собор Святого Петра, согласно изменённому архитектором Мадерно проекту, построен в форме латинского креста с перекладиной, смещённой к верху креста, и главным алтарём в перекрестии с поперечными нефами, - что значительно увеличивает свободное пространство вокруг алтаря, предоставляя добавочное пространство для размещения скульптур, реликвий и украшений.

Мы подошли к огромному Алтарю Собора, перед которым у ступеней вниз к Исповедальне и предпологаемой могиле Святого Петра постоянно светилось множество лампад.

Вблизи витые столбы Алтаря из потемневшей

бронзы, поддерживающие балдахин Бернини на своих коринфских капителях, казались огромными, а сам балдахин закрывал собою почти половину купола Собора. При введении координат Глену пришлось немного отойти от Алтаря и пару раз обойти его вокруг, потому что он никак не хотел укладываться в рамку экрана его планшета.

Сам гигантский купол Собора, вначале спроектированный Микельанджело, а затем конструктивно изменённый и законченный архитектором Джиакомо Делла Порта и инженером Доменико Фонтана, держится на четырёх грандиозных опорах, похожих на башни фигурного сечения высотой более сорока пяти метров, с нишами и крупными скульптурами в них со всех сторон. Опоры расположены напротив всех четырёх углов Алтаря, но на значительном от него удалении, так как диаметр купола, который они поддерживают, составляет тоже около сорока с лишним метров.

- Красивое сооружение, - сказал Глен, рассматривая рельефную структуру огромного купола высоко над головой. - И благодаря грандиозности всего Храма, совершенству и красоте его архитектурного стиля, даже такие сравнительно большие объекты, как Алтарь и Престол, выполненные в совершенно другом роде, не диссонируют с ним. Они воспринимаются, по сравнению с размерами и стилем Собора, просто как украшения, не принадлежащие структуре самого Храма. Хотя сами по себе, они, без сомнения, шедевры искусства в своём стиле.

- Да, вы правы, - согласился я. - Я тоже воспринимаю их как самостоятельные произведения искусства, не связанные с архитектурой Храма.

Скажите, Глен, а на вашей материнской планете тоже существуют подобные Храмы?

- Да, существуют, но только без такого разнообразия скульптур, икон и других символов поклонения, очевидно потому, что после принятия Единобожия, служители религии никогда не возводились там в ранг святых и всегда считались только служащими Храмов. Кроме того, у наших предков на материнской планете никогда не было такой обширной религиозной мифологии, какую порождают ваши Библия, Коран и другие священные книги разных религий.

Теперь большинство Храмов там содержится только как музеи, потому что народ постепенно отошёл от религиозного восприятия Бога, как вершителя судеб и судьи в их повседневной жизни, и никаких церковных служб в храмах давно не происходит. Но для тех, кто хочет обратиться к Богу, в городах специально для этого сохраняются немногие старые Храмы, открытые для всех круглые сутки.

- А в языческие времена там ведь вероятно существовало такое же множество древних храмов, посвящённых разным Богам, как и у нас на Земле? - предположил я. - Кое-что от них вероятно сохранилось?

- Да, это так, ответил Глен, - многие из них сохраняются до сих пор, и надо сказать, в лучшем состоянии, чем оставшиеся у вас на Земле.

- А почему так? – спросил я.

- Потому что те, что были построены после возникновения Всепланетной Империи, уже никем не разрушались, так как серьёзные конфликты на планете не возникали, а вандализм строго пресекался законом. Империя была намного сильнее своих вассалов, держала их в строгости, но старалась быть одинаково справедливой к ним.

Закончив работу с Алтарем, мы перешли к главной апсиде Храма, - то есть, к вогнутой стене в Западной оконечности креста, заложенного в идею плана Собора. Здесь находился другой шедевр Бернини - «Престол Святого Петра».

«Деревянный» трон Святого Петра как бы парит в

облаках, поддерживаемый снизу тёмными бронзовыми фигурами ранних Отцов Церкви. Над троном «витает» голубка в созданных скульптором лучах Солнца, которые подсвечиваются из окна в апсиде реальными солнечными лучами.

Полюбовавшись этой фантастически экспрессивной работой скульптора ещё немного, Глен быстро ввёл её координаты прямо в планшет, благо народу около Престола в этот момент не было. Потом мы вернулись к нише у правой задней опоры купола, где помещалась ещё одна известная скульптура Бернини - «Святой Лонгин» - римский легионер с копьём в правой руке, присутствовавший при распятии Христа и, по Евангелию, прервавший его страдания уколом этого копья в его сердце.

Это была последняя скульптура в Соборе Святого Петра, входившая в список Глена.

Глен быстро закончил свою работу с этой скульптурой, и мы вновь двинулись через огромную базилику по чудесным, мраморным полам огромного Храма назад, к выходу на площадь, видневшемуся далеко в Восточном конце Храма.

Когда мы вышли на площадь, Солнце уже скрылось за Собором, и огромная тень от него закрывала почти всё пространство между колоннадами Бернини.

Чтобы засветло успеть взглянуть на Рим с холма Джианиколо, надо было спешить, и мы быстро зашагали к нашей машине, запаркованной за Северной колоннадой.

В машине Глен сразу же включил на планшете свою карту с голубой линией и уверенно вырулил на Виа Консилиационе. Далее, руководствуясь голубой линией, мы вскоре выехали к развязке у подножия холма Джианиколо, с которой начинался довольно крутой подъём на холм по живописной Пассаджиата дел Джианиколо, петляющей по его Северному склону.

На подъёме, с поворотов Пассаджиаты то с одной,

то с другой стороны открывался чудесный вид на купол Собора, который, казалось, всё никак не хотел исчезать из вида по мере нашего подъёма, пока, наконец, не скрылся окончательно за постройками и кронами деревьев, растущих на склоне холма.

Наконец, мы выехали на участок дороги, идущий по самой верхней кромке холма Джианиколо, над крутым спуском вниз к Тибру и Городу, перспектива которого уже мелькала между деревьями в отдалении внизу с левой стороны.

Вскоре мы оказались на небольшой площадке - Пьяцца дел Форо, - где над обрывом к городу возвышалась белая башня маяка в окружении живописных Римских сосен с их утомлённо изогнутыми стволами и распластавшимися тёмнозелёными кронами. Здесь мы сделали остановку, и, выйдя из машины, перешли на «городскую» сторону дороги, отгороженную от обрыва невысоким каменным парапетом. Отсюда открывался захватывающий вид на большую часть Вечного Города. Солнце ещё освещало верхушки и крыши строений, которые отбрасывали резкие тени, увеличивая контрастность пейзажа и помогая узнавать здесь и там знакомые сооружения.

Немного слева, в отдалении, был хорошо виден цилиндрический Пантеон с круглым отверстием в его пологом куполе. Ещё чуточку левее узнавался небольшой купол с двумя башенками церкви Санта Агнесса ин Агони, что на площади Навона. Немного правее виднелся белый, как снег, чуть поднимающийся над другими постройками многоколонный монумент Виктору Эммануилу. Колизея, к сожалению, видно не было, так как он был загорожен Капитолийским и Палатинским холмами.

Так мы стояли над Римом, вглядываясь в его постепенно угасающие очертания и детали, пока Солнце окончательно не скрылось за холмами на Западе.

Прощай опять, Вечный Город! – думал я, глядя на темнеющий силуэт Рима, постепенно подсвечивающийся оранжево-жёлтым светом его уличных фонарей.

- Увижу ли я тебя когда-нибудь снова?...

Мы вновь сели в наш симпатичный, открытый Фиат и поехали дальше по Пассаджиато, чтобы спуститься с Джианиколо с Восточной стороны и вернуться к Стационэ Термини через вечерний город. Вскоре мы поравнялись с Пьяцца Гарибалди, и, на минуту съехав с Пассаджиато, сделали круг почёта вокруг величественного памятника, уже подсвечиваемого спрятанными в зелени прожекторами. Приостановившись на несколько секунд, Глен ввёл и его координаты в свой планшет, - он явно был неравнодушен к хорошей скульптуре.

Благодаря голубой линии, чётко указывающей наш путь на светящейся карте Глена, мы без труда спустились с Холма к мосту Палатино, откуда специально отклонились от проложенного пути, чтобы ещё раз объехать вокруг Колизея и взглянуть на него при вечернем освещении.

Когда мы подъехали к нему, стало почти темно, и он буквально сиял в лучах наружных прожекторов и светильников, установленных внутри него и изливавших свет красноватого оттенка изо всех его арок и проёмов. Честно говоря, днём, без этой фантасмагории света, мне он нравился больше.

Объехав Колизей, мы вновь оказались на Виа Фори Империали, но на этот раз подъехав по ней к Пьяцца Венециа, мы свернули вправо за троянскую колонну, и проехав между ней и Храмом Санта Мариа ди Лорето, через два переулка оказались на центральной Виа Национале, ведущей в сторону вокзала через круглую Пьяцца Република с Фонтаном Нимф посредине.

И вот я снова вечером на моей любимой площади с

охватившими её аркадами, освещёнными всё теми же
шарообразными фонарями, и даже кафе со столиками
на тротуаре, кажется, работает. Но музыки не слышно,
- наверное, ещё рано.

Глен предложил после сдачи машины вернуться сюда пешком, чтобы посидеть за столиком в кафе и послушать музыку, если она будет. Я конечно же под-
держал его предложение, и мы с лёгким сердцем покатили к вокзалу сдавать машину. Вся эта процеду-
ра заняла у нас не более пятнадцати минут, и ещё
через десять мы вернулись на круглую площадь к ресторанчику со столиками под тентом. Мы заняли
один - поближе к аркаде, благо народу почти не было, и заказали кофе с неаполетанским печеньем, которое порекомендовал нам молоденький официант.

«Концерт» только что начался, но к сожалению, ис-
полнялись, в основном, современные шлягеры, которые мне не очень нравились, и аккомпанемент двух
электронных гитар и электронного же «Ки-борда» был
слишком громок и мешал слушать певцов.

Но всё равно, сама Круглая площадь с её аркадами,
ярко освещённый фонтан с наядами и сам ресторанчик
будили воспоминания о далёком прошлом; было
хорошо, мы были в Риме, и опять не хотелось никуда отсюда уходить.

- Скажите, Глен, - спросил я, - а музыка у вас тоже
оценивается временем, как и изобразительное искусство?

- В конечном итоге, - да. Но в этом случае без вмешательства инфовариаторов. Просто, гармоническая
и мелодическая музыка, а также то, что у вас называется классической, не уходит со сменой поколений
и продолжает жить веками. Гремящая же и «крикли-
вая», какофоническая, речитативная и ритмическая тан-
цевальная, вроде вашего Рок-н-рола, меняется почти
с каждым поколением, и примерно через столетие от
неё не остается и воспоминаний, за исключением запи-

сей меломанов и историков музыки. У нас это особенно заметно, так как люди живут достаточно долго.

Единственное, что у нас ограничивается в музыке законом, - это её громкость в общественных аудиториях.

Когда мы все-таки решили, что нам пора уходить, по местному времени было уже около двенадцати ночи. Это значило, что во Флориде ещё около шести вечера, - самое время возвращаться домой после более чем двенадцатичасовой прогулки, хотя никакой усталости я не чувствовал, и спать совсем не хотелось. Очевидно, техника Глена делала своё дело.

Мы решили попробовать найти безлюдное место для телепортации где-нибудь поблизости, например, обойти с Северной стороны развалины Терм Диаклетиана. В это время там не должно было быть много прохожих, да и можно будет выбрать место потемнее, в каком-нибудь древнем закоулке.

Глен положил на колени свой планшет, и склонившись над ним, чтобы не привлечь чьего-нибудь любопытного внимания, просмотрел окрестности и наметил подходящее место в тупиковом переулке, ведущем от соседней улицы к развалинам Терм Диаклетиана.

Выйдя из аркады, мы пересекли Круглую площадь и вышли на улицу, ведущую к намеченному Гленом переулку. Мы свернули в него с почти безлюдной в эту пору улицы, уверенные, что никто не обратил на нас никакого внимания, и пошли вперёд по нему, стараясь выбрать наименее освещённую его часть. Вскоре мы оказались у запертых ворот из металлических прутьев, и нам ничего не оставалось, как либо телепортироваться отсюда, либо отправляться искать более укромное место. Мы решили телепортироваться, и выбрав момент, когда на улице, невдалеке пересекающей наш переулок, никого не было видно, мысленно ещё раз попрощались с Вечным Городом, и через секунду оказались на стационарной орбите над серединой Атлантического океана, на уютной и уже такой знакомой станции Глена.

Мы провели с Гленом на станции ещё около двух часов, делясь новыми и старыми впечатлениями о Риме и намечая новые маршруты для будущих совместных прогулок. Он, как обычно, предложил остаться с ним поужинать, но я на этот раз отклонил его предложение, помня, что накануне вечером не успел позвонить жене о моём предполагаемом сегодняшнем отсутствии, что я обычно не забывал делать в подобных случаях. Она могла позвонить и, не получив ответа на оставленное ею сообщение, встревожиться, зная о моём сердечном недуге. Глен сразу же согласился, что это серьёзный резон поскорее проверить мой телефонный ответчик, и, не мешкая, телепортировал меня домой.

Мы договорились с ним, что следующие пару дней мы займёмся каждый своими, немного запущенными делами, а затем, вечером второго дня он позвонит мне по сэллфону, и мы решим, куда мы отправимся на нашу следующую прогулку.

ПРОГУЛКА ШЕСТАЯ
(И К СОЖАЛЕНИЮ, ПОСЛЕДНЯЯ)

Весь следующий день прошёл у меня под впечатлением от нашей с Гленом Римской прогулки. Все накопившиеся срочные дела я отложил на следующий день, чтобы подольше насладиться свежими воспоминаниями от неожиданного посещения Вечного Города.

Но вечером неожиданно заиграл свою мелодию мой сэллфон, и это был Глен, который, как мне показалось, звучал немного устало. Он сказал мне, что у него после сеанса связи с Ланирой изменились планы, и послезавтра, как и в последующие дни, он не сможет со мной встретиться. Поэтому он хотел бы пригласить меня на станцию завтра, так как хочет показать мне видеоклипы Ланиры, которые он приготовил специально для меня.

- Конечно же, я очень хочу увидеть, пусть на экране, хоть капельку Ланиры! – решительно сказал я Глену, - ведь я так много слышал о ней от вас, но не имею представления, как она выглядит в реальности.

Тогда будьте готовы к телепортации завтра в десять утра.

- Конечно, буду! - заверил я Глена.

- Ну тогда, до завтра, - закончил он разговор.

Я срочно занялся своими счетами, письмами и другими накопившимися повседневными делами, чтобы успеть положить утром приготовленную к отправке почту в ящик до приезда почтальона.

На следующее утро я проснулся довольно рано, к десяти часам успел привести себя в порядок и позавтракать, и теперь с минуты на минуту ожидал звонка Глена.

Сигнал сэллфона раздался ровно в десять. Глен любил пунктуальность.

- Ну как, Стив, готовы? - спросил он.

- Вполне, - ответил я,

- Тогда секунду не двигайтесь.

Я положил на стол сэллфон и замер на месте. В следующую секунду я уже стоял в рабочем отделении станции Глена.

- Доброе утро, - сказал он, вставая со своего «пилотского» кресла. - Чашечку «космического»?

- Спасибо, но я только что позавтракал с кофе. Может быть, немного попозже?...

- Ну что ж, будь по-вашему. Тогда не будем терять времени и начнём просмотр видеоклипов. Пока перейдите сюда к дивану, сейчас мы организуем зрительный зал.

Глен открыл пульт на подлокотнике дивана и тронул на нём какой-то из знаков. В тот же момент два фрагмента пола станции перед её плоской стеной с картинами поднялись в вертикальное положение. К их внутренней поверхности были прикреплены удобные кресла, типа наших самолётных, обтянутые каким-то светлым материалом, напоминающим тонкий, мягкий ковёр.

- Устраивайтесь, - пригласил меня Глен, садясь в одно из кресел.

Я сел, и в тот же момент свет в кабине померк. От светящего кольца под потолком осталась едва заметная круглая светлая полоска. И сразу же на том месте, где на плоской стене до этого были картины, появился яркий, чуть серебристый экран, занимающий всю переднюю стену и на расстоянии около трёх метров огибающий с обеих сторон наши кресла.

- Для начала, Стив, - начал комментировать Глен, немного повернув в мою сторону своё кресло, - вы увидете Ланиру так, как она выглядит на расстоянии в сорок тысяч километров с одного из космических кораблей наших предков, постоянно находящегося на орбите, начиная со второго столетия после прибытия переселенцев на Ланиру.

Потом мы «полетаем» над её поверхностью, просканированной телескеннерами, установленными на корабле, и в объёмном изображении переданной в память инвариатора. Затем вы увидите видеоклипы нашей столицы – Эзоры - и кое-каких достопримечательностей в её окрестностях, снятые с высоты птичьего полёта. По желанию, вы сможете регулировать в определённых пределах продолжительность показа разных сцен, повторять их, останавливать отдельные кадры, а также увеличивать их и рассматривать детали более крупным планом.

- А что для этого надо делать? - спросил я.

- Для этого будет достаточно ваших негласных приказаний моему инфовариатору. Вы уже знаете, что он прекрасно вас понимает.

Видеоклипы Эзоры, которые вы увидите, были сняты с антигравилёта, предназначенного для экспедиций и дальних путешествий и имевшего специальное разрешение на полёты над городом на любой высоте для выполнения видеосъёмок.

Объяснения и комментарии к кадрам я буду давать по ходу демонстрации клипов. Если понадобятся какие-нибудь более детальные пояснения, не стесняйтесь спрашивать, - закончил своё вступление Глен.

- Спасибо, я весь – внимание, - ответил я.

Через несколько секунд титры закончились, и экран на секунду померк. В следующий момент он ярко осветился вновь, и сначала мне показалось, что я снова вижу нашу Землю из окна станции Глена, так как яркое, объёмное изображение на экране было совершенно неотличимо от реального, а сама Ланира, с расстояния в сорок тысяч километров, под разводами полупрозрачных, а местами, и вовсе непрозрачных, облаков, была удивительно похожа на нашу Землю. Для того, чтобы убедиться, что это не Земля, надо было внимательно присмотреться к слабо проступающим через облака очертаниям материков и морей.

Правда, очевидно, потому что я недавно видел Землю из окна станции, мне бросилась в глаза одна существенная деталь, отличающая их планету: полярные шапки льда на северном и южном полюсах Ланиры занимали значительно большую площадь и спускались ближе к умеренным широтам, чем на Земле.

- Скажите, Глен, - спросил я, - как получается такая удивительная объёмность изображения без каких-либо специальных стереоскопических очков или приспособлений?

- Это достигается тем, - объяснил он, - что отдельные изображения для правого и левого глаза проектируются на экран по очереди в течение одной шестидесятой доли вашей секунды. В то же время инфовариатор, управляющий демонстрацией видеозаписи, воздействуя через биополе на мозг зрителя, поочередно отключает на ту же одну шестидесятую долю секунды зрение его правого или левого глаза. Так что зритель всё время видит каждым глазом только предназначенное для этого глаза изображение. В результате это выглядит для него как вполне реальная объёмная картина. Остальное - дело качества самих съёмок.

Мне хотелось получше рассмотреть очертария материков и океанов Ланиры, и памятуя наставления Глена, я взглянул на середину экрана, подумав про себя, - хочу немного ближе. И тотчас же, как по волшебству, изображение Ланиры начало увеличиваться в размере и вскоре заполнило почти весь экран.

- Хватит, хватит, - спохватился я, испугавшись, что оно сейчас заполнит всю кабину станции, - так рельефно и реалистично было изображение.

Ланира перестала расти, и только очень медленно поворачивалась слева направо вокруг своей вертикальной оси в тёмном, почти беззвёздном космосе, очевидно, в связи с движением космолёта по орбите. Очертания материков теперь проступали немного отчётливее, и они совсем не походили на знакомые с детства очертания наших земных. Это была совсем другая планета…

Ну что ж, - предложил Глен. - Займёмся немного ланирографией?

- Давайте, - согласился я.

Экран опять на секунду померк, затем на нём появился яркий, многокрасочный и вдобавок рельефный глобус Ланиры.

- Мы можем обращаться с ним точно так же, как с картой телескеннера, - объяснил Глен, - только вместо электронной указки достаточно мысленных приказов.

С этими словами Глен повернулся к экрану, и тут же глобус начал поворачиваться быстрее, открывая очертания материков и океанов на его противоположной стороне.

Я смотрел во все глаза, стараясь охватить одним взглядом весь этот впервые разворачивающийся передо мной, так непохожий на наш мир. Но мне это плохо удавалось, так как вращение глобуса мешало сосредоточиться. «Хорошо бы его остановить, и хорошенько рассмотреть картину сначала одного полушария», - подумал я. В тот же момент глобус перестал вращаться, и на нём возникла надпись на русском языке: «Вы хотите видеть Восточное или Западное полушарие Ланиры?»

- Пусть будет восточное, - подумал я про себя.

Изображение на экране изменилось, но попрежнему оставалось неподвижным. Теперь я мог внимательно рассмотреть восточную половину Ланиры во всех подробностях.

Первое, что привлекло моё внимание, было расположение двух больших материков, занимавших всю центральную часть Восточного полушария планеты. Материк, лежавший в его Северной части, чем-то слегка напоминал наш Евро-Азиатский, хотя был немного меньше размером, и слева от него отсутствовал Африканский «рог», а примерно там, где на Земле был Индийский океан, на Ланире к югу от экватора расположился второй, такой же огромный материк. В своей средней части материки, казалось, соприкасались друг с другом. С Востока и Запада в районе экватора они были разделены огромными, вдающимися в них с двух сторон заливами, скорее даже морями, так как эти заливы были частично отгорожены от океанов большими островами. Заливы тоже почти касались друг друга своими концами, но масштаб изображения на экране не позволял судить, были ли они соединены каким-либо проливом или каналом.

- Там есть пролив с плотиной в середине, - сказал Глен, очевидно прочитав мои мысли. Увеличьте изображение, и вы увидете его во всех подробностях.

Я мысленно попросил инвариатор постепенно увеличивать изображение, и оно стало довольно быстро расти на экране. Вот уже стали видны проток, соединяющий заливы, и широкая, вертикально выгнутая с обеих сторон огромная плотина примерно на его середине. Никаких обводных каналов и шлюзов на перемычке видно не было.

- Эта плотина была сооружена ещё в самом начале,

как только наши предки обосновались на Ланире, - объяснил Глен. - Она не даёт развиваться бурным течениям в проливе, возникавшим вследствие разницы во времени приливов в Восточном и Западном океанах, - как мы их обычно называем, хотя они имеют и другие названия.

- А как же проходят морские суда через эту плотину? - поинтересовался я.

- Именно так, как вы сказали, - ответил Глен. - Прямо через неё. Все наши мореходные суда – грузовые, круизные, пассажирские и научно-технические - имеют антигравитационные системы, позволяющие им при необходимости подниматься на сравнительно небольшую высоту над водой или поверхностью планеты и двигаться в любом направлении с помощью векторных антигравитационных движителей, о которых я уже вам рассказывал.

Я «снизился» немного ещё и приблизился к плотине с Западной стороны пролива. Теперь она была хорошо видна, и так как на обоих берегах пролива виднелись двух- и трёхэтажные постройки, окаймлённые извилистыми и прямыми лентами сплошных балконов, - было с чем сравнивать высоту плотины. Высота её была огромна, - этажей сорок, минимум. От берега до берега пролива здесь было вероятно около трёх километров. Ширина перемычки плотины составляла тоже что-то около километра. Стены плотины, уходящие в воду, были слегка вогнуты внутрь, что, очевидно, служило для смягчения ударов волн.

- Это одна из наших достопримечательностей, - сказал Глен. До постройки этой плотины на оконечностях заливов, которые, кстати, неофициально называют у нас Восточным и Западным морями, нельзя было начинать никакого строительства. Всё смывали сумасшедшие приливные течения, по силе напоминавшие цунами. Теперь здесь тишь и курортная благодать.

По берегам этих морей распложено более четверти всех наших больших городов и большая часть всех курортных посёлков. Ведь моря эти находятся в самой приятной субтропической зоне планеты.

Вероятно Глен скомандовал инвариатору продолжать движение над глобусом, так как мы снова оказались на прежней «высоте» и как бы совершали облёт глобуса Ланиры в Западном направлении.

- Теперь я хочу показать вам западную половину Ланиры, - сказал Глен.

Мы только что миновали огромный остров, распластавшийся прямо в широченном «устье» Западного моря-залива, и теперь двигались над экваториальной частью Западного Океана Ланиры. Немного впереди по курсу нашего движения слева и справа от него видны были два других, тоже огромных острова, а прямо впереди в поле зрения появился край материка, расположенного уже в Западном полушарии.

По мере того, как мы «продвигались» над поверхностью Ланиры, Глен называл мне имена континентов, островов и морей, которые проплывали под нами; конечно, я не смог ни запомнить, ни повторить ни одно из них. Но всё это не имело значения. Мне просто хотелось иметь общее представление о его планете.

Из всего того, что рассказывал Глен при «облёте» глобуса, я усвоил только, что на Ланире четыре континента, четыре океана, включая Арктический и Антарктический, и восемь морей, включая одно внутреннее, - на Южном континенте Западного полушария, - и что демаркационная линия между восточным и западным полушариями, - она же нулевой меридиан, - проходит у них через обсерваторию на одном из двух островов, расположенных в центральной части Западного Океана.

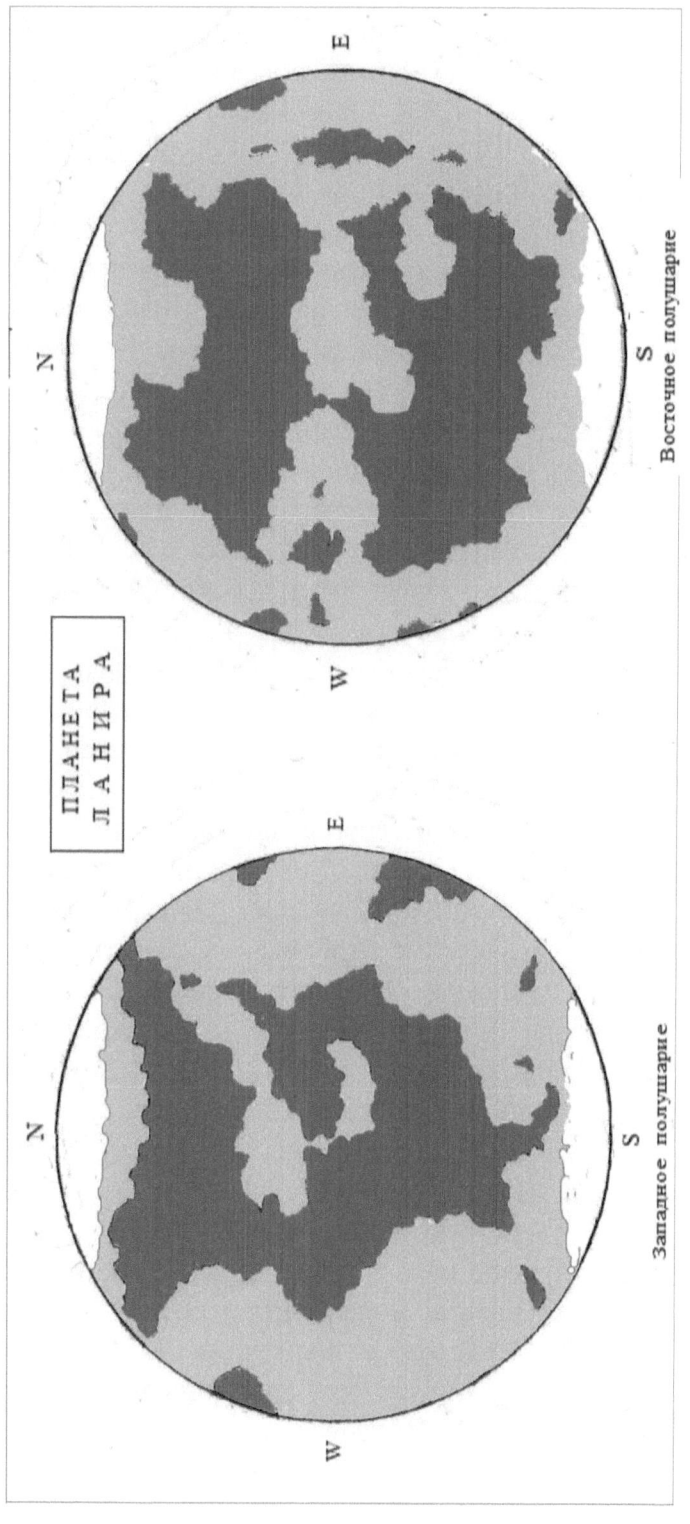

ПЛАНЕТА
ЛАНИРА

Восточное полушарие

Западное полушарие

- Хотя все эти континенты, моря и океаны имеют официальные названия, которые я вам только что перечислял, - сказал Глен, - в обиходе, чтоб не путать, у нас называют их именно так – Северные и Южные, Восточного или Западного полушария.

- По-моему, очень даже удобно, особенно для новичков в ланирографии вроде меня, - отозвался я.

Тем временем мы уже находились над самой серединой Западного полушария планеты. Я снова остановил вращение глобуса, чтобы повнимательнее рассмотреть Западное полушарие. Здесь тоже располагалось два материка: один – в Северной части полушария, другой – в Южной. Но в отличие от восточного полушария, материки здесь соединялись на Западе широким перешейком, вероятно, не в одну сотню километров шириной. Южный материк протянулся на Юг почти до полярной шапки льдов.

Прямо под нами, чуть впереди, лежало единственное внутреннее море Ланиры. Оно было соединено проливом с каким-то водоёмом, и через него, с двумя большими соединенными друг с другом морями, выходящими в Западный Океан. Эти моря протянулись с Запада на Северо-Восток, поперёк почти всего континента, начинаясь в субтропиках и соединяясь с Западным Океаном в умеренных широтах.

- Я уже упоминал, - продолжал свои комментарии Глен, - что все наши крупные города находятся в пределах комфортной зоны планеты, простирающейся от субтропических широт, по обе стороны экватора, до середины умеренных, к Северу и Югу от него.

Как и в Восточном полушарии, ещё около четверти всех городов расположено по берегам этих разделяющих котиненты морей.

- Скажите, Глен, какова ширина этих комфортных зон по обе стороны от экватора, если её выразить в километрах? - полюбопытствовал я.

- Примерно две тысячи двести километров, включая

тропическую часть, прилегающую к экватору, - ответил он.

Я хотел было опять спуститься пониже, чтобы посмотреть на один из прибрежных городов, о которых говорил Глен, но он, очевидно, как всегда, прочитав мои мысли, сказал: - Я думаю, будет гораздо интереснее и эффективнее, если мы сейчас начнём наше видеопутешествие над городом на высоте птичьего полёта. Изображение будет гораздо лучше и подробнее. И вы тоже сможете останавливать, замедлять и приближать сцены по своему желанию. Видеоклип Путешествия как раз включает в себя осмотр нашей столицы - Эзоры, расположенной почти в центре Западного полушария на Северном берегу Эноре Астэ, - то есть, Центрального Моря, над которым мы сейчас и «находимся».

- Конечно, давайте Эзору, - сразу же согласился я, предвкушая небывалое зрелище инопланетного города, который я сейчас увижу.

Экран на секунду погас, и когда он осветился вновь, то, что я увидел, превзошло все мои ожидания.

Мы оказались как бы в кабине антигравилёта, медленно летящего примерно на двухсотметровой высоте над огромным городом, скорее даже, населённым районом, так как привычных городских кварталов, помимо прибрежного бульвара, в нём видно не было.

Город простирался вдоль берега гигантского, изогнувшегося плавной дугой морского залива, постепенно подымаясь вверх волнистыми амфитеатрами между пологими склонами зелёных прибрежных холмов.

В кабине аппарата, прямо над нашими коленями мерцала голубоватыми, чуть освещёнными экранами приборная доска. В центре её находился четырёхугольный экран, на котором высвечивалась карта, очевидно, той местности, над которой мы пролетали.

Переднее лобовое стекло аппарата было высотой почти во весь экран, но проекции в боковых стёклах кабины были ограничены шириной изогнувшегося назад экрана. Изображение интерьера кабины и проплывающая перед нами картина города были настолько объёмными, яркими и чёткими, что казалось мы на самом деле находимся в летящем над городом антигравилёте, и убедиться что это не так, можно было, только отвернувшись от экрана назад и уверившись, что мы всё ещё в помещении станции Глена...

Мы медленно скользили в воздухе над берегом ярко голубого, судя по карте, субтропического моря. Аппарат двигался в Восточном направлении, параллельно берегу и вполоборота к раскинувшемуся на его берегу огромному, утопающему в зелени южному городу.

На первый взгляд панорама, проплывающая перед моими глазами, не слишком разительно отличалась от того, что можно увидеть на Земле, пролетая над большими современными курортными городами на такой же высоте. Но при чуть более внимательном рассмотрении некоторых деталей, сразу становилось ясно, что это всё-таки не Земля.

Внизу хорошо была видна полоса песчаных пляжей с разноцветными навесами для защиты от лучей Аэлано, с вымощенными крупными плитками дорожками, которые шли от берега прямо в воду, через площадки у самой воды, где стояли маленькие, очевидно, вело- и электромобили. Здесь и там на песке под тентами видны были мягкие лежаки на колёсиках с лежащими и сидящими на некоторых из них людьми. Недалеко от дорожек видны были какие-то помещения, на вид из затемнённого стекла. За чертой прибоя купались в волнах люди, очень похожие на наших Землян.

В воздухе, над морем и городом, на разной высоте были видны поднимающиеся вертикально вверх, а ещё выше - летящие в различных направлениях летательные аппараты, ярко раскрашенные в разнообразые цвета. Все они были с обтекаемыми корпусами аэродинамической формы, с плоскими днищами, **но** безо всяких видимых крыльев или движителей.

Это уже было непохоже на Землю!

Очевидно, это всё антигравилёты, - подумал я.

И тут же, как бы продолжая мою мысль, Глен начал комментировать:

- Над городом они используют только автоматическое управление, синхронизированное с системой воздушной безопасности. Согласно этой системе, в пределах городов разрешён только вертикальный взлёт и автоматический набор высоты до разрешённой для движения антигравилёта в выбранном направлении.

- Вы имеете в виду, что для каждого направления полётов отведена определённая высота? – уточнил я.

- Да, это именно так, - подтвердил Глен, - всего у нас существует двадцать стандартных направлений, равномерно распределённых по всей окружности горизонта и занимающих, примерно, полтора километра по высоте. Начинаются они с высоты около пятисот ваших метров. На каждое направление отведено немного более семидесяти пяти метров по высоте, так что на любой вертикали в пределах действия системы эти направления, на их высотах, разнятся с соседними на одинаковый угол - в одну двадцатую долю окружности, и все вместе в любой точке, а точнее, вертикали воздушного пространства, как бы образуют полный оборот винта. Для того, чтобы, например, развернуться на обратный курс, летательный аппарат должен, сохраняя установленную минимальную скорость, синхронно изменять направление движения, одновременно подымаясь или снижаясь, пока он не окажется на нужной высоте и курсе. Всё это происходит автоматически и с учётом всей картины движения в данном районе, поэтому проблем в Системе Воздушной безопасности почти никогда не возникает.

- А за пределами городов такая система тоже существует? — спросил я.

- За пределами городов система стандартных направлений и высот сохраняется тоже, но выше и ниже неё можно летать на ручном управлении, полагаясь на своё умение и осмотрительность.

Пока Глен объяснял устройство их системы воздушной безопасности, я успел заметить, как с террас и крыш нескольких многоэтажных домов, видневшихся на склонах ближайших холмов, стартовали вертикально вверх антигравилёты небольших размеров, и, поднявшись до пятисотметровой высоты, начинали плавный разворот с одновременным набором высоты и скорости. Поднявшись на нужную высоту, они устремлялись вперед в различных направлениях.

Мы всё ещё продолжали «полёт» над морем и пляжами, которые прерывались огромными маринами, простирающимися далеко в море и похожими сверху на гигантские буквы «Т» с непропорционально вытянутой верхней перекладиной, очевидно, для защиты их от морских волн. От внутренних сторон бетонно-гранитных «Т» отходили широкие пирсы, к которым были пришвартованы сотни яхт самых разнообразных размеров и конфигураций. Среди более крупных из них преобладали катамараны с жёсткими, ложащимися назад парусами, казавшимися сверху чуть выпуклыми, блестящими навесами. Как пояснил Глен, катамаранная конструкция судов преобладает, потому что она облегчает совмещение антигравитационной поддежки с мореходными качествами их корпусов.

За пляжами, немного выше, вдоль берега шёл довольно широкий бульвар с каменным парапетом, отделяющим его от морских пляжей и марин. Буль-

вар был весь в зелени, с множеством цветущих деревьев со стелющимися горизонтальными ветками. Деревья походили на нашу японскую мимозу. Бульвар
был тоже чем-то похож на наши прибрежные бульва-
ры, например, в Каннах или Ялте.

Но в отличие от них, на бульваре Эзоры, по его
городской стороне, медленно двигались в противо-
положных направлениях две довольно широкие ленты
тротуаров, посредине разделённые не очень широкой
неподвижной полосой. Этого на наших набережных
бульварах пока не было.

Через каждые сорок - пятьдесят метров на движущихся тротуарах были навесы с расположенными под
ними, спинка к спинке диванами. Кое-где, на движущихся диванах сидели люди, кое-где люди стояли
на тротуарах, о чём-то разговаривая, кое-где шли в
сторону движения тротуара. Одеты люди были очень
разнообразно и довольно разноцветно, но цвета были
хорошо подобраны и не резали глаз.

С городской стороны бульвара возвышались фасады домов, в основном, от пятнадцати до двадцати
этажей в высоту, с витринами магазинов и других
разнообразных заведений, которые занимали почти все
первые этажи, выходящие на бульвар. Над тротуарами, прилегающими к магазинам, тянулись сплошные
навесы для защиты людей от дождя и жарких лучей
Аэлано. Дома стояли на некотором расстоянии друг
от друга, и в промежутках между ними виднелись водоёмы с фонтанами и декоративными водопадами,
окружённые цветущими кустами и какими-то довольно высокими деревьями, издали напоминающими наши ливанские кедры или пинии.

Дома не очень отличались друг от друга по стилю
своей архитектуры. Большая их часть представляла
собой ступенчатые строения, фасады которых плавной
параболой поднимались в высоту, причём над широкими террасами нижних этажей не нависали террасы

верхних, но с высотой, ширина террас постепенно уменьшалась. Некоторые из домов напоминали наши ультрасовременные прибрежные отели-кондоминиумы в окрестностях Майами, сплошь охваченные со всех сторон лентами балконов и выступами индивидуальных террас. Отличались они друг от друга, в основном, высотой, общими очертаниями и кое-какими архитектурными деталями. При этом, все они хорошо вписывались в окружающий пейзаж города. Были среди них и более низкие строения со своей совершенно индивидуальной архитектурой, создававшей приятное разнообразие в ландшафте.

За домами, выходящими на прибрежный бульвар, среди густой зелени на пологом склоне холма вдали виднелись другие дома и постройки таких же и больших размеров, но стоящие не рядами, как на наших улицах, а в каком-то довольно живописном беспорядке, который наводил на мысль, что это не совсем случайно. В общей перспективе города они тоже смотрелись очень неплохо.

Между домами и деревьями выше по склонам просматривались неширокие дорожки с твёрдым покрытием, на которых кое-где можно было заметить небольшие, очень легкие двух- и четырёх- местные колёсные машины. - Очевидно, электромобили и веломобили, приводимые в движение самими пассажирами, - подумал я.

Через каждые два или три километра дома отступали от приморского бульвара, образуя полукруглые площади с фонтанами, скульптурами, цветочными зарослями и просто участками, поросшими травой, где в тени беспорядочно растущих деревьев, здесь и там, сидели и лежали люди, вероятно, отдыхая от трудов насущных.

От площадей, вернее от станций, расположенных между окружающими площадь домами, вверх по склону холма тянулись полупрозрачные плоские трубы в несколько метров шириной. Внутри этих труб виднелись движущиеся фигурки людей. Я мысленно попросил инвариатор увеличить изображение, чтобы разглядеть эти трубы, и сейчас же они оказались перед самым моим носом.

Теперь сразу стало ясно, что это тоже движущиеся двухсторонние транспортные системы, но, как объяснил Глен, гораздо более быстроходные, чем те, на бульваре.

- Кроме того, - добавил он, - они имеют возможность транспортировать людей по довольно крутым склонам и снабжены специальными ступенчатыми ускорителями-переходами, которые позволяют пешеходам легко входить и выходить на остановках с постоянно движущихся тротуаров системы.

Эти транспортные системы - продолжал Глен, - были построены значительно позже первых, и только в сравнительно небольших районах городов, охватывая их центральную, так сказать, деловую часть. В Эзоре центр города расположен на Северных холмах предгорий Южного горного хребта, и поэтому нуждается в таких транспортных системах для людей. Вообще же, основным звеном нашего городского транспорта являются монорельсовые автоматические системы эстакадных линий с вагонами на магнитных подушках и электромагнитной тягой, в сочетании с легкими электромобилями, веломобилями и индивидуальными антигравилётами. Почти все общественные центры, театры, крупные магазины, музеи, планетарные учреждения, а также крупные производственные предприятия в черте города расположены на расстояниях не более получаса ходьбы от ближайшей станции монорельсовой системы. На этих станциях люди могут запарковать свои электромобили или веломобили, а также арендовать то же самое на короткое время, чтобы побыстрее добраться к конечному пункту своей поездки.

Я поблагодарил Глена за объяснения, затем попросил инвариатор вернуться к «полёту» над городом, и мы оказались снова в том же месте, откуда начали «снижение» к площади и станции с прозрачными трубами латеральных транспортных систем.

Мы продолжали полёт вдоль берега над самой линией прибоя. Немного выше прибрежной застройки была видна изящная узкая эстакада, поддерживаемая высокими стилизованными опорами. По ней скользили обтекаемые, узкие, трёхвагонные составы серебристо-голубого цвета. Глен тут же объяснил, что это одна из монорельсовых линий системы с вагонами на магнитной подушке, о которой он только что упомянул. Она тянется параллельно морскому берегу через весь город и его ближние пригороды.

- Всего в городе их тридцать, - сказал он. Десять идут параллельно берегу и друг другу примерно через каждые пять - семь ваших километров. Другие двадцать идут перпендикулярно первым, приблизительно через двенадцать – пятнадцать километров одна от другой.

На каждом пересечении можно сесть в вагон, пересесть с одной линии на другую, запарковать своё, транспортное средство, или взять в аренду вело-, или электромобиль.

- Скажите, Глен, какое пространство занимает сам город в наших километрах? И, кстати, чему равна ваша основная единица длины в нашем измерении?

- Все наши города - мегаполисы, как я уже говорил, построены на берегах морей и океанов и поэтому, как правило, растянуты вдоль берега. Эзора, например, вместе с пригородами простирается на триста с лишним километров вдоль берега, и более, чем на восемьдесят в поперечном направлении, - ответил он. - На этой площади проживает и занимается своими делами около семнадцати миллионов человек.

- Ого! – удивился я.

- Но для такого огромного города это не так уж много, - парировал Глен. Средняя плотность населения в городе составляет всего около семисот человек на квадратный километр. В большинстве Земных столиц эта цифра намного выше.

Что касается вашего второго вопроса, - наша основная единица длины тоже привязана к десятичной системе, и представляет собой одну десятимилионную среднего радиуса Ланиры, что приблизительно равно семидесяти вашим сантиметрам.

Для планетарных масштабов мы пользуемся единицей длины, равной двум тысячам наших основных единиц, по длине составляющей около одного и четырёх десятых километра, то есть, приблизительно равной вашей сухопутной миле.

Мы всё ещё продолжали «полёт» в том же направлении, но теперь немного ниже и ближе к береговым строениям, так что хорошо были видны все подробности. Когда мы поравнялись с очередной полукруглой площадью между бульваром и городом, я увидел странное здание, расположившееся в самом её центре. Оно резко контрастировало своей архитектурой с остальными, окружающими площадь постройками, но не портило общего ансамбля, а как бы подчёркивало свою уникальность.

Если бы я не был уверен, что смотрю кадры снятые на Ланире, я был бы готов поручиться, что видел нечто подобное на Земле, или может быть, в альбомах по истории архитектуры или реконструкции развалин древней Греции. Это было что-то вроде громадного античного храма, окружённого со всех сторон массивными, но очень пропорциональными ионическими колоннами.   Своими пропорциями он очень напоминал Афинский Парфенон, но в отличие от него, не носил никаких следов ветхости и разрушений.

Я взглянул на Глена в недоумении: - что это?

- Это наш музей Инопланетной Истории, - пояснил он. - Он был построен сравительно недавно – менее ста ваших лет назад, и как идею проекта архитекторы взяли ваш знаменитый Греческий храм.

Я «попросил» инвариатор остановить кадр и слегка увеличить изображение переднего портика «храма». Теперь на нём легко можно было различить барельефные фигуры минотавров, которые тоже очевидно перекочевали сюда после сканирования Афинского Парфенона.

- Красивая реплика, - похвалил я.

- Это не совсем реплика, - отозвлся Глен, - ведь большая часть вашего храма давно разрушена, так что отсутствющие детали: фризы, метопы, перекрытие и другие части созданы по фантазии наших архитекторов. Кроме того, внутренняя его часть построена совершенно иначе - специально под музей, по их авторскому проекту.

У нас любят историю, поэтому в наших городах часто можно встретить такие псевдоисторические сооружения, воспроизводящие черты широко известных в истории архитектурых зданий. В основном, они используются как помещения для музеев, театров, выставок и других культурных учреждений.

Я мысленно скомандовал инвариатору продолжать «полёт», и мы снова заскользили вперёд над огромным городом.

Вскоре мы поравнялись с узловой площадью. В центре её находилась конечная станция одной из монорельсовых дорог, пересекающих город в латеральном направлении, то есть, от моря вверх по пологим склонам холмов. Как пояснил Глен, эти линии идут к самым предгорьям серых скалистых гор Южного хребта. Здесь наш «антигравилёт», слегка накренившись на правый борт, повернул над площадью и поплыл на Юг в сторону гор, параллельно латеральной монорельсовой дороге, чуть слева от неё.

Вскоре мы поравнялись с пересечением латеральной и первой из продольных линий монорельсовых дорог. В самом его центре возвышалась довольно большая, - метров сто в длину и не менее тридцати в ширину, - станция, приподнятая над окружавшим её ландшафтом и целиком выполненная из прозрачного материала.

Позже Глен объяснил мне, что в строительстве у них в качестве прозрачных материалов применяется не стекло, а специальный пластик гораздо более высокой прочности, и кроме того, обладающий способностью темнеть под действием яркого света при включении специального управляющего поля определённой величины...

По своим «узким» сторонам станция поддерживалась сдвоенными арками, которые чем-то напоминали арки древних Римских виадуков.

Я «попросил» инвариатор остановить кадр, чтобы хорошенько рассмотреть устройство станции.

Станция возвышалась над уровнем местности примерно на высоту трёх или четырёх этажей и посредине как бы подпиралась двумя парами прозрачных труб, метров трёх в диаметре, в которых помещались эскалаторы. Трубы были наклонены навстречу друг к другу, и под сорок пять градусов - к горизонту. Каждая пара почти сходилась друг с другом под серединами двух платформ станции. Внизу, под станцией и по обе её стороны, просматривалась двухэтажная парковка электро- и веломобилей. Сверху она тоже была защищена от непогоды и лучей Аэлано всё тем же прозрачным материалом.

Монорельсовые поезда подходили к станции по высоким эстакадам, поддерживаемым по их центральной линии изящными, стилизованными колоннами, стоящими на расстоянии около ста метров друг от друга.

Сверху хорошо была видна вся панорама развязки монорельсовых линий. Латеральная линия примерно за километр от пересечения плавно поворачивала направо и входила под перекрытие станции. Туда же входила и продольная линия. Каждая из них имела внутри станции свою платформу метров семи – восьми в ширину, посреди которой находились входы на эскалаторы, идущие вниз по наклонным прозрачным трубам, а также входы на короткие спускоподъёмные эскалаторы для перехода с платформы на платформу. Всё это стало довольно хорошо видно после того, как инвариатор по моей просьбе снова увеличил масштаб изображения.

Вагоны каждой линии подходили к своей платформе с разных её сторон, в зависимости от направления движения. Покинув станцию, поезда латеральной линии, идущие в сторону гор, поднимались по эстакаде немного вверх, затем эстакада плавно поворачивала влево, на Юг, пересекая на немного большей высоте продольную линию монорельса.

Всё это было устроено до предела удобно и рационально, но меня, как всегда, интересовали детали.

- Как я догадываюсь, управление монорельсовыми вагонами тоже автоматизировано? - спросил я Глена.

- Да, - ответил он, - вся система монорельсовых линий города полностью автоматизирована.

На каждой из десяти продольных городских линий построено двадцать станций на пересечении с двадцатью поперечными линиями. Каждая из этих линий обслуживается двадцатью поездами. На латеральных линиях, соответственно, используетя по десять поездов. Составы, управляемые общим инвариатором, движутся насколько возможно синхронно друг с другом, останавливаясь на станциях минимум на сорок ваших секунд. При скоплении пассажиров на станции они стоят, пока полностью не закончатся посадка и высадка пассажиров. При этом следующий поезд, идущий к этой станции, соответственно замедляет ход. Если на станции совсем нет пассажиров, и в вагонах обоих пересекающихся линий никто не заказал остановку, они на станции не останавливаются. При максимальном скоплении пассажиров на нескольких станциях одной линии средняя скорость движения вагонов может падать до пятидесяти ваших километров в час. При нормальных обстоятельствах она держится около ста пятидесяти.

Все эти линии начали строиться вместе с городами много лет назад и с тех пор очень мало изменились, хотя одна из береговых продольных линий была заменена скоростной, всего с тремя остановками, и вагонами, движущимися со скоростями до четырехсот километров в час, – закончил свои объяснения Глен.

Мы распрощались со станцией монорельсовых дорог и вновь вернулись на трассу нашего «полёта» над городом.

Наш аппарат понемногу поднимался вверх вместе с пологим склоном холма, над которым пролегал наш путь. Холм был сплошным лесопарком, в котором здесь и там стояли дома самых разных конфигураций и размеров. Самые маленькие из них имели три – четыре этажа, но все имели бассейны и площадки для антигравилётов на крышах, а также балконы и веранды, распластавшиеся во всю ширину строений. Они располагались на сравнительно небольших, метров около ста в ширину и длину, хорошо ухоженных участках, с декоративными кустами и всевозможными деревьями.

Общая планировка домов часто повторялась из-за того, что их квартиры и целые этажи, как объяснил Глен, изготовлялись на автоматических линиях. Но архитектурное оформление домов и ландшафты участков были весьма разнообразны. Довольно часто встречались строения с очень индивидуальной, я бы сказал, уникальной, архитектурой, напоминающие старинные богатые виллы наших древнеримских или греческих времён с колоннами, декоративными водоёмами и садами. Другие были совсем в ином, более современном для нас стиле, близком по духу проектам знаменитого Американского архитектора начала двадцатого века - Франка Ллойда Райта. Но все постройки очень хорошо вписывались в окружающий ландшафт города и его холмистую местность.

- Каким образом достигается такая гармония городского пейзажа? - спросил я Глена.

- У нас, - ответил он, - проект каждой постройки проверяется ведающими застройкой городов инфовариаторами на стилистическую совместимость с существующими постройками и ландшафтом окружающей местности. Если проект диссонирует с ними, инфовариаторы показывают архитектору, что необходимо изменить, и даже предлагают свои решения, которые, разумеется, не затрагивают авторства проекта.

Новые дома у нас обычно строят хорошо обеспеченные люди или компании, которые могут потратить достаточно кредитов не только на постройку, но и на индивидуальный проект. За время жизни многие люди успевают построить несколько домов всё возрастающего качества и стоимости. Освобождаемые дома обычно продаются по более низким ценам по сравнению с новыми, если они не расположены в «горячих» районах, например, в старых прибрежных центрах городов.

Мы продолжали свой полёт над жилыми районами Эзоры. Теперь мы летели над группами многоквартирных домов. Самые большие здания были этажей до тридцати высотой, и стояли группами, образуя затейливый орнамент, если смотреть с высоты нашего полёта. Они тоже были сплошь окружены лентами балконов. На плоских крышах виднелись прозрачные перекрытия нескольких бассейнов, а также, взлётные площадки антигравилётов и станции подъёмников по обеим их сторонам.

- Скажите, Глен, - задал я попутный вопрос, - я нигде не заметил, чтобы в городе велись какие-либо ремонтные работы систем водоснабжения или канализации. Ведь они должны быть у вас давнишними, судя по времени постройки городов?

- Да, это так. - Но они строились из нестареющих бетонопластовых труб с системой самоочищения и рассчитывались на рост города до современных размеров. Канализация у нас сейчас используется только для отвода дождевой и практически чистой, ничем не пахнущей воды с растворённым в ней небольшим количеством нитратов, которая образуется в результате переработки и очистки биологических и других жидких отходов. Трубы водопровода и канализации практически не требуют ремонта и ухода. В случае каких-либо непредвиденных повреждений водопроводных или канализационных систем ремонт сейчас производится транспозицией готовых новых секций на место повреждённых.

Остальные хозяйственные и утилитарные отходы уничтожаются у нас автоматически и централизовано. В подвале или гараже каждого дома, большого или маленького, а также всех учреждений, предприятий и общественных помещениий есть специальные камеры для сбора хозяйственных и технических отходов. Они имеют воздушные затворы, задерживающие все запахи и пыль. Отходы из мусоропроводов и других приёмных устройств поступают в эти камеры, По мере накопления отходов, транспозитивные установки города автоматически телепортируют содержимое этих камер вглубь Ланиры – в пояс расплавленной магмы, – закончил Глен свой пространный и исчерпывающий ответ.

Тем временем, наш «полёт» над городом, вместе с остановками кадров, повторениями и рассматриванием деталей продолжался уже намного более часа, если считать по Земному времени. В поле зрения всё чаще попадали постройки незнакомых, никогда не виданных мной очертаний. Моё внимание привлекли странные сооружения, видневшиеся вдали впереди. Они были похожи на гигантские, ребристые усечённые конусы, раскрашенные в светлые пастельные тона. Они стояли на почти плоской широкой вершине холма, местами поросшей деревьями, похожими не то на огромные сосны, не то на сибирские кедры.

Я показал Глену на конусы и спросил, что это такое.

- Сейчас мы подлетим к ним поближе, и вы увидете сами, - ответил он, но тут же продолжил: - Это многоквартирные дома для состоятельных людей, то что у вас в Америке называют люкс-кондоминиумами. Дома эти состоят из ступенчатых секций, расположенных звездообразно вокруг общего конусообразного конструктивного каркаса. Каждая секция представляет собой набор из шести или восьми готовых четырёхэтажных квартир в четырнадцать – шестнадцать комнат, каждая с опоясывающими её балконами на трёх верхних этажах и с открытой террасой, бассейном и гаражом - на нижнем. В каждой секции дома эти квартиры расположены одна над другой со сдвигом назад на глубину террас, чтобы с них без помех могли стартовать индивидуальные антигравилёты. Их держат тут же в гаражах, на нижних этажах квартир. Гаражи выходят одной стороной на террасы, а другой к секционному наклонному подъёмнику, соединяющему гаражи с крышей и внутренним «двором» дома. Двор и подъёмники расположены внутри конусообразной основы дома. Таких основных секций, расположенных вокруг конусной основы, в этих домах обычно бывает не более двенадцати, в зависимости от размера дома. Между основными секциями располагаются невысокие дополнительные – одно- или двухквартирные.

Кроме общих наклонных подъёмников, соединяющих квартиры и гаражи секции с крышей и с внутренним «двором» дома, каждая квартира имеет свою систему лестниц и эскалаторов, а также лифт, связывающий все четыре её этажа.

Часто группа таких домов располагается вокруг станции монорельсовой системы, находящейся на пересечении двух линий.

- И сколько же людей обычно живёт в таких квартирах? – полюбопытствовал я.

- Везде, разумеется, по разному, но средне-статистически получается восемь-двенадцать человек плюс два или три робота, которые обычно занимают отдельную специально оборудованную комнату, где также хранится всё необходимое им для ведения домашнего хозяйства.

- Как же получается такое количество, если у вас обычно не полагается заводить больше двух – трёх детей? – спросил я.

- Большинство людей не любят одиночества, - ответил Глен, - поэтому многие живут семьями, включающими родителей, взрослых детей и внуков, а нередко, даже и правнуков. Я уже говорил вам, что на Ланире живут одновременно до десяти и более родственных поколений людей.

В то же время, некоторые просто делят с друзьями расходы на просторные, удобные, но и, вместе с тем, довольно дорогие квартиры.

Такие дома стали строить всего лет триста назад, когда центральные приморские части городов были давно застроены, и строительные компании начали арендовать под новое строительство склоны более отдалённых холмов, берега горных рек и другие малообжитые красивые места во всё более отдалённых пригородах.

Сами квартиры такого типа стали изготовлять на автоматических линиях ещё раньше и собирать из них отдельно стоящие, одно, двух и трёхквартирные дома на сравнительно крутых склонах городских холмов и речных долин. Они понравились, и их стали собирать на искусственных склонах, а потом и на конических структурах из особо прочного бетонопласта. Я и сам довольно давно живу в таком доме, и потому хорошо знаю все его достоинства и недостатки, - добавил Глен.

Тем временем мы приблизились почти вплотную к группе этих домов, расположившихся на вершине холма приблизительно в метрах трехстах друг от друга. Наш «антигравилёт» снизился до пятидесяти метров и медленно облетал ближайшее строение.

Я «попросил» инвариатор остановить кадр и стал рассматривать ближайшую ступенчатую громадину, вздымающуюся ребристой горой на высоту тридцати двух этажей. Более всего привлекали внимание террасы, огромными ступеньками выступавшие вперёд метров на десять из-под каждых четырёх этажей секций. В ширину террасы охватывали всю секцию, то есть, пространство порядка тридцати метров. На них во множестве были видны разные незнакомые мне растения, - невысокие, но дающие тень деревья разных видов, разнообразные кусты и газоны с цветами. На большинстве террас были также небольшие водоёмы различной формы с миниатюрными фонтанами и водопадами. На некоторых террасах водоёмы соединялись друг с другом такими же миниатюрными каналами с переброшенными через них изящными мостиками.

С одной стороны на террасах виднелись бассейны с раздвижными прозрачными крышами и стенками, с противоположной стороны, на них, чаще всего, были устроены что-то вроде гостинных под открытым небом, с легкими диванами, креслами и столиками под разноцветными зонтами.

Середина террас оставалась свободной, и на некоторых из них стояли готовящиеся к вылету или недавно прилетевшие небольшие антигравилёты. Их, очевидно, вывели, или ещё не успели завести в гаражи, въезды в которые можно было видеть в стенах каждого выходящего на террасу первого этажа квартир.

Я взглянул на часы, - по Флоридскому было уже около часу.

- Хотите освежиться, слегка перекусить, или просто глотнуть чего-нибудь прохладного? – спросил Глен.

Я не проявил особого энтузиазма в ответ, потому что мне очень не хотелось отрываться от захватывающего просмотра и тратить на это время сейчас.

- Если можно, давайте немного попозже, - попросил я. - Очень хочется досмотреть весь видеоклип.

- Ну что ж, тогда «летим» дальше, - согласился Глен.

Мы обогнули группу этих удивительных домов, снова поднялись немного выше и теперь быстро двигались вперёд, очевидно, уже над Южными пригородами Эзоры, так как застройка здесь была значительно реже, покров зелени стал почти сплошным, а горы выросли, и стали видны гораздо более отчётливо.

Вскоре я увидел впереди по курсу довольно большой, но пологий, круглый каменистый холм, вероятно, километра три в диаметре, вершину которого занимало белое четырёхугольное здание без окон, в пять или шесть этажей высотой, занимавшее всю вершину холма. Оно распласталось на вершине не меньше, чем на полтора километра в ширину и длину, и потому издали казалось низким. Сверху здание было увенчано огромным, почти во всю его крышу, очень низким и пологим куполом из какого-то матового стекла, или другого подобного материала. Над куполом дрожало в воздухе голубовато-синее сияние, похожее на рассеянный электрический разряд, застывший во времени. Ниже, по склонам холма белело еще несколько, двух- и трёхэтажных построек, но в отличие от основного здания, с окнами и балконами.

- Это наша городская космическая электростанция для получения энергии из пространства, - пояснил Глен.

- Сам процесс слишком сложен для упрощённого объяснения по ходу дела. Могу только сказать, что основан он на самополяризации изготовленного по специальной технологии стеклообразного кристаллического вещества, из которого сделан этот гигантский купол.

Самополяризация происходит постоянно, под действием свободной энергии, в изобилии существующей в космическом пространстве. Электрическая энергия в виде постоянного тока снимается с поверхностей этого кристаллического купола. Интенсивность свечения над куполом зависит от режима потребления энергии.

- И эта станция обеспечивает энергией весь этот огромный город? – спросил я Глена.

- Да, в основном это так, - ответил он, - хотя некоторые особо энергоёмкие производства и научные учреждения имеют собственные установки для получения энергии.

- А каким образом у вас передаётся электроэнегия от станции к потребителям? - спросил я. - Я нигде не замечал никаких линий передач или трансформаторных подстанций.

- Энергия доставляется потребителям в компактных, но очень ёмких аккумуляторах по подземной автоматической транспортной системе. К примеру, такой аккумулятор величиной с небольшой чемодан может запасать до трёх тысяч киловат-часов энергии. Для среднего индивидуального дома её хватает примерно на десятичный период, то есть, на пятьдесят с лишним дней. Такая система распределения энергии позволяет полностью избавиться от громоздкой и ненадёжной сети линий передач и трансформаторного оборудования, требующего постоянного обслуживания и периодического ремонта, - закончил объяснение Глен.

Наш «антигравилёт» сделал широкий замкнутый круг над энергетической станцией столицы Ланиры и взял курс к видневшимся вдали на Юге скалистым вершинам. При этом скорость его движения значительно увеличилась, так что горы стали приближаться довольно быстро. Внизу под нами быстро проносилась холмистая местность, сплошь заросшая густым субтропическим лесом. Среди леса здесь и там видны были окружённые скалами прогалины, покрытые какими-то растениями с ажурными листьями, напоминавшими наши папоротники. Изредка встречались небольшие озёра и ручьи, бегущие по дну не очень глубоких каньонов. Построек больше почти не было видно, и вскоре они пропали совсем.

Теперь мы «летели» над сплошными кронами огромных деревьев первозданного субтропического леса.

- Как далеко мы теперь от города? – спросил я Глена.

- Километрах в двадцати от черты пригородной застройки, - ответил он, - и примерно в ста километрах от моря.

- Но ведь здесь уже совсем не видно никаких признаков цивилизации? - удивился я.

- Да, это так, - подтвердил Глен. - Наши законы не разрешают Планетному Обществу сдавать кому-либо в аренду поверхность Ланиры в пределах около двухсот ваших километров от границ застройки больших городов. Это сделано для того, чтобы сохранять в неизменном состоянии экологию городских районов. Поскольку, как я уже говорил, зерновым сельским хозяйством у нас практически не занимаются, если не считать пригородных гидропонных установок, почти не требующих горизонтальной площади, то вся наша цивилизация на Ланире, включая все города, посёлки и промышленные парки, занимает менее двух процентов её твёрдой поверхности.

Для сравнения, у вас на Земле по официциальным данным только под сельским хозяйством занято около сорока процентов поверхности планеты. Но при ваших темпах роста населения и этого практически нехватает. Под фермы и другие сельскохозяйственные угодья у вас вырубаются тропические леса Бразилии, жизненно необходимые для поглощения двуокиси углерода, всё более насыщающего атмосферу Земли. Примерно то же происходит и в Китае, и в Индии, и даже в Северной Америке, хотя и в меньших масштабах.

У нас, на Ланире, леса сохраняются почти в первозданном состоянии, так как сохранение лесов диктуется условиями аренды повехности планеты, а частной собственности на неё у нас не существует. Древесина у нас практически не используется в промышленности. Лишь очень немного, - в искусстве.

Так как никакие ископаемые типа каменного угля или нефти в качестве топлива на Ланире не используются, и никогда не использовались, а все отходы частично перерабатываются и очищаются, частично телепортируются внутрь планеты, атмосфера и водоёмы у

нас практически остаются почти первозданно чисты-
ми, - закончил Глен свои, не очень лестные для
Земли комментарии.

Постепенно приближаясь к горам, наш аппарат внезапно замедлил скорость и, слегка наклонившись, начал разворачиваться влево. Мы пересекли довольно
бурную, не очень широкую реку, текущую со стороны
теперь уже недалёких скалистых гор, возвышавшихся
живописной стеной справа от нас. Скорость полёта
сильно замедлилась, и через несколько секунд мы начали снижаться над широкой, в пару километров, пло-
щадкой, поросшей высокой травой, «папоротниками»,
а кое-где и высоченными деревьями. С трёх сторон она
была окружена невысокими скалами, а четвёртой стороной круто обрывалась к реке.

Зрелище, открывшееся моим глазам, живо напом-
нило мне самые завораживающие кадры из не столь
давно виденного кинофильма «Джурасик парк»:

Пара огромных травоядных динозавров с маленькими головками и длиннющими шеями и хвостами мирно щипали сочную траву между редко стоящими гигантскими деревьями неизвестной мне породы.

Невдалеке под деревьями в высокой траве виднелся
динозавр поменьше, вероятно, младшего поколения.

- Эти динозавры, - сказал Глен, - местная достопри-
мечательность Эзоры. Они, или их потомство, живут
и жили на этой площадке ещё до тех времён, когда наши предки прилетели на Ланиру. У нас к ним привыкли, по-своему любят и всячески оберегают.

Наш антигравилёт завис неподвижно над Южной
стороной площадки, чтобы дать зрителям налюбо-
ваться картиной живых динозавров.

Но вскоре над скалами и деревьями северной стороны площадки появилось новое зрелище, не менее ин-
тересное и впечатляющее: в кадр, над лесом и скалами,

примерно на пятидесятиметровой высоте, медленно вплывал гигантский белый корабль, размером и конфигурацией напоминающий наши морские круизные суда, но в катамаранном варианте.

Борта его восьми верхних палуб образовали почти непрерывную цепь балконов по всей длине судна. Некоторые из них были прикрыты прозрачными, слегка затемнёнными сплошными окнами. На обоих концах корабля возвышались одинаковые надстройки ещё в четыре палубы высотой, тоже сплошъ опоясанные открытыми и закрытыми балконами. На самой верхней палубе каждой надстройки возвышались одинаковые, прозрачные командные рубки, занимающие всю ширину судна, от борта до борта.

На палубах и балконах виднелись люди, стоящие у бортов, делающие снимки и видимо весьма заинтересованные зрелищем пасущихся динозавров.

Спустя несколько минут корабль стал медленно разворачиваться на месте, очевидно, чтобы дать возможность пассажирам на другом его борту тоже увидеть динозавров и сделать снимки.

Тем временем наш аппарат «спустился» ещё ниже, почти к самому обрыву над рекой, откуда хорошо были видны одновременно и корабль, и динозавры.

Когда корабль развернулся к нам почти прямо носом, а может быть, и кормой, так как они были совершенно одинаковы, на днище между его двумя обтекаемыми корпусами я заметил три зарешеченные секции, занимающие почти всю длину корабля и простирающиеся от корпуса до корпуса в ширину. На наклонных, скошенных торцах обоих корпусов судна, а также на их наружных скулах были видны такие же зарешеченные секции, но поменьше размером.

- То, что привлекло ваше внимание, - начал комментировать Глен, - это антигравитационные экраны, с внешней стороны которых при включении системы возникают антигравитационные поля. Те экраны, что расположены на днище между катамаранными корпусами судна, создают подъёмную силу, удерживающую его на определённой высоте. Те же - что на передних и задних оконечностях корпусов, и на их скулах – создают горизонтальную составляющую давления на корпуса, вызывая движение корабля, а также служат для векторного управления судном.

Большим судам с антигравитационным оборудованием у нас не разрешается летать над городами, а так как они обычно могут подниматься на сравнительно небольшую высоту, то кроме городов, им разрешено передвигаться везде, но ниже пятисотметровой высоты, - нижней границы действия системы воздушной безопасности. Двигаться над сушей они должны со скоростью не более восьмидесяти ваших километров в час, при этом заранее оповещая систему о маршруте своего следования.

Дав нам достаточно насмотреться на динозавров и круизный корабль, наш «антигравилет» поднялся метров на триста вверх и лёг на новый курс, ведущий прямо к громоздящимся перед нами скалам горного кряжа.

Теперь мы «летели» чуть справа от горной реки, стремительно бросающей белопенные каскады бурлящей воды от берега к берегу в тесном для неё извилистом ущелье, образованном несколькими крутыми стенами скал разной высоты. Сверху скалы переходили в поросшее деревьями и кустарниками обширное скалистое плато, постепенно поднимающееся к горам.

Дно ущелья было загромождено обломками скал и обточенными потоком огромными валунами, через которые прыгали и переливались пенные струи воды. Вероятно, во время съёмок, Аэлано было почти в зените, и его лучи местами достигали бурных потоков на дне ущелья с каскадами брызг и водяной пыли в воздухе над ними. В результате здесь и там над рекой вспыхивали миниатюрные разноцветные радуги, придававшие всей картине немного сказочный вид.

В одном месте река вдруг исчезла совсем под нагромождением скал и валунов, но немного выше по течению вдруг появилась вновь в виде двух небольших водопадов, срывающихся с нависших скал и падающих на беспорядочную громаду камней внизу.

Вскоре впереди, на фоне живописной горной гряды, теперь уже занимающей собой весь экран, по обе стороны реки показались два высоких холма, сплошь поросших довольно густым лесом. Ущелье у их подножья постепенно расширилось, и дно его поднялось, так что между холмами поток воды нёсся в широкой каменной ложбине, проточенной водой за долгие тысячелетия.

Приблизившись к холмам, наш антигравилёт, не меняя курса, сдрейфовал влево и теперь поднялся немного выше, прямо над потоком, чтобы пролететь между холмами. И тут глазам открылась совершенно потрясающая панорама.

Сразу за холмами, и до отвесной в этом месте базальтовой, более километра в высоту, стены горного хребта, лежало изумительно красивое горное озеро, слева отделённое от плато отрогом горного кряжа, а справа двумя зелёными холмами, соединёнными друг с другом. В его зеркальной глади отражалась величественная стена гор и облака, плывущие высоко над ней. Горная река, над которой мы летели, сжатая между двумя холмами с базальтовыми основаниями, выгнувшись блестящей тёмнозелёной дугой, стремительно сбегала вниз из этого озера.

Прямо перед нами, из проёма в вертикальной стене

базальта, с высоты не менее километра, в озеро низвергался могучий поток воды, вздымая в месте падения тучи брызг, пены и водяной пыли. В динамиках видеосистемы был хорошо слышен отдалённый, мощный, рокочущий звук высоченного водопада...

От всей этой картины невольно захватывало дух...

Наш антигравилёт подобрался почти к самому водопаду и стал подниматься вверх вдоль падающей воды, пока не достиг уровня проёма. Вода вылетала из проёма тугим зелёно-голубым потоком примерно десятиметровой ширины и, изогнувшись в воздухе красивой дугой, устремлялась вниз.

Мы любовались водопадом, горами и озером ещё, наверное, минут десять.

Потом клип кончился, и Глен сказал:

- Ну вот, Стив, вы и повидали нашу Ланиру. Надеюсь, она вам понравилась?

- Она великолепна! – ответил я.

Экран погас, и световое кольцо на потолке станции вновь включилось на нормальную яркость.

Некоторое время я всё ещё находился под впечатлением всего увиденного и не двигался с места. Потом Глен встал с кресла, и оно в тот же момент сложилось и исчезло под полом станции. Я поднялся вслед за ним, и с моим креслом произошло то же самое.

Глен предложил мне подкрепиться с ним, на что я с удовольствием согласился, так как под ложечкой посасывало, и дома у меня не было ничего готового, а идти одному в Буфет Стэйси* мне сегодня не хотелось. Кроме того, я ожидал услышать от Глена об изменении его планов на ближайшее будущее, о котором он упомянул утром.

Мы уселись на его удобный диванчик, перед которым тут же появился всё тот же автоматический сто-

*Местное кафе, с единой платой при входе за любое количество съеденного.

лик. Глен заказал для нас обед из его электронного меню, подходящий по вкусу для нас обоих.

За обедом мы говорили в основном о просмотренных видео-клипах Ланиры и её природе, но разговор как-то не клеился, очевидно потому, что Глен чувствовал, что я жду от него информацию об изменении его планов.

Когда мы кончили нашу трапезу, он повернулся ко мне вполоборота и сказал:

- А теперь, Стив, я хочу вернуться к тому, о чём собирался сказать вам ещё сегодня утром, но в послединий момент решил отложить разговор до окончания просмотра видеоклипов, чтобы не отвлекать от них ваше внимание.

- Что-нибудь случилось? - настороженно спросил я.

- Нет, нет, - ничего непредвиденного.

Просто у меня есть новости, которые, вероятно, вас в какой-то мере огорчат. Для меня они тоже оказались полной неожиданностью...

Мне сообщили с Ланиры, что я включён в состав экспедиции на недавно обнаруженную нашими скеннерами планету с косвенными признаками, предполагающими зачаточную цивилизацию неизвестного происхождения. Планета находится в системе небольшой звезды, в значительно отдалённом от нас секторе Галактики.

Мой коллега по здешней работе вернётся на станцию через пару дней, а ещё через день я возвращаюсь назад на Ланиру.

- Так скоро?! – разочарованно произнёс я.

- К сожалению, да, - ответил Глен.

- Я должен успеть до отбытия экспедиции привести в порядок все отправленные отсюда материалы, распределить их по соответствующим базам данных и приготовиться к новой миссии. И, конечно же, повидаться с родными и друзьями ...

Он немного помолчал, потом заговорил снова:

- После экспедиции я, вероятно, вернусь работать на Землю. Я привык к ней, и она мне чем-то нравится, несмотря на все глупости и жестокости, совершаемые многими вашими сопланетянами...

- А сколько времени предположительно займёт ваша экспедиция? – спросил я с надеждой в голосе.

- Сказать сколько-нибудь точно трудно, но я думаю что с обычными перерывами не больше четырёх – пяти ваших лет.

- Это очень долго, - сказал я грустно.

- По вашим временным масштабам – пожалуй, да, - сочувственно подтвердил Глен. - Но я надеюсь по возвращении на Землю снова увидеть вас в добром здравии и в хорошем настроении.

Я оставлю, на всякий случай, ваши координаты моему коллеге, но я не думаю, что он без меня будет пытаться связаться с вами без крайней необходимости. У нас не принято без особой надобности передавать друг другу свои личные контакты.

- Мне будет очень нехватать наших встреч, - сказал я с искренним сожалением,

- Мне тоже, - ответил Глен и слегка обнял меня за плечи. Мы ведь стали друзьями за время, проведённое вместе. Не так ли?

- Конечно!

- Что ж, будем надеяться на новые встречи и будущие совместные прогулки по Земле... А может быть, и по Ланире, – обнадёживающе добавил он..

- Вы думаете, и такое возможно? - с сомнением спросил я.

- Принципиально невозможного в этом нет, - а остальное - дело желания и преодоления формальных трудностей. Так что, как говорят у вас, будем надеяться!

- Конечно же, буду! - ответил я.

- Если хотите, - сказал Глен на прощание, - попробуйте написать о наших встречах, ведь, в конце концов, ваши люди должны когда-нибудь узнать о существовании во Вселенной других цивилизаций, это всё-таки тоже входит в мою миссию...

Только, боюсь, если власти всерьёз поверят вашей истории, то это может вызвать немалый переполох и надоедливый интерес к вам с их стороны.

Старайтесь не давать интервью журналистам.

Простившись с Гленом, я долго не мог войти в колею привычной жизни. Я вновь и вновь возвращался в мыслях к событиям недавних дней, пытаясь осмыслить то, что произошло со мной за это удивительное время.

В конце концов, я решил написать эти заметки, и по окончании, хотя бы на время, забыть о Глене и Ланире.

Надо было продолжать жить дальше на Земле...

* * *

С. Лесней   2004 - 2007

www.ingramcontent.com/pod-product-compliance
Lightning Source LLC
Chambersburg PA
CBHW031156020726
47499CB00002B/385